有爱的青春陪伴者

图书在版编目（CIP）数据

春潮晚 / 荔枝著. -- 北京：北京燕山出版社，
2025. 3. -- ISBN 978-7-5402-7365-1

Ⅰ. I247.5

中国国家版本馆 CIP 数据核字第 20249UD881 号

春潮晚

作　　者	荔　枝	
责任编辑	王月佳	
封面设计	刘　艳	
出版发行	北京燕山出版社有限公司	
社　　址	北京市西城区椿树街道琉璃厂西街20号	
电　　话	010-65240430	
邮　　编	100052	
印　　刷	长沙鸿发印务实业有限公司	
开　　本	880mm×1230mm　　1/32	
字　　数	242千字	
印　　张	9	
版　　次	2025年3月第1版	
印　　次	2025年3月第1次印刷	
定　　价	42.80元	

目 录
CONTENTS

目录
CONTENTS

| 第一章
变成带刀侍卫的日常 |

01

"你要帮助他，一定要让他当上男主角，这样你才可以回家。"
虚无中，沈叶耳边飘来这么一句话。她想看清眼前的人，却只能看
见一团黑乎乎的影子，连五官也没有。

这是见鬼了？！

不，沈叶是绝对的唯物主义者。

于是她壮起胆子问道："麻烦您再把需求说一次，我耳背，没
听清。"

谁承想那人半天没个动静，就在沈叶准备再措辞一番时，突然
一阵天旋地转，她耳边多出了不少人声，吵得很。她挣扎了半天，

摸到旁边的物件，手感很粗糙，这才微微清醒了些。

是梦吗？

沈叶回想刚刚发生的一切，摸了摸晕晕乎乎的脑袋，试着走动几步，却不小心踩到了自己的衣服，"咚"的一声摔个狗吃屎，鼻子里很快有一股热流涌了出来。

可是沈叶顾不上这个，她直勾勾地盯着前方，浑身僵硬。

眼前是成片的古色古香的宫殿建筑，尤其是正中间那个金色的瓦顶，像是黄金做的，迎着闪烁的阳光，晃得她眼睛疼。

她转头再望，好家伙，假山上都嵌了珍珠。

太奢侈了。

她这是在哪里？

不知道为什么，沈叶总感觉这画面在哪里看到过。她起身走了几步，来到水池边，瞧见自己身上的打扮，还没来得及感慨两句，耳边吵闹的声音越来越近，空气中漫出淡淡的血腥味。

沈叶往后一看，一个身着黑袍的男子被几个侍卫簇拥着出现，他眼波如剑，白净的脸上沾了一丝血痕，而追着在他身后的是十几个拿着刀的黑衣人。

"你们逃不掉了！"为首的黑衣人大喊一声，便有大片的黑色压过来，他们提着的刀在黄昏中闪着夺命的光芒。

"主子，我们无路可退了。"其中一个穿着铠甲护着黑袍男子的侍卫说道。

"呵。"黑袍男子轻笑一声，抬手整理好自己的衣冠，抬起下颌，狭长的眼睛里流露出杀意。那身全黑的袍子，让他看上去仿佛来自地狱的杀神，还是那种面如冠玉、唇红齿白、眼眸如星的杀神，一副睥睨天下的模样，气质出众得很。

接着是一番刀光剑影的厮杀。

沈叶看着溃不成军的黑衣人和旁边冷眼旁观的黑袍男子，只觉得此刻的画面更熟悉了。

然而，就在她思索的空当，那群黑衣人已经被解决，只留下一个躺在地上奄奄一息。

有个侍卫见着在偷窥的沈叶，"唰"地飞过来，提起她的后衣领——沈叶就这样被人抓了。

"主子，有个穿着太子府衣服的人在假山旁鬼鬼祟祟的，恐是内奸，属下不知道如何处理。"

这时，唯一一个活着的黑衣人冷笑一声："顾南衍，这次没能杀掉你，别侥幸，我们还有下次。"说完，他便要咬舌自尽，但是被一旁的侍卫及时发现。

被捉的沈叶愣住了。

顾南衍？这不正是她看过的权谋漫画里的一个角色吗？！她刚刚还在看这部漫画！

漫画的背景是架空的朝代大骁，顾南衍身为大骁的太子，做事雷厉风行，不仅治贪腐，查冤案，收拾起坏人来也是从不手软。他智力满分，野心满分，再加上他那张英俊完美的脸庞，完全收割了沈叶的少女心。

但是，人不可能十全十美，顾南衍也有缺点，那就是倒霉命苦，除了有个惦记他位置的心机弟弟外，还一直有刺客想要杀他。

但他武功高强，杀不死啊。

于是，沈叶就耐心追更，等着太子殿下光荣登顶的那天。

却不想，最新的剧情更新居然是顾南衍被天雷劈死了。

沈叶的脆弱心灵彻底破碎。

更让人绝望的是，作者留言说身为漫画男二号的顾南衍就此下线，之后便看主角弟弟的上位记，而大家一直惦记的凶手是天雷。

沈叶沉默了，她真的从没见过这么填坑的作者。

"杀了。"

就在沈叶回忆漫画情节时，耳边冷不丁传来顾南衍清冷的声音。

他眼神深邃，看不穿摸不透，像极了无底的黑洞。

沈叶看着他，内心咆哮：这个顾南衍跟漫画里那个顾南衍长得好像啊！这是漫画开头的第一幕吧？我要死了吗？！

她低头看了看自己的衣服，这不就是第一幕里被当成刺客杀了的炮灰"小太监"的角色吗？！

沈叶整张小脸都白了，眉头快拧成蝴蝶结，她真的不想成为出场一分钟的炮灰。

她迅速地一把抱住顾南衍的鞋子，哭诉道："太子殿下，小人忠心耿耿，一心想要保护您辅佐您，绝对不是刺客啊！"

"您说东，小人绝不敢往西，小人还想多向太子殿下表忠心，小人不想现在死啊。"还好沈叶身上是有点戏精属性的，再加上她声嘶力竭的模样，演得十分到位。

顾南衍看了眼跟前"怕死"的小太监，脑海中忽然闪过一幅画面，是自己身处一家店铺，被刺客刺杀的场景。但只是一瞬，他很快回过神。

"小人真的不是刺客，真的不是。"

顾南衍堵上耳朵，一脸嫌弃，一个眼神都不愿落在沈叶身上。

沈叶知道顾南衍杀伐果断，要想活命，自己就得快点表明忠心。她充分发挥自己的戏精特质，捶地大哭："我去到假山旁完全是为了躲避敌人，准备在最危险的时候冲出来保护您，我对您那可是春心一片。"她赶忙捡起之前掉落的小刀，"我连武器都准备好了。"

说罢，沈叶还装模作样地舞了舞。

她不知道自己这个"春心"用得对不对，这是她从某本讲野史的书里学来的，应该勉强能用。

"就这样的武器？"听见她的话，顾南衍的脸上有掩盖不住的烦躁。

沈叶用余光瞟到别的护卫腰上配的宝剑，相比之下，自己的武器着实袖珍，说服力完全不够。她脑瓜子飞快转动，蹦出一句："我武功好，不靠武器取胜。"语气铿锵有力。

沈叶的这份自信来源于她了解漫画的背景设定，大骁朝此时朝局动荡，风云诡谲，顾南衍想着招兵买马，若是她有个长处，一定能活下来。

抑或她能说出一些特别的秘密……

果不其然，顾南衍的神色有所松动。

见此，沈叶朝他靠近了一些："我从知道您起就对您佩服得不得了，一心想着为您效力，今天逮着这个机会就想要露个脸，您可千万不能怀疑我的用心。我的忠心日月可鉴，一片春心在玉壶！"

沈叶知道顾南衍读得懂唇语，无声道：今天的刺客身上戴着神云军的令牌，一切都是一场阴谋。

压抑的气氛让沈叶整个背脊都被冷汗湿透。

她这是在赌，漫画中第一章的完整剧情是顾南衍被刺杀，查出刺客是神云军的人。只是结合后面的剧情发展，这些刺客并非真的神云军，而是幕后黑手为了瓦解顾南衍的势力而设的陷阱。

顾南衍坐稳太子之位的最大筹码便是他祖父留下的亲兵——神云军。

这是沈叶唯一的机会。

察觉顾南衍的眼神发生变化，她知道自己赌成功了。

另一边，边溪检查完刺客的尸体，将一块令牌递到顾南衍手里。

顾南衍端详很久，眼神里闪过一丝狠戾："既是如此，那就让你做我的带刀侍卫。"

带刀侍卫？漫画里并没有提过这个身份。不过，只要能活命就行。于是沈叶一个劲地点头。

至此，这场风波才算结束，沈叶同赶来收拾的侍卫一起退下。

边溪护送顾南衍回房间，走到一半，忽然说："那人有问题。"

顾南衍知道边溪指的是谁，但他什么也没有说，自顾自地走在前头。

跟在后面的边溪想了想，还是觉得必须提醒主子注意，总不能因为这人说喜欢主子，他们就相信了。

沈叶所说的"春心"二字，在大骁通常是用于女子向男子表白。

边溪说："主子，她真的有问题。"

顾南衍终于停下来，嘴边带着笑。他有说过相信沈叶吗？从未。

"我知道，但与其追着这些想害我的人跑，不如请君入瓮。"

然后，瓮中捉鳖。

这头好不容易活下来的沈叶心情更加无奈，她为什么会来到这里，以及她到这里的目的是什么，通通成为横在她心头的刺。

沈叶之前连续加了一周的班，回到家时刚好看到这部漫画更新了。故事的发展极其出乎她的意料，看完后简直给她的情绪来了个彻底毁灭。她猛地站起来，接着就觉得胸闷气短，头晕目眩，眼前一片漆黑。

然后……就是现在了。

是梦吗？沈叶用力掐了自己一把……好疼！她松开手狂揉大腿。

难道她是穿越了？

不可能，哪来的什么穿越！

沈叶开始努力回想当时听到的话——

"你要帮助他，一定要让他当上男主角，这样你才可以回家。"

帮助谁？顾南衍？当男主角？沈叶有些无语了，这番位不都是作者定的，她进来能干什么？要想改番位就应该把作者拉进来才对。

她看了看四周异常真实、古色古香的环境，心中崩溃。

唉，只能走一步看一步，慢慢寻找真相了。

就在沈叶愤愤不平在心里抱怨时，她脑海中灵光一闪。

因为作者给顾南衍的设定太过有亮点，很多读者对他男二的身份提出了质疑。作者当时解释说这本漫画是谁最后当上了皇帝，谁就是主角，顾南衍不会当上皇帝的。

按照这个逻辑，是不是只要顾南衍当上了皇帝就变成了主角？

沈叶越想越觉得合理。

"这还真是亲手扶持。"沈叶喃喃自语了一句。

沈叶自觉这不是一项好干的活，第一幕的剧情因为她的到来发生了改变，她活了下来，因此，日后的情况不一定会完全按照之前的剧情走。在这个危机重重的地方，她能保住命已经算很不错了，还谈扶持顾南衍上位……命运挺坑人的。

此时的沈叶不知道的是，更坑人的还在后面。

某天一大清早，沈叶就被叫起来去书房前站岗，她感觉自己起得比鸡还早，只想睡觉，于是站着眯了一会儿。结果眯着眯着，她开始东倒西歪，与另外一个站得笔直的侍卫形成鲜明对比。

书房内，顾南衍看着窗外的天色，心里思考着前几日的刺杀事件。

之前唯一留下的刺客活口昨晚莫名其妙地死去了，最后竟查不到一点线索，幕后主使的手段实在厉害。这让顾南衍不得不准备主动出击，必须来一招引蛇出洞，尽早解决这个隐患。

顾南衍朝边溪招手："叫上沈叶，顾袁的生辰快到了，我们出去挑份贺礼。"

边溪一愣，半天没动，神色有些窘迫——主子要找沈叶，但沈叶现在在门口睡大觉，他要怎么说才好？

顾南衍把这份神色认成了边溪已经发现沈叶的端倪，眼眸中立马浮现一抹厉色。

"沈叶有何不对劲？她向外传递消息，还是来历有异？"他查过沈叶的底细，只查到她原是武馆小姐，小时候家道中落，流离失所，好在有身武艺，为了谋求生路来到京城。

沈叶恰好与她父亲的徒弟遇上，对方已经成了大理寺的一位官差。大骁也没有什么男女之分，女子也可以进入军营当侍卫，他便牵线让沈叶进了太子府，算谋了个好差事。

单看沈叶之前在太子府的行为，确实没有什么疑点，但也不能排除沈叶是为了那次的刺杀蛰伏许久。顾南衍因此叫边溪监视她在府里的一举一动。

他还以为需要时间，想不到她竟是个沉不住气的。

"不是……不是这个。"边溪一时也不知道该怎么说，太子府里人人尽忠职守，偷懒耍滑这种事情他真是难以启齿，"属下不好说。"

顾南衍心里咯噔一下，沈叶对着他道春心的声音好像又回旋在

耳边。

京都有不少女子爱慕他，经常藏一些他的画像，难不成沈叶也做了这样的事情，被边溪看见了？

顾南衍皱紧眉，看着边溪欲言又止的模样。

看样子，是。

这沈叶真是将戏演得十足。

"你想说什么我都知道了，你就观察她是否和外人传递消息，至于旁的，就当没看见。"

边溪不受控制地睁大眼睛，这个沈叶才来几天，主子就能容忍她偷懒，难道其中有他不了解的用意？但是，主子不是从没信过她吗？

边溪内心挣扎了好一会儿，算了，他猜不中主子的心思也是正常的。

"遵命。"他答道。

一刻钟后，见顾南衍整理好，边溪做了个"请"的动作："沈侍卫已经在书房门口候着了。"

顾南衍踏出房门。

沈叶这个时候已经睡得天昏地暗，躺在地上，仰着头，摆成一个"大"字。

顾南衍看见这一幕，神情霎时冷下来，唤了声："沈侍卫。"

沈叶给的反应是蠕动一下身体，嘴里念叨："别急，这个股票我们扫板，一定能大赚特赚。"

周边的人齐刷刷地跪了下去。

"沈叶！"

顾南衍跟冰刀一样的声音刺入沈叶耳中，她"腾"地站起来，惊慌失措："没赔，没赔。"

好奇怪的话。

"你刚刚说什么？"

还在迷糊中的沈叶瞬间惊醒——惨了！怠工被抓。

再看顾南衍那副"要吃人"的样子，这是又把她当成了内奸？沈叶的一颗心悬到了嗓子眼，她咬咬牙，硬着头皮说道："属下是在说，美坏，美人坏子。我这日夜担心您的安危，提心吊胆，吃不好也睡不好的，这会儿实在顶不住就睡着了。梦里我都还惦记着您，想着怎样的佳人才能入您的眼。"她战战兢兢地说出这些。

换来的结果却是顾南衍周身的冰冷气氛又加深不少。

沈叶这诌媚的样子，让他想到了许多年前发生的一件事情。

那时的顾南衍才十岁，亲生母亲战死沙场，皇帝也不知道什么原因不再亲近他，由此他在宫中的生活可谓是水深火热。

他原本想找曾经对自己，或者对母后忠心的人。然而，当初绝大部分人都是因为权势依附于他们，一旦权势没了，就再不见人影。曾经那些忠心耿耿、肝脑涂地的誓言，都成了伤害他的利器。

顾南衍没了母亲的庇护，只能独自一个人面对那些腌臜事，此后，他再见到说讨好话的人，总觉得假。

可惜沈叶不知道这些，还一个劲地表忠心。

"住口。"顾南衍出声。

沈叶不太明白，她这是说了什么大逆不道的话，以至于顾南衍要叫她住口，而且每个人的表情都格外凝重，难道是她演得还不够真？

"属下是真心的。"沈叶只好再来一次。

本来刺客在狱中暴毙的事情就让顾南衍苦恼，再加上沈叶令他厌恶的行为，他便觉得她格外聒噪："别说了。"

这句冷到极点，又似乎带点怒气的话，让下人们匍匐在地，瑟瑟发抖。看着大家的样子，沈叶真是两眼一黑，仿佛此刻有把大刀架在她的脖子上，完了……她肯定是说错话了。

顾南衍不断在心里告诉自己，还需要利用沈叶揪出幕后黑手，她还不能死。

半晌，他冷静道："给你一刻钟，马上整理，随我出门。"他惦记着沈叶的作用，今天就要用沈叶来招引蛇出洞。

沈叶惊讶地看向他。

"快去！"顾南衍神色严肃。

"得令！"没事了？！沈叶心上一松，恭恭敬敬地行了个礼，飞快离开了。

冲回房间，沈叶深深吐出一口气。

她冷静下来，出门，仔细回想漫画里有没有讲等会儿要发生的剧情。

并没有。

看来，这已经是新的剧情，应该是因为自己活下来，形成了蝴蝶效应。

未知让沈叶有些心慌的同时还有一点雀跃。能改变，就是一个好兆头，只要她经营到位，顾南衍成为主角是完全有可能的。

就这样，沈叶重新燃起斗志，再次出现便是精气神十足。

顾南衍隔老远瞧着，内心不禁更觉得她平日里都是在装模作样，反感愈深，心情始终好不到哪里去，就对着边溪吩咐："扣沈侍卫一月俸禄，加打扫一个月的校场。"

02

京都比沈叶往常见过的古都繁华很多，她左看看右看看，全然不察有人也在暗中观察她的一举一动。几人走在街上，一个小孩突然蹿出来，拿着碗向路过的行人乞讨。顾南衍脚步一顿，招来边溪给他银子。

"找人照顾一下，了解情况，送到收容所。"顾南衍说。

"是。"

大骁这些年在顾南衍的治理下风调雨顺，不该有流民乞儿才对。

沈叶看到了顾南衍皱紧的眉头，于是她伸出手。

她的原意是想抚平顾南衍皱紧的眉头，但伸出去的手在半空中被人拦住。

是边溪。

"你要干什么？"

边溪严肃的语气和眼神让沈叶有些害怕，她小声回道："我看太子殿下眉头紧皱，就想帮他抚平一些。"

毕竟人表达爱意喜欢用这样的手段，而且沈叶知道，这个动作对顾南衍有着别样的意味。

边溪还想追问，顾南衍却伸手阻止了他。

晨光映在顾南衍身上，他的目光停在沈叶身上许久。小时候，顾南衍经常皱眉，母后看见时就会抬手抚上他的眉心，为他抚平皱紧的眉头。

如果说沈叶是无心之举还好，要是别有用心，那她又怎么知道这个动作对自己的含义？

明明这是他跟母后的秘密。

顾南衍拳头握紧，沈叶此人来历不明，派人去调查她的身世，底子看起来却是无比清白，可这些正常后又隐隐透着不对劲。

顾南衍移开目光，冷静道："先走吧。"

沈叶没看到顾南衍有什么表情，原本以为是自己的计策没用，但现在一看，熟读人物小故事还是非常有用的。

她心里一喜，面上也不自觉地喜悦起来。

殊不知，顾南衍余光瞥见，越发觉得她形迹可疑。

顾南衍进了皇城最有名的金银铺子，沈叶和边溪一同跟随在后面。

边溪作为太子府的侍卫长，人物设定是头脑简单，四肢发达，是顾南衍最为信任的人。沈叶偷偷瞄了他两眼，根据以往的经验，她心里不禁想：万一边溪有了作为领导的陋习，因为自己没拍他马屁要给她穿小鞋，那就很难办了。再者说，想要完成任务目标，边溪也是首要的攻略对象，肯定是要套近乎的。

见顾南衍被老板和伙计围着介绍好东西，没空闲管他们，沈叶自然不会错过这样千载难逢的机会，露出讨好的微笑搭讪："大人，

您知不知道太子殿下有什么爱好？"

正所谓，要找到共同话题才能做好社交。她想来想去，两人之间应该就只有顾南衍这一个共同点，多问跟顾南衍有关的就行。

沈叶以为这样能打开话匣子，可边溪心里却捏了一把汗。他不知道沈叶是何目的，自己要怎么说才恰到好处。想了半天，他慢慢说道："主子对沈侍卫期待颇多，沈侍卫莫要辜负他就行。"

驴唇不对马嘴的话，沈叶没明白。

她正想再开口讨论更多，忽然飞来的一把刀打破了宁静。

说时迟那时快，边溪抽出腰间的剑将刀打飞。那刀就从顾南衍的耳畔飞过，刺入身后的木板。可见，这是一记杀招。

紧跟其后的，是几个用黑布蒙着面容、露出眼睛、凶气十足的刺客。

面对这些人，顾南衍并没有慌乱，手中还把玩着玉如意，与抱头鼠窜的沈叶形成鲜明对比——她在刀飞来的一瞬间就把武器丢了，四处找地方藏起来。

谁能想到新剧情会那么刺激，沈叶现在身在其中，真刀真枪，她作为良好市民焉能不怕？

边溪已经提着剑加入打斗，有他在，顾南衍不担心。顾南衍看着眼前的景象，身处铺子，外面是刺杀。这个场景竟然和之前在脑海中一闪而过的画面对上了。

忽然，花瓶掉落碎裂的声音引起顾南衍的注意，是沈叶。

沈叶这东躲西藏的样子全落入顾南衍的眼中，他不自觉加大手上的力度，玉如意四分五裂，发出的声响吓人。沈叶抬头，正好跟顾南衍的眼神撞上，外面明明是艳阳天，此刻的她却有种坠入冰窖的感觉。

不好，顾南衍这是又怀疑上她了。

沈叶心里突然冒出一股勇气，张开手："太子殿下，臣来护着您。"说着，她就朝顾南衍冲过去。

顾南衍都没反应过来，他没被刺客撂倒，反倒一下子被沈叶给扑倒了。

两人接触的那一刹，顾南衍脑海里又有画面闪过。这次他竟看见了顾袁跟沈叶在一起交谈，而那背景是太子府中的望月台。

第二次了，这到底……是什么？

顾南衍没来得及深究，因为边溪和提前埋伏好的士兵解决完刺客进来了。众人看见不近女色的太子殿下被一个小侍卫压在了身下……场面异常安静。

过了好久，还是底下的顾南衍咬牙切齿道："沈叶，你到底在干什么！"

沈叶这才反应过来，一骨碌爬起来。

边溪虽然心中大惊，但是也没忘记主子交代他的任务，赶紧来到已经站起来的顾南衍身边，耳语道："属下围了他们，想要留下活口，但是一支羽箭飞来，人就死了。他们身上戴的还是神云军的令牌。"

顾南衍有片刻的失落，莫名飞来的羽箭让事情再次陷入僵局……这个幕后黑手真是藏得深，看来这次又是失望而归。他心里千回百转，眼神中渐渐多了几分凶恶，沈叶就在这眼波中感觉自己被凌迟了好几次。

"给你一个机会供出幕后之人，也许还能博得一线生机。"顾南衍居高临下地盯着沈叶。

她表现得十分紧张，一副要哭不哭的样子。顾南衍瞧着就觉得她这人惺惺作态，把脸别到一边。

此刻，沈叶已经想到说辞："一开始属下打算在暗中蛰伏，好保证能一击毙命，但后来看到您身陷囹圄，顾不得那些就想着冲出来救您，没承想用力过猛撞到您……"

沈叶为了性命拼命圆谎。

"可你丢了武器。"顾南衍冷笑一声。

"高人通常都不需要武器。"因为沈叶这句话，场面顿时安静了下来。

　　她这是暗讽了多少人？见旁边的边溪面子也有些挂不住，沈叶暗骂一声，路都被自己走死了。她在心里轻叹，加深底气说："我不轻易出手，出手对方必死。"

　　反正现在也没有刺客，顾南衍总不会叫她对着自己人露一手。

　　却不想，听到她的话，顾南衍紧接着开口："那你便展示一下吧，杀招就不必了，习武之人应该有些基本功能使出来吧？"

　　沈叶的内心尤为精彩，从开始的惊讶变成无助、惆怅，最后演变成了生无可恋。她不该说那些话，甚至她之前就不该是在投行工作，她要是个武打明星该有多好。

　　嗯？武打明星！

　　沈叶犹如任督二脉被打通一般。

　　真功夫她不行，装样子还是可以的，《一代宗师》《黄飞鸿》这些武打片白看的？军训白训的？跟着公园的大爷大妈晨练白练的？

　　于是沈叶扎起马步，气沉丹田，往外吐了口气。

　　"那我就只能露一手修炼内功的心法，献丑了。"沈叶张开双手，"大鹏展翅，白鹤在天，杀！"随后抬起双腿推出去，"螳螂出拳，黄雀招架，死！"

　　军体拳结合太极、咏春，再加上那些由沈叶东拼西凑、狗屁不通的口诀，倒是唬住了一些人。

　　先前埋伏的士兵忍不住夸赞："太子殿下身边真是能人众多，沈侍卫武功不一般啊，这功法属下竟从未见过。"

　　沈叶得了夸奖，表演得越发起劲，口号也是一个比一个响亮。

　　最后，她以一个马步结束。

　　"属下表演……练完功了。"她话语间还有点喜滋滋的意味，像是在等待顾南衍的表扬。

　　可惜顾南衍想的是，自己未见过如此奇怪的武功，这并不像是武馆里能练出来的，果然，沈叶这人大有文章。于是，他一个眼神刺过来："沈侍卫倒是恪尽职守。"而后扬长而去。

什么意思？难不成顾南衍觉得自己的表演辣眼睛？

沈叶不得不看向边溪，颤颤巍巍地问："边大人，我还能活吗？"

边溪抬起头："主子真是对你期盼良多，沈侍卫可要把带刀侍卫一职做好，保护好主子，你对主子的心他都知道。"

主子明知道你很有可能是奸细，还把你留下，就证明他对你抱有期待！边溪就是这样解析今天顾南衍留下沈叶一命的行为的。

只可惜，沈叶听不到。

就算听到，她应该也不会在意，因为她就想简简单单地活着。如果可以，她根本不愿意掺和进顾南衍的事情里。

"那是肯定的，我肯定像边侍卫一样尽忠职守，以你为榜样！"沈叶狗腿地说着。

见边溪也颇为认同地点了点头，她的一颗心才终于落到了肚子里。

夜晚，原本万里无云的天渐渐阴沉下来，不一会儿大雨落下。

沈叶收拾好自己，正准备舒舒服服地睡上一觉时，猛地回想起白日的事情。

她这才发觉不对劲，边溪说让她保护太子，她又没有武功，要怎么保护？

沈叶的手摸到一旁的小刀，表情马上垮了。顾南衍之前说过她是带刀侍卫，她当时还没长心眼，现在……怎么看，那都是白刀子进红刀子出的真把式，要是刺客再来，她又不能逃，岂不是只有当肉盾的份？！

沈叶越想越睡不着，抓紧自己的小被子，瑟瑟发抖。

看来，尽快完成任务才是王道！

与此同时，城里的那间金银铺子，古香古色的铺面里还有一丝未消散的血腥味。

黑暗的角落里出现两个人，一人戴着面具，穿着黑色常服，身影似是与黑夜融在了一起，另一人匍匐在地："属下办事不力，还

差点掉进顾南衍的圈套。"

黑袍人冷笑了一声:"无妨,这样才有趣,既然刺杀不成,那就把消息散播给有心人听。"

雨滴打落在门窗上,冷风呼啸,黑暗中只亮起一盏烛火。跪地的人应声道:"是。"说完,便转身离开了铺子。

03

飞驰的马匹带来一阵沙风,正好吹到沈叶脸上。

"阿嚏!"沈叶打了一个大大的喷嚏。

周围散乱的箭矢,凌乱的靶子⋯⋯沈叶呆呆看了很久,天啊!这些她一个人要收拾到什么时候?

沈叶正在顾影自怜,远远过来的灰色身影吸引了她的注意力。

按照漫画设定,只有"男主角"顾袁爱穿灰色衣服。远处那人身材瘦小,看起来有些弱不禁风的模样。沈叶模糊地听见侍从有一句没一句地唤:"茶王殿下,您慢点,太子殿下没说要见您。"

"您别去,茶王殿下。"

这便是顾南衍同父异母的弟弟,漫画的男主角——顾袁,因为特别喜欢茶,所以被封为茶王。

沈叶觉得应该再多加一个字,变成"绿茶王"。因为顾袁除了装可怜、挑拨关系、给顾南衍找麻烦和躺赢,没干过别的,就连媳妇都是他冒领顾南衍的功劳得来,没有半点权谋智慧,毫无人格魅力,活脱脱一个古代版头顶"绿茶"光环的男主角。

沈叶在心里认真吐槽着这位茶王殿下的时候,脑海中突然灵光一闪,要是她能在现阶段对顾袁晓之以理,动之以情,说服他不去争皇位,又或者是让他直接没办法当继承人,主角不就自然到了顾南衍身上吗?!

她都不用管那该死的幕后主使,就可以直接回家了。

做成这一切的前提是她必须要先靠近顾袁,于是沈叶放下手中的活,马不停蹄地跟了上去:"茶王殿下,小人在太子府久仰您的大名。"

顾袁看着突然冒出来的人，不得不停住脚步。听到她的话后，他习惯性地开口："你这么好看却来守门，我看了真是可怜，我府里就不会这样，太子哥哥真是糟践人。"

这说话的语气，不愧是他。

沈叶虽然觉得顾南衍对自己不好，但她是欣赏他的，听着顾袁这些话，她心里到底有些不舒服。

"是啊，太子府不比茶王府那般省事，人才也多得很，我都没有出头的日子，还是您那边好，门第低。"她这叫变着法子说他穷酸，既能抒发心中不快，又能引起他的注意。

果然，顾袁冷笑一声："我倒是不比你一个守大门的能说会道。"

沈叶露出真诚的笑容："没有没有，还是您会说，颠倒黑白最厉害。"

两人一来一回间反倒是顾袁处在了下风，他从小到大哪里受过这个气，便想着用身份压人。

"你叫什么名字？敢这么以下犯上。太子哥哥看来是不怎么管教人，需要我来管教一下。"

"小人叫沈叶。"见顾袁气急败坏的样子，沈叶知道自己的第一步"刷脸熟"已经成功。但她明白，一定要见好就收，便掩面，装作一副很害怕的样子，"冲撞殿下，小人实在该死。可是人人都说殿下宽厚，您定能原谅我。"

顾袁嘴角狠狠抽了一下，心中真是难受到了极点。

他不能不打招呼就直接处理太子府中的人，但今日难道要受一个下人的气？

就在这胶着的时刻，远处响起顾南衍的声音："沈叶。"

未见其人，先闻其声，真是霸气十足。

顾南衍来到两人面前，对着沈叶勾勾手指，沈叶就赶紧跑到他身后。

"我的人，是有些聒噪了。"

我的人？

在如此紧张的时刻，沈叶竟然还能从中听出几分宠溺，她在内心不禁给顾南衍点个赞。

顾袁脸上的表情则是精彩得很，被这么怼了，顾南衍一句"聒噪"就想要他不计较，怎么可能？！

顾南衍的眼神扫在顾袁的脸上，对上他的视线。

顾袁心里一颤，怎么不可能？顾南衍是他兄长，又是太子，他只能忍气吞声："聒噪是活泼的表现。"

顾南衍听了，点点头。

在场没有人知道，顾南衍的余光一直在沈叶那边，他看到了刚刚发生的全部，沈叶的小心思他也看得清楚，自然明白此刻不能激怒顾袁。

只是这沈叶果真不简单，敢公然跟顾袁叫板。

但现在是怎么回事，她为什么要一脸崇拜地看着自己，莫不是又惺惺作态？

顾南衍心中不快，对着沈叶来了一句："去校场跑十圈。"

沾沾自喜的沈叶笑容凝固在嘴边，开口辩解："殿下！我就是聒噪了。"

"找点事情做，就不聒噪了。"

顾南衍带着顾袁进入大殿。

顾袁正因为沈叶受罚感到喜滋滋的，蓦地对上顾南衍的眼神，心底寒意顿生，笑容定住了，难道顾南衍已经知道了他这趟的目的？

顾袁心中有了打算，他要先发制人。

他没了先前的跋扈，一副楚楚可怜的模样："太子哥哥，我真的无意冒犯您，只是臣弟最近老是做奇怪的梦，有些心神不安，可怜得很。再加上您的这个侍卫真是好生厉害，唉，弟弟府里就没有这么好的人才。"

顾南衍皱起眉头，这话听着像是好话，但怎么就那么让人感到不舒服？

　　算了，顾袁从小就是这样性格奇特。

　　顾南衍面无表情地说道："想要什么直说。"

　　"没想要什么，就是我这几天心里慌，想着要不来太子府住几天，在您的保护下，我肯定安全。"

　　让顾袁住进家里……顾南衍光是想到这件事就觉得头疼了。

　　他正要拒绝，却突然记起自己之前在金银铺时脑中闪过的画面，这个一闪而过的想法拦住了他拒绝的话。

　　顾南衍思来想去，自己莫不是有了预知能力？只是这太过奇异，他也不敢下这种结论。但今天顾袁的上门和沈叶的反常让顾南衍有了验证的心思，便答应了："好。"

　　得到回答，顾袁脸上笑开了花："多谢太子哥哥。"

　　他握紧衣袖底下的信，这是今早不知从何处飞来的箭矢上绑的，上头清楚地写着："太子府出现刺杀事件，是神云军的人。"

　　04

　　沈叶花了一些钱，从小厮那里买到了顾袁在太子府里住下的消息。

　　她以后再想找顾袁，那就是分分钟的事情了，而且经过上次的交锋，顾袁肯定忘不了她，她想想就觉得开心。

　　也许是上天眷顾，机会很快来了。

　　作为漫画的资深读者，沈叶知道顾袁是个喜欢风花雪月的人，没事就爱对月而谈。她今天收工早，没有杂事找上门，便打算去望月台等待顾袁。

　　这次她要装作偶遇，以爱好让顾袁彻底注意到自己，由此跟他打成一片，最后取得他的信任。日后他要是再有什么动静，她也能及时给顾南衍通风报信。或者说，她从今日起便开始给顾袁说说顾南衍的好，让顾袁明白，在宫城中，须得选择一个好靠山才能让自

己活得安顺，而顾南衍就是这样一个靠山。

从漫画的人设上看，顾袁不像是个野心大的人，所以沈叶觉得这些方法还是非常具有实操性的。她在脑海里想了一万种等会儿如何套近乎的说辞，可万万没想到的是——

顾袁变成了顾南衍。

沈叶刚踏上望月台，就有一群人押住了她。

亭中的屏风被撤掉，露出顾南衍阴沉的脸庞。他目光灼灼地盯着沈叶，声音仿佛夹了霜雪般的冷："沈侍卫这么晚来望月台干什么？来找茶王？"

"先是女扮男装出现在我身边，现在又私下联络茶王，你的目的是什么？"

沈叶崩溃了，脸上的笑容比哭还难看。

要是她说自己过来散步，没想着别的，顾南衍能信吗？而且，她的女子身份竟然这么容易被看穿吗？

顾南衍看沈叶没回答，脸色越发冰冷。

一刻钟前，手下向他禀报"沈叶和顾袁都朝着望月台的方向去"的情况，他吩咐人利用一盒茶拦住了顾袁，自己便在这里等着沈叶。

眼前的这一幕和脑海中的画面完全重叠，顾南衍可以确定，当时的画面就是预知——也许是上天眷顾，给了他如此奇妙的能力，保佑他在这漩涡中生存。

想到这些年经历的刀光剑影，顾南衍的杀气更重了。

他回想起沈叶之前做的那动作，觉得她玷污了那动作对自己的意义，心中的厌恶又多加深了几分。

沈叶看着他拿起桌子上的匕首，脑筋飞速动起来。

或许是紧张的气氛激发了人的智慧，她在这样的绝境中还真想到了一套完美的说辞："太子殿下！属下真的是冤枉的啊！我深知大骁朝堂局势复杂，明白茶王是殿下的敌人，便想了一个绝佳的办法替太子殿下扫清障碍——我想陷害他，让他被流放！这次，属下就是准备接近他才来的望月台。

"属下句句是真，我做这一切全都是因为我……爱慕殿下啊。"

"属下真情实感，付出一切地爱慕着殿下。"

此刻，沈叶无比感谢太子府里那些八卦的侍女——她从偷听到的消息里得知"春心"是表达爱意的意思，也知道现在众人都误会她爱慕顾南衍。

刚好现在身份曝光，她若是想要解释清楚自己此刻的动机，没有别的办法，爱情就是最好的理由。她相信自己的演技，顾南衍肯定能被她感动。

场面安静了很久，顾南衍终于出声了。

但他的神色复杂得很，大概是被这场表演震撼到，别开脸："拉下去……"

然而，他没说完的话被一阵急促的脚步声打断，一个宫装打扮的太监在他面前站定，手里拿着一块镀着金漆的令牌，说道："参见太子殿下，老奴唐突了，实在是皇上急召，请您快些入宫。"

这是皇帝身边的亲信舒公公。

在即将关闭宫门的时刻，舒公公亲自出宫来找自己，顾南衍有种不太好的预感。

这时，舒公公的目光落在匍匐于地、狼狈不堪的沈叶身上："太子殿下，这是？"

顾南衍的眼神像箭似的再次落在沈叶身上，快要把她戳烂。沈叶紧张地咽了咽口水，心想，这个舒公公可不是什么省油的灯，他是皇帝的情报来源，人形"电子眼"。

沈叶瞄了眼自己这一身融于黑夜的打扮，她身旁还站着几个大汉，完全不像发生了什么好事的样子。万一舒公公去皇帝面前添油加醋地说些什么，那对顾南衍的发展可谓非常不利。她麻溜地开口："小人反正已经打扰了您赏月，也就豁出去了，小人今天干的事情全都是出自真心，话是真的，喜欢是真的，一切都是真的。"

她声情并茂，立马就塑造出了一个为表白心上人、以下犯上，结果被抓起来了的形象。

不出所料，舒公公一笑："太子殿下果真魅力无边。"

顾南衍没回答，看向沈叶的眼神里夹杂着探寻的意味。

沈叶竟是在帮他？她到底要干什么？

顾南衍递给边溪一个眼神，边溪点点头回应。

"太子，朕听说你府里最近似是不太平，还有谣言称神云军的人扮成刺客三番五次地刺杀你。"

森严肃穆的大殿中，皇帝顾云衡看着顾南衍，淡淡地开口。

停顿片刻，他嘴边勾起一抹笑，拿起桌案上的剪刀："这谣言虽然离谱，但是三人成虎。太子，你还是要管管这些谣言，若是传到其他人耳朵里，他们怕是会质疑你的能力。

"太子之位，多少人……可都是虎视眈眈。"

带着满满猜忌的话语和他手中的树枝被剪断的清脆声音，一起传入顾南衍耳中。偌大的殿中一片死寂，周围值夜的人零散的呼吸声一声比一声重，顾南衍甚至觉得自己听到了他们一次比一次快的心跳声。

他攥紧手，抬起头看了看座上的皇帝。昏黄的烛光下，那人的轮廓有些模糊，但帝王的冷漠却半点没有被遮掩住。

顾南衍的眼睛里划过一丝阴郁。

千防万防，神云军的事情还是传到了皇帝这里。

此刻他的心里浮现出一个结论——知道这事的人没几个，沈叶是其中最可疑的，因此，消息最有可能是她传出去的。

顾南衍的神情渐渐冷了下来。

他慢慢将手抬到胸前，拱起手，带上笑容："禀告父皇，此事并非谣言，确实有神云军的人刺杀我。"他不大的声音传遍整个宫殿。

顾云衡的动作和神情皆有一刹那的停滞，随后他重拍桌案："好大的胆子！神云军的人是不是不想要他们的命了！你怎么不早说？有没有伤到？"

他还特地走到顾南衍面前，将顾南衍仔仔细细地看了一遍，确定是毫发无伤，他才浅浅舒了口气。

"没事就好。"顾云衡伸出手探向顾南衍，俨然一位慈父。

偏偏就是他这副模样，顾南衍才越发觉得讽刺。不知道从何时起，他们父子之间只剩下怀疑和猜忌，两个人互相提防，却还要维持着这虚假的亲情。

顾南衍微微躬身，看似是在尊敬地向上位者禀告什么，实则是躲避那些虚假。

他叠着的双手盖住脸，原有的笑容立刻收住，变得冰冷："儿臣已查明，这伙人是伪装成神云军的刺客，幕后主使是梁主使，儿臣查到了他们有大量的书信往来。"

"锦州梁主使？他不是刚刚因病去世？"

"是，儿臣查到他苛待百姓，近日正打算上报，就遇到了这件事，刺杀应该也是这个缘由。梁主使在知道刺杀失败之后已经自裁了，大抵是家人害怕被连累，所以才谎报他是因病去世的，来个死无对证。"

殿中又没了人声，只剩下皇帝踱来踱去的脚步声。

顾南衍手心变得有些湿润，出事以后他就做好了这一手准备——若消息泄露，就伪造证据将一切嫁祸给这个为官不良的梁主使，而且梁主使也确实派过一些不入流的江湖人刺杀他。

可这办法终究是矮子里拔高，不算什么高明手段。

若皇帝不信……

"好一个梁主使！真是好大的胆子。接着查！你立刻把这些证据交给朕！"皇帝一副气急败坏的模样。

顾南衍绷着的背脊终是放松了些："是，我这就叫人送来。"

"不过你怎么不说？这是在担心什么？还怕朕不为你做主吗？"

"儿臣只是不想增添父皇的烦恼。"

皇帝又说了许多关照的话语，还给顾南衍赐了不少东西，两人是极好的一番父慈子孝的景象。

顾南衍恭敬地站在皇帝面前，心情却越发阴郁。

谢恩之后，他便徐徐退出大殿。

没过多久，舒公公的声音在大殿里响起："陛下，太子殿下府里最近确实多了许多奇怪的人，今儿老奴就遇见一个想飞上枝头当凤凰的，场面闹得还不小。"

顾云衡双手扶额，没有动静，看来是对此没什么兴趣。

舒公公立马换了话："那老奴去查查梁主使的事情。"

"不用了。朕早就知道梁主使苛待百姓，而且太子这般说，必定是已经安排妥当，查不出什么。让朕好好想想……好好想想。"

这时的皇帝疲态尽显，他慢慢从怀中摸出一张字条，字条皱巴巴的，是反反复复看过的痕迹，上面写着："太子遇刺，事关神云军，刻意隐瞒。"

这是刚送来的情报，也是让皇帝不顾夜深也要急召顾南衍入宫的理由。

顾云衡本以为能借这次机会打压神云军，没想到顾南衍还有这等准备，顾云衡只觉得自己这个儿子越发厉害了。

大殿内又传出一声重重的叹息。

05

天蒙蒙亮，顾南衍折腾了一夜才回到太子府，他径直去了地牢。

此时的沈叶正坐在一堆稻草上，百无聊赖地数着羊，顾南衍来之前已经有四五拨人来找她问过话。

沈叶越熬越精神，没有半分疲惫。

她看见顾南衍来了，立马飞奔过去，可怜兮兮地说："殿下，我真是冤枉的。"

得到的却是顾南衍冷若冰霜的眼神。

想杀一个人的心思是藏不住的。

这跟想象的不一样。

沈叶忍不住打了一个寒战，她寻思着自己这会儿在牢里老老实实地被审问，没干什么出格的事情，怎么顾南衍看起来比刚才还要可怕？

"幕后主使是谁？"

他阴郁的眼神加上沙哑的声音，让沈叶的心颤了颤。

她有些慌乱的模样落在顾南衍眼中，只让他心中的怒气越发旺盛："最后一次机会，谁让你把有关神云军的消息传出去的？是不是安排刺杀的人？

"还是说另有其人？"

"另有其人"四个字被他咬得格外重。

顾南衍渐渐染上猩红的双眼，紧盯着沈叶。他不断靠近，抬手的不经意间，跟她抓着牢门的双手触碰到。

与此同时，他的脑海里猛地闪过几个场景。

顾南衍一怔，一把抓住沈叶的手。

他看见燃起漫天大火的地牢里，沈叶背着他一步一步艰难地爬出去。

耳边还传来她忽近忽远的声音：

"我们马上就能出去了。

"我不会让您死的，绝对不会。

"为了您的母后，您也要活下去！

"顾南衍，醒醒。"

沈叶救他？还知道他的母后？

顾南衍迟疑了，这应该是预言再一次出现，预言不会骗人，那沈叶究竟是何目的？

"你……到底是什么……人？"

沈叶察觉到了顾南衍的不对劲，特别是看到他竟然主动抓住了自己的手。按照顾南衍往常的性子，碰一下就得暴跳如雷，可如今他不仅没有生气，还有点沉迷一样，一双眼直勾勾地盯着她的手。

沈叶试探性地用拇指钩住顾南衍的一根手指。

顾南衍没有反抗。

在沈叶握住他手指的那一刻，原本模糊的场景和声音变得清晰

起来，他甚至还能听到沈叶的抽泣声。

难不成预言跟触碰有关？顾南衍的脑海中冒出这个想法，他手指一动，与沈叶的手变为十指相扣。

这一次，顾南衍看见了大火的源头，是两个黑衣人在纵火。

两个人像是在说什么话，但是听不太清楚。

顾南衍加大手上的力度，沈叶却突然用力将手撤了回去。

一切消失殆尽。

顾南衍本来想问点什么，却看到沈叶娇羞一笑："还有这么多人呢。"

顾南衍身后的侍卫眼睛瞪得一个比一个大。

自己到底是太子，而且也不能让来历不明的沈叶看出什么端倪，顾南衍马上恢复到面无表情的冷酷样子："今天就审问到这里，记住规矩。"

侍卫们连连点头，牢记规矩——地牢审问过程绝不外传！

顾南衍点点头，抬脚要走。

还在演着娇羞戏码，准备欲拒还迎的沈叶余光看到他的动作，脱口而出："这样你就走？！"

顾南衍没回应，只是往前走。

沈叶内心的希望之火快要熄灭的时候，他忽然停住，没头没脑地留下一句："明天我还会来。"

边溪从牢里出来，才敢把不明白的事情问出口："主子，您是不是……真对沈侍卫动了恻隐之心？"

听到这话的顾南衍停住脚步。

他缓缓抬起和沈叶有过接触的手，初升的朝阳恰好落下一抹微光在他的手心。

顾南衍不知道，但是直觉告诉他，沈叶一定跟母亲有关。

他已经确定自己跟沈叶进行接触就能得到预知画面这件事，但看沈叶本人的样子，她对此应该并不知情。

一片混乱的思绪中，沈叶真诚的眼神和预知中使劲救他的样子清晰明了。

只不过，对于沈叶的目的，他有些模糊了。

既然是这样……

"试一次。"

说完，顾南衍徐徐前进，只剩下一脸蒙的边溪留在原地。

试一次？

再牵手一次？

边溪的眉头皱得比麻花还拧巴，他实在是不敢想象平时清冷的主子有一天会变成这副模样。

06

第二天，顾南衍果真信守承诺来找沈叶，但奇怪的是，他不问话，也不说要杀掉沈叶，就在地牢里收拾出一块地方，专心致志地写写画画。

沈叶不清楚原因，也不知道该说什么、做什么，一双大眼睛只能盯着顾南衍，绞尽脑汁地想他昨天为什么要牵自己。

她想着想着，思想就开了小差。

沈叶觉得有点酸。

顾南衍那边茶水点心、软座靠椅，应有尽有，再看看自己这儿，除了稻草还是稻草，她忍不住捶了几下稻草。

发出的声响使得众人将目光转向她。

然而，就在这样气氛凝滞的场面里，"唰"的一声，从狭小窗户里飞进来一个圆柱形的盒子，它还玩笑似的一骨碌滚到了顾南衍脚边，藏都藏不住。

沈叶看看顾南衍，再看看躺在地上的盒子，面如死灰。

什么玩意儿？来坑我的？

顾南衍伸手捡起盒子，掏出里面的字条。那字体可谓是非常熟

悉了，而且来人还缺心眼似的在底下署上姓名，生怕别人不知道他是谁。

"明日亥时三刻，我会潜入大牢。顾袁。"

顾南衍眉头皱起，眼前好似又一次浮现出漫天大火，是……顾袁？

他握紧了手。

殊不知，他这样的情绪变化和在沈叶心上扎刀子没什么两样，沈叶总感觉下一秒她的小命就要不保了。

得解释。

即使这个时候解释很苍白。

沈叶沉了沉气："殿下，我在这里老实得很，他们一直盯着我的，这个东西绝对跟我毫不相干。"

她正准备开始分析，结果顾南衍冷漠地来了一句："是顾袁，他说明日亥时三刻来见你。"

说时迟那时快，沈叶嘴里的话就转了弯："那太好了。殿下您放心，这一次我不想什么流放的事情，我就好好劝他，争取让他变成自己人。"

"自己人？"

"对，把他变成和我一样，愿意全心全意帮助殿下的自己人。"

沈叶还用上了点撒娇的语气，但顾南衍不知是习惯了还是怎么，并没有表现得难以接受。他来到牢房前，神色平静地开口："沈叶，你以为自己是谁？顾袁再不济也是一个皇子，凭什么听你的话？"

"我靠的不是我，"沈叶陡然出声打断顾南衍的话，望向他的眼神里多了几分坚定，"我靠的是您。顾南衍，说出来您也许不太信，但我绝对比这里的任何一个人都了解您，了解您的处境，了解您的野心，更……了解您的不易。我觉得您能，也值得当皇帝。

"正因为我信您，所以明知道不可为的事情，我也还是想去做，我很在乎您。"

沈叶着迷于漫画的时候，身边的朋友总会说"这么大的人，怎么还看少女漫画"之类的话，沈叶就会争辩自己看的不是少女漫画。她自始至终都觉得顾南衍是个有血有肉、有理想有抱负，并且能为目标付出努力的人。他跟她很像，而且能够让她产生强烈的共鸣。

正是因为这样的相同感，沈叶从不觉得顾南衍只是一个单纯的纸片人。

同时，沈叶也因为这份对顾南衍的了解，明白能打动他的可能只有真诚。

她笑了笑："哪怕是这样，您也还是觉得我会害您。"

顾南衍有一刹那的呼吸停滞，他竟有些不敢对上沈叶的眼睛，略显慌乱地将字条丢给她，别开脸。沉默片刻，他开口道："既然这样，那你就帮我演一出戏。"

其实，顾南衍想问沈叶是不是认识自己的母亲，是不是曾与自己有过什么渊源……可那份不确定以及小心翼翼的心思，让他还是选择了试探。

顾南衍要沈叶当作什么都不知道，等顾袁来了之后套出他的目的。

一切都在自己的掌控之中，顾南衍不怕沈叶要变节，甚至于私心里，他更倾向于沈叶不会变节。

沈叶没看到顾南衍渐渐柔和下来的眼神，心里一个劲儿地想要把握机会，小脑袋化身捣蒜机，不断上下点着。

亥时三刻，为了方便顾袁"自投罗网"，牢中的守卫松了不少，空荡荡的没个人影。

沈叶盼星星盼月亮地等着，没一会儿就看见不远处冒出一个人影。顾袁闲庭信步地走过来，等到站定又颇为得意地说："外头颇负盛名的太子府地牢也不过如此，还不是任我出入，任我传递消息。"

听到这话，沈叶真是为顾袁的"聪明才智"好生感叹了一番。

不过她表面上还是装成一副"觉得你确实很不错"的样子，甚至为他拍了拍手。

顾袁很是受用地看着沈叶，喜滋滋道："本王很欣赏你，特别是在王府听到你的那些事迹，觉得你这个人着实不错。"

什么？

沈叶想来想去，自己能在王府广为流传的事迹……应该也就是那几次颇为赖皮的表白。

顾袁也不卖关子："你敢当众对我皇兄表明心意，还能没事，足以证明你勇气可嘉，把控人心的能力也在我之上，值得我欣赏。"

把控人心的能力？沈叶还是头一回听到这种解释，顾袁果真思路清奇。

"我既然如此欣赏你，那你必定跟我是一条线上的人。从此以后，你就替我打探太子府的消息。"

仿佛是为了印证自己奇怪的"脑回路"，顾袁的话让沈叶目瞪口呆，这不仅直接省略了招降过程，还连个拒绝的机会都没给。

沈叶真是头一回遇见这样的人。

而且她还没问顾袁的目的，他就像竹筒倒豆子一样一股脑地倒出来了，还真是不把她当外人。

"那其他的事情呢？"沈叶打算问得再深一些。

顾袁的神色瞬间变得严肃起来，沈叶觉得他接下来是要说出什么天大的计划，没想到，他却说："其余的……交出你把控人心的秘诀。"

沈叶沉默了。

她算是明白了，顾袁这自恋的属性和神奇的想法，无论有什么坏心思，估摸着他都是起不了什么风浪的，野心和实力实在不相配。

沈叶长叹了一口气，继而拍了拍顾袁的肩："茶王殿下，你既然欣赏我，那就听我一句劝。看看在太子殿下的治理下，大骁人民过得多幸福。还有，你想想太子殿下有没有害过你？他是不是很照顾你？是不是因为有他在，你才能过得无拘无束，想干什么干什么，不用每天被逼着上课、练武？是不是都不用担心有图谋不轨的臣子害你？"

顾袁下意识地点了点头。

这无疑激发了沈叶继续说下去的动力，她从武力、脑力等方面全方位地对顾南衍进行夸赞，吹了他不少彩虹屁。

"由此看来，你根本不要去想那些有的没的，只要一心帮助太子殿下，跟着太子殿下就能无忧无虑。"

这席话听得顾袁一愣一愣的，默了半晌，他才慢慢悠悠地开口："我原以为你是看上了皇兄的地位，没承想你是真心喜欢他。"

这话让站在暗处的顾南衍有一瞬间的心跳加速，他的注意力不再落于顾袁身上，他在看沈叶。

顾南衍看见沈叶笑着，眉头似是向上挑了一下。

"对啊，我就是很喜欢他。不过他不太信我。"她停顿了一瞬，"但这不妨碍我对他好。"

后来冒出的这句话不像是在跟顾袁说。

顾南衍知道，她这是对自己说的。这是第一次有人如此明目张胆地对他告白，说这样大胆的话。他看得出，比起之前，现在的沈叶是真心的，真心地夸奖他。

顾南衍的目光渐渐落到沈叶嘴边的梨涡上，很好看，有点乖巧，又有点可爱……

突然，他一愣，不可思议地捂住心口，他怎么会冒出这般想法？

沈叶还在跟顾袁絮絮叨叨地说顾南衍的好话，都已经发展成她带着顾袁席地而坐，认真探讨的地步了。顾南衍没发现自己的表情都温柔了很多，甚至嘴角微微有些上扬。

那边，顾袁实在听得脑袋有些发晕，终是受不住地捂上耳朵："知道了，都知道了。"

他一边说一边往后退，退着退着就没了人影。

见状，沈叶笑了笑，意犹未尽地撇撇嘴。

沈叶转身时，顾南衍已经出现在她身后，许是因为火焰的照耀，他的脸微微泛红。沈叶第一次见到他这般模样，忍不住用欣赏的目

光多看了一会儿。

顾南衍察觉到沈叶的注视，不自觉地回想起她刚才的话，耳根子有些发热。

一旁的边溪颇为感慨地说："沈侍卫真是一片春心。"

在他看来，顾南衍早就被沈叶打动，只是碍于身份不好表现，所以当他听到沈叶那样"真情实感"的话后，便把自己说过沈叶可能是奸细的问题抛诸脑后，不禁湿了眼眶。

"太子殿下，"沈叶的呼唤让顾南衍回神，"殿下，顾袁只是为了拉拢我才来的，没有别的计划，他暂时掀不起风浪。"

顾南衍看着她忽眨忽眨、水灵灵的眼睛，心被扰得更乱了。

这个时候，沈叶突然又伸出手，随后她对着顾南衍的方向比了一个舒展的动作。

"太子殿下，不要皱眉头，要多笑，不然好运就跑了。"

顾南衍心头一颤。

这话，也是母亲之前常说的。

他的眼神有些不受控制地乱飘，沈叶的发梢挂着一根稻草，鼻尖上不知道从哪里蹭上了浅浅的灰。

看起来怪可爱的。

他自己都没发觉嘴边微微勾起的弧度，还慢慢回答："我知道了。"继而伸手准备帮她把稻草取下来。

此时沈叶恰好发现头发上有稻草，动手拂去。

顾南衍的手尴尬地伸在半空中，他迅速摆动一下，变成了有事吩咐，边溪应声过来。

顾南衍躲避着沈叶的目光："今日先这样。"

沈叶眸光一闪，顾南衍的这点招数可骗不过她，毕竟她可是拿出了杀招，先让顾南衍感受到熟悉的东西，趁他心乱再进攻。

在他要离开的时候，沈叶先一步走到他前面："太子殿下，我今天表现得这么好，您能不能给我个赏赐？"

顾南衍没答话。

"我头上的簪子有些松了，殿下可否帮我弄一下？"她微微俯身。

顾南衍看见了沈叶发间的银簪，简约朴素。两个人温热的呼吸交缠在一起，顾南衍竭力表现出平静，可红透的耳根藏不住。

他伸手弄好银簪，沈叶就退后几步，脸上露出甜甜的笑容："谢谢太子殿下。"

她低垂的眼眸中闪过一丝狡黠。

沈叶做事的原则就是决不能白干，设定的剧本上并没有劝诫顾衰这个情节，但她既然知道顾南衍在旁边看着，这番行动能证明自己真心，又能试着说动顾衰，一石二鸟的事情，她当然要做得彻底。

这不就是完全按照她的设想去发展了吗？

07

夜晚昏黄的烛火映着书房里挺拔的身影，顾南衍靠在窗边，一张画像展开摆在桌上，上面的女子五官灵动，栩栩如生。尽管衣服破旧，她与那个身处牢狱、仍要向他表白心意的人也是极其相似的。

可这是顾南衍从母后的遗物里翻出来的。

画卷的纸张已经有些泛黄，边角处写着一个"叶"字。顾南衍解不开它的含义，难道是指沈叶吗？可这明明是数年前的画卷！画里的人虽然和沈叶长得相似，但眼角的痣表明她并非沈叶。难道这是沈叶的母亲？但这个为什么会出现在母后的遗物里？

顾南衍看着女子的画像，眸色深沉。

母后去世后，顾南衍把她留下来的东西放在了书房。这里是他最常待的地方，在这里看到母后的物件，就能当她一直在陪着自己。可因为害怕自己会忍不住失落，会忍不住胆小，顾南衍不常翻她的东西。

这次也是因为沈叶……或许是她的动作，或许是她说的话，顾南衍回到书房时，下意识走到了这个画缸前，里面放的都是母后留下来的字画。

这个"叶"明显是母后的字迹。

顾南衍的手轻触那笔锋，紧紧攥成了拳。

接下来的几天，沈叶有事没事练练瑜伽，有时还会拉着狱卒一起练。顾南衍甚至让人在沈叶的牢房里安排了一张床、一张桌子，把狱中装饰得有模有样。

美中不足的是，顾南衍好久没有出现。

深夜寂静，沈叶闭着眼躺在床上，心里念着顾南衍的行踪，始终没有睡着。不知道过了多久，她耳边突然传来一阵不同寻常、窸窸窣窣的声音。

"你确定情报没错？"

"我确定就是这个女人。"

"凡是帮助太子的人都不能留，主人吩咐我们解决掉她，装成意外烧死就行。"

沈叶听到两人的对话，心中大惊。

她把眼睛眯成一条缝，想要看清二人的模样，奈何他们皆是黑衣蒙面，什么都看不出。直到其中一人蹑手蹑脚地过来给沈叶的牢门再上一道锁时，沈叶瞥见他脚上穿的鞋子，是太子府下人独有。

换句话说，太子府有内奸。

必须尽快告诉顾南衍，沈叶想。

然而不多时，一阵青烟朝她这边飘来，毫无防备地吸入这股烟后，沈叶便没了知觉。

火浪像潮水一般席卷地牢，温度急剧升高，直到有浓重的烧焦气味传出，沈叶才晕晕乎乎地睁开眼。

迷烟的药效还剩几分，她只能发狠劲掐着大腿来保持清醒，踉踉跄跄地朝牢门走去，可还没碰到锁就摔了一跤。

又是迷烟，又是加锁，这是生怕她死得不够彻底。

沈叶的身体慢慢软成一团，意识愈加昏沉。她胡乱地摸索着，大概是摸到了一块石子，心一狠，牙一咬，在手心划出一道伤口。

钻心般的疼痛感确实让她清醒不少，人虽东倒西歪，但总算是能站起来了。

"有没有人？喂……这里还有人活着。救命……救……救命啊。这里还有一个……一个人……"她拼尽全力喊出的声音可能没比噼里啪啦的火花声大多少。

火势越来越大，外面却始终无人回应，沈叶还是艰难地抬起手，用石头撞击地板，盼望这样的声响能被外面听到。

这下可能真要折在这里了，沈叶晕晕乎乎地想，心里已然没了出去的信心。

"沈叶！"

忽然，出现一道男声。

这是顾南衍的声音！

就像是暗夜行走时突然亮了一盏明灯，沈叶欣喜若狂，嗓子已经发不出声音，她就更加用力地敲地板。

顾南衍循声而来，看见牢门上加固的锁，立即用剑直接劈开了牢门。

没了倚靠，沈叶便直挺挺向前倒去。

顾南衍伸出一只手接住沈叶："再坚持一会儿，马上带你出去。"他的语气说不上温柔，却让人听了格外安心。

沈叶稳住身体，点点头，攥紧了顾南衍的衣袖。

顾南衍却直接让她抓着自己的胳膊，虽是隔着几层布料，但沈叶触上来那刻，他心里还是不由自主地泛起涟漪。

他佯装严肃，叮嘱："抓紧，别跟丢。"

两人才走了没几步，"啪"的一声，前方落下一根烧断的横梁，挡住大部分去路。顾南衍想要往后退，还没动脚，又是一根烧断的木头砸下来，堵住了退路。

顾南衍只好硬着头皮带沈叶过去，他既要防范四周，又要照看迷糊的沈叶，一路十分艰难。在牢房里走了几个拐角，尽管他武功高超，也还是感觉到有些吃力。

他一个喘气的间隙，沈叶恰好睁眼看见头顶有块木板要掉落，

来不及想什么，她的本能反应就是跑。

毕竟两人隔得近，木板砸下来，那就真是"一板双雕"。

可谁知她脚下有一些小石子，一脚踩上去，她行动的方式变成直挺挺地往前冲，挥舞的手又像是刻意一般将顾南衍推开。

"哐当"一声，那块木板稳稳当当地砸在沈叶的背上，她结结实实地趴在地上，又因为摔倒时手护着脸，沾了一脸的血。

顾南衍以为她这是被砸吐了血，迅速跑过去扶起她，却见她勾了勾嘴角。

她刚才趴在地上时听到一阵脚步声，看样子是有人来救他们了。

沈叶看到生的希望，瞬间松了口气。她脑海中突然蹦出那两个放火的黑衣人，正要和顾南衍说说自己的分析，顾南衍感动地看着她："你真的丝毫不在乎自己？即便现在这样，看到我没事，你还会笑。"

沈叶还没来得及点头，边溪就带着一群人出现了。

"救沈叶！"顾南衍朝着边溪大喊。

沈叶被一群人架起，布满血污的脸上唯有眼睛清亮，却突然生出一股力，一把抓住了顾南衍的衣角，靠近他。

她沙哑的声音在顾南衍耳畔响起："太子府有内奸，是刺杀主使的人，谁都不要信。

"还有，我说过的，我很在乎你。"

/ 第二章
余光中全是她一人 /

01

顾南衍望着床上紧闭着双眼的沈叶，眉头快拧成了一个"川"字。

御医已经为沈叶细细检查过，只是一些皮外伤，至于晕倒，是因为吸入迷烟。

真是好手段。

排除顾袁的嫌疑以后，顾南衍就只能想到那个幕后主使，他面色不禁又沉了几分。

他们到底想要干什么？是想要杀掉沈叶吗？

顾南衍也想过这是一出苦肉计，可这场大火的火势太猛，如果他不出现，沈叶必死无疑。沈叶难道就那么有把握，赌他一定会出现？

如果真的是这样，又怎么解释沈叶最后救自己的行为？

顾南衍想起去地牢之前的事情。

"殿下，府里有下人看见黑衣人在牢房出现。"边溪禀报时，顾南衍正在专心致志地临摹字帖。他也不知道怎么回事，在听到这句话时，心瞬间慌乱了起来。吩咐边溪去调查后，他便失去理智般地提着剑冲去了牢房。

大火蔓延得很快，他一股脑地冲了进去，丝毫没管边溪在身后说"沈侍卫可能已经逃出来了"的话。

其实，就算沈叶没有出来，顾南衍也完全可以叫别人进去，没必要亲自冒险。可他义无反顾地冲在前面，看到沈叶奄奄一息的样子时，脑中一片空白。

顾南衍第一次想，如果他安排的府中巡逻再仔细一些，如果他当时没有停一下，没有想要试探沈叶的想法，沈叶是不是就不用像这样躺在床上？

顾南衍眼眸中的晦色一点一点加深，他指尖泛白，握着的茶杯出现一丝裂缝。

边溪从屋外进来，"扑通"一声跪在地上："属下没有保护好沈侍卫，实属失职，主子请责罚。"

顾南衍视线缓缓落下："府里有内奸，不管用什么手段，必须查出来。"每一个字都像是咬碎了一般，听得人心底发毛。

"属下领命！"边溪带着手下出去。

待了好一会儿，沈叶也没有半点动静。顾南衍的目光从她的脸上落到她被纱布包裹着的手上，手指尖依稀能看出好几个茧，那是长年握剑才会磨出来的茧。

但沈叶在牢里的所作所为，一点也不像有武功……

沈叶到底认不认识自己的母后？

她身上有太多说不清道不明的疑点。顾南衍若有所思地走向窗边。无边的月色下，太子府的灯火旺盛，错落分布着，像是天上的星河。

顾南衍猝不及防地想起沈叶晕倒前说的两句话。

“不要相信任何人。”

“我很在乎你。”

沈叶醒来时，触碰到丝滑质感的被子、枕头，还以为自己任务失败上了天堂，但身体上传来的疼痛让她还有一丝清明，清楚自己还活着。

睁眼看见的就是顾南衍的脸庞，她脑子里的思绪还有些混乱，下意识地起身，又支撑不住地躺下。

顾南衍吓了一跳，神色紧张地问：“怎么了？”

“我伤还没好，不能现在去天牢。”沈叶说话之余还拽紧了自个儿的被子。

顾南衍哪能不知道沈叶心里的小九九，笑了笑：“我本来就没想关你，难不成你自己还想去？”

沈叶一愣，不正常，很不正常！顾南衍开玩笑，破天荒头一回。

她一时把握不准顾南衍的心思，边溪恰时出现在门口，得到允许后，他走进来：“主子，按照您的吩咐，沈侍卫救人有功，赏赐的东西都准备好了。”

沈叶茅塞顿开——边溪是好人！看来自己当时脚滑，刚好推开了顾南衍，被顾南衍认为自己是在救他。

无心插柳柳成荫，这真是天助她也。

沈叶脑袋一转，眼睛一眨，泪水立马就有了：“殿下，赏赐的那些东西我都不要，太子殿下平安就好。”

顾南衍给的反应也正是沈叶想要的，他点头：“好。既然这样，你就先养伤，放火的人我不会放过。”他看着沈叶不求回报的模样，心中怜惜更甚。

沈叶眨着大眼睛，故作郑重地点点头。

她用余光看到角落里的铠甲时，心中微微一动。她不会武功，总不能每一次都装，倒不如趁现在坦白了，以免以后产生更多的误会。

“太子殿下，其实……我不会武功。”沈叶特地用软软糯糯的

声音说话，营造满满的可怜感，"我之前说会武功，是担心太子殿下不要我。我从小时候就很喜欢太子殿下了，如今也瞒不下去了，太子殿下……不会赶我走的，对吧？"

顾南衍明白沈叶这是在撒娇，神情有些不自然。

他瞥见站在角落的边溪，不由得说道："边溪，府中还有些事务，你先去处理。"

边溪一头雾水，自己就是处理完了才过来的啊！

"属下都办完了。"

顾南衍一顿，开口道："没完，我说还有……就是还有。"

他将最后两个字咬得重，边溪立马不说什么，一溜烟出去了。

沈叶看着顾南衍这番动作，心里明白，她拿捏顾南衍这件事大概是指日可待了。

"你既然不会武功，手上为何会有练武的茧？"顾南衍没接她的撒娇软话，将内心的疑问问出。

他语气不是很严厉，这就表明沈叶可以睁着眼说瞎话。

"其实，我也不是完全不会武功，就是……我之前不小心摔了一跤，醒来后武功就全忘了。"

这理由极其无厘头，但放在本身就无厘头的沈叶身上，好像也合理了。

沈叶还在继续她的苦肉计："我知道这样骗您不对，可是没办法，我只能想到这个办法接近您。而且，我现在只有太子府这一个地方可以待了。"

顾南衍心软了下来，眼神也变得柔和："知道了，我不会赶你，好好休息。"

"除此之外，还有一件事情。"沈叶的神色变得严肃起来，"我确实认识皇后。"

沈叶知道，光靠那些事情不足以让顾南衍完全信任自己，她前面已经铺垫了这么久，是时候揭开了。

"想必太子殿下应该知道我出身于武馆，也知道我是因为父亲过世，年纪太小，一个人撑不起那家武馆，才千辛万苦来到了京城。可是您不知道，在路上我曾遇到过您和皇后殿下。您大概不记得我了，可我还记得您给我的那块糕点，我也还记得皇后殿下替我舒展眉头，告诉我要笑，这样才会迎来好运。

"如果没有那块糕点，没有您和皇后殿下，我不会活到现在。"沈叶一边说，一边泛出泪花。

而此刻的顾南衍若有所思。

沈叶想，这也该被感动了吧？她这可是献出了自己看电视剧、看小说、看漫画的所有经验，给自己编造的剧本。

纯爱言情小说里面，男主角女主角都是这样开始的，沈叶对自己的剧本非常有信心。或者说，沈叶坚信，顾南衍只要遇到与他母亲相关的事情就无法冷静，无法心冷。

毕竟顾南衍之前对自己动恻隐之心也都是因为这个。

沈叶加上最后一句："所以我才来到这里，为了您，我怎么样都可以。"

他怎么可能不沦陷？

果然，听完这话，顾南衍非常明显地紧张起来。

沈叶见他如此模样，心里涌上一股喜悦。

"那你母亲……"顾南衍想起那幅画，忍不住开口询问，但话刚说出口，他又迟疑了。迟疑是因为他觉得沈叶应该也不想听人提起已经逝去的人。

再加上母后本就有喜欢画出自己所见的习惯，那幅画……许是当时瞧见了那样的难民，她便画下来了。

"嗯？"

"没事。"他顿了顿，"你好好休息。"

一瞬间，沈叶脸上跟开花一样，笑着心满意足地拉好被子。

这下肯定不会被赶走了。

顾南衍看着沈叶的模样，不自然地偏开视线。不一会儿，他不

知是想到什么，俯身，像是想要触碰沈叶。

沈叶刚刚说的事情的确有，他曾经跟着母后救助过难民。

沈叶说的，再加上她的所作所为，让顾南衍对沈叶没了怀疑，抑或说他对于见证了那段时光的人，都有一种特别的感情。

然后他就想再次试试预言的作用，再确认一次，预言是不是因为他和沈叶的亲密接触产生的。若是把这件事情直白地跟沈叶说，他怕她不相信如此荒唐的说辞。

再三思量，顾南衍还是决定偷偷地碰一下沈叶的手。

而闭眼躺在床上的沈叶突然回想起顾南衍在大牢里抓着她的手不放的事情，心里有些狐疑。

她当时身处牢狱，以为顾南衍是被自己打动了，没往深处想。现在想来，顾南衍的行为实在有些反常。

沈叶睁开眼，正好看见顾南衍的动作——此刻，传闻中不近女色的太子殿下正直勾勾地盯着她的手。

沈叶不知顾南衍想要做什么，脑筋一转，打算在他靠过来时，装作翻身不小心碰到他的手，看看他到底要干什么。

她再次闭上眼，抬手。

也许是心虚，顾南衍也没反应过来，就这样，两人的手阴错阳差地错开，沈叶的手碰到了顾南衍的脖颈。

沈叶感受到指尖下跳动的脉搏，猛地睁开眼。

两人大眼瞪着小眼。

02

沈叶觉得自己要被处决了……

可谁知，顾南衍闭了眼。

他闭了眼？！

为什么？

他怎么会……看起来一副很享受的样子？

沈叶内心一片乱糟糟的，不知道自己此刻该不该挪开手，于是只能撑着另一只负伤不重的手微微坐起身。

顾南衍却在一片虚无中，看见自己身处牢狱的画面。

顾南衍猛地睁眼，眼底的寒凉吓得沈叶收回去的手都在哆嗦，另一只手一滑，沈叶下意识一把搂住顾南衍的腰，整个人形成了一个对顾南衍投怀送抱的姿势。

她忙不迭要松手，头顶传来一句话："别松，抱得再紧点。"

这……沈叶进退两难，顾南衍不会是真的沉迷恋爱，不想专心搞事业了吧？

那她怎么办？

不行，坚决不行！

"太子殿下，您要自重！"

"和你亲密接触，我能看到未来。"

这两道声音相互交织。

"什么未来？"

"什么自重？"

两人又是这该死的默契。

顾南衍猜到沈叶误会了什么，慌忙解释："我什么想法都没有，我只是因为和你亲密接触能看到未来。"

"您和我亲密接触能看到未来？"沈叶诧异地重复他的话。

顾南衍神色认真。

沈叶迟疑片刻，想想，她现在都在这儿了，顾南衍身上有个特异功能也不算什么。

于是，她很快点点头。

顾南衍没想到沈叶这么快就相信自己，唯一的解释就是沈叶因为喜欢他所以选择相信……但他实在不希望是这么不明白地相信。

"不知道是何原因，我与你有一些亲密的肢体接触时，就能预知未来。"顾南衍开始解释，"之前我看见过顾衮同你在望月台见面，所以我才会出现在那里。这次的地牢大火我也是看过的。"

却不料沈叶听到他的话，眼里盛满了感动。

　　这是顾南衍头一回跟自己说这么多话，沈叶想起自己这段日子费尽辛苦才换来顾南衍的温柔对待，就差一把鼻涕一把泪地抱着他哭了。

　　"太子殿下，一定是我对殿下的情意感动了上天，才让我们有了这种缘分。"

　　还好顾南衍已经习惯沈叶说这样的话，哪怕觉得肉麻，也只是脸微微抽动几下。

　　沈叶在脑海中数了数自己跟顾南衍接触的次数，立马问："那刚刚的……预言是？"

　　只见顾南衍的脸色变得沉重起来："我被因禁。"

　　沈叶听到这话，表情一凝，整个人急了，问题像流水一样涌出："什么时候？在哪里？什么原因？结果怎么样？"

　　顾南衍摇摇头。

　　即便最后沈叶抱住自己，他也只能看见一个被关的画面，其余什么也没有。

　　沈叶瞧顾南衍蔫了的样子，还以为是接触得不够，就拍着自个儿的胸脯说："太子殿下您不用害羞，抱不行的话，就拉个手，脸贴脸……"

　　说完她就凑了上去，将刚刚说的"自重"忘得一干二净。

　　顾南衍退后一步，沈叶想要的拥抱没成功。

　　他咳了两声，说："你说得没错，确实要自重，这种事情对你一个女子来说不好。"

　　沈叶见他拒绝，全然没了矜持，不管不顾地接话："有错有错，为了喜欢的人牺牲不算什么。"

　　她不顾伤痛地挣扎着下床，顾南衍见她如此艰难、奋力的模样，只觉得内心有些东西正在一点点融化。沈叶明明很在意男女之防，可当听到他说这一切能帮助到自己的时候，她甚至抛开了在乎的东西。

　　顾南衍主动走上前，伸出了手。

就在两人的手快要碰到时，门口突然响起东西掉落的声响。

两人齐刷刷地望过去，是顾袁。

顾袁原本踏进来的一只脚又收了回去。

"我是不是不太适合出现在这里？确实不太适合。"他一个人自问自答，结束后头也不回地离开了。

"我觉得茶王殿下误会了什么。"

顾南衍点头回应沈叶，脸上带着异样的潮红。

"要不我们继续？"

还没等沈叶伸出手，顾南衍就拒绝了："你先回去休息，这件事不急。"

沈叶一心沉迷在探索未来的事情上，根本没发现顾南衍此刻温柔到不正常的语气。她还没来得及反应，就见冷静自持的太子殿下脚步有些错乱地出了房门。

顾南衍躲了沈叶好久。

直到沈叶非说自己伤口疼，要见他，他才出现。

顾南衍面红耳赤地瞧着沈叶精气神十足，还有力气朝自己跑过来索要抱抱的模样，终于忍无可忍："你是一个女孩子！"

现在四下没人，沈叶嘴边噙着坏笑，二话不说就伸手抱了过去，一边抱一边问："怎么样，怎么样，看到了什么？"

顾南衍只感觉到了心跳加速，更可怕的是，他低头看着沈叶因为试探而眨巴着眼睛时，脑海里冒出的第一个想法竟然是可爱。

他觉得沈叶可爱。

可爱……他好像还是第一次有这样的感觉。

意识到自己心乱，顾南衍大力推开沈叶，连着退后了好几步。在这尚算冷静的时间里，他想起……刚刚没有画面闪现。

沈叶见顾南衍迟迟没回答，心里抖了三抖："不会是什么都没看到吧？"

得到顾南衍肯定的回答后，沈叶的脸皱成了一团，不死心地伸

出手想再来一次。被顾南衍躲过去后，她就睁着一双水汪汪的眼睛定定地看着他。

就在她企图撒娇时，顾南衍突然冒出一个不正常的想法——沈叶莫不是在想方设法撩拨自己？

顾南衍对上她秋眸剪水的目光，沉默片刻，觉得自己判断得很对。

他不敢再去看沈叶，别开脸："沈叶，你我还是要保持距离……你以后也不要企图用这个方法……我不会……"

沈叶突如其来地打了一个响指，打断了顾南衍的话："我知道了，这个能力需要冷却，用得太频繁就需要等待一段时间，过几天预言就又回来了！"她神色飞扬地给了顾南衍一个坚定的眼神，"您放心，以后只要您需要我，我就肯定会来！"

她坦坦荡荡的眼神中没有夹杂一丝恶意。

顾南衍听过很多人说"太子殿下，交给我"或是"太子殿下，相信我"，他们的眼神中无一例外地展现着期待和贪婪。以至于很多时候，他会下意识地去想，这人对我有何企图。

他刚刚就是这么想沈叶的，不由自主地想。

可沈叶再一次告诉顾南衍，他这样的想法有多么不正确。

顾南衍感觉心底有个声音在不断提醒他：清醒一点！顾南衍，沈叶的心里眼里全都是你，的的确确是你。

于是在沈叶坦荡的眼神里，他更觉自惭形秽。

相比之下，沈叶倒跟没事人一样，觉得困了便迈着步子回去准备睡个回笼觉。

若她转身得晚一些，就能看见顾南衍黏着的目光，以及嘴角显而易见的笑。

03

从那天以后，沈叶的生活质量迅速提升，都有了自己的小院了，就连衣物都变了，她再也不用穿那些黑不溜秋，还特别重的侍卫服。

顾南衍命人送了好多衣裙首饰来。

待遇好，环境好，身上的伤自然就好得快，她也有更多的时间思考下一步，针对顾袁的下一步。上次动嘴皮的效果怕是远远不够，她还得来把火。

沈叶正寻思着要怎么找顾袁，没想到他跟上班打卡一样，准点来找她报到了。

一个月明星稀的夜晚，顾袁从墙头冒出一个脑袋，鬼鬼祟祟地喊道："沈叶。"

他应该是要翻墙，沈叶看他背上好像还有一麻袋东西，可身手不佳又带着东西，翻进来的结果自然好不到哪里去。

果不其然，顾袁踩到了一块历史悠久的青苔。"咚"的一声，他整个人栽下来，把树上的鸟都吓飞了。

看着顾袁像乌龟一样四脚朝天地躺在地上，沈叶摇了摇头，过去把顾袁扶起来。

可没料到顾袁突然喊道："皇嫂。"

这一声直接把沈叶喊蒙了，她吓得手上松了劲，顾袁一滑又摔了个屁股蹲儿。

见沈叶在震惊中久久不能回神，顾袁不满地又喊了一声："皇嫂！"

生怕外人听不见似的。

幸好巡逻的侍卫已经走过，墙外没有其他的动静，沈叶看着正在整理衣服的顾袁，直截了当地问："为什么叫我皇嫂？"

"你都跟太子殿下在房间里你来我往那样了，我不叫你皇嫂，叫什么？"

"那样是？"

顾袁给沈叶做了一个抱抱的动作。

即刻，沈叶便有了主意——她用关切的眼神看着顾袁，拍了拍他的肩膀："那以后我们就是一家人了。

"既然这样，你是不是得听我一句劝？"

顾袁觉得不对，但又不知道哪里不对，只能不情愿地说道："我

听听。"

　　沈叶刚准备开始长篇大论，一阵由远及近的脚步声传来。

　　"皇嫂？你应得还挺快。"

　　黑暗中，沈叶看不清顾南衍脸上的表情，他语气奇怪，又不像是生气，因此，她也只能笑两声来应付。

　　反倒是顾袁这会儿机灵起来，连忙解释："我就是关心她，体恤府中的老人。"

　　"从你爬墙开始，我就看着。"

　　顾南衍的这句话倒是让沈叶听出了喜怒。

　　她站在一旁琢磨着怎么开口。

　　顾袁竟瞬间转变了情绪，泪眼婆娑地说："太子殿下，臣弟不像您一样肩上担着整个国家的重任，每天就只能吟诗作对，吐吐酸水，好不容易遇到沈侍卫这不一般的人，就想着跟她倾诉倾诉。"

　　不过，顾袁的泪水完全没能打动顾南衍，他语气决绝："我调了一拨人马保护茶王府，你可以回去了。"

　　他话音一落，就有几个身强体壮的人站到了顾袁面前。

　　顾袁也明白了，自己是不想走也得走。他从怀里掏出骚包的扇子，深深看了一眼沈叶，那眼神表达的意思就像是坏人被打跑以后必会说的一句话——我还会再来的。

　　沈叶回了一个可惜的眼神，倒不是给顾袁的，而是给他带来的那包东西。麻袋破裂的一角露出几个字——"长白山百年山参"。沈叶之前只在电视里见过这玩意，她确实很想亲口试试吃了会不会流鼻血。

　　可惜，顾袁很快便跟着顾南衍带来的人走了。

　　沈叶一个人孤零零地面对顾南衍，跟做错事被老师罚站的小学生一般，尴尬又心虚。

　　她正想着要怎么开口，座上的人不明不白问了一句："可惜人，还是可惜东西？"

　　沈叶一愣，答道："可惜东西，百年人参，肯定很补。"

顾南衍没忍住，手一抖，杯子里的茶水洒出来一半。

这人还真是……

沈叶觉得他这是生气了，准备抓住一切机会表现，二话没说就上去端茶倒水。她没有带帕子的习惯，索性就用自己的衣袖给顾南衍擦他袖口沾上的水。

两人距离很近，顾南衍能闻见她身上若有似无的香味，不是腻人的脂粉香，而是她刚刚站在花下，无意间染上的气味。

见沈叶的发带上落着一片花瓣，他不由自主地出声："别动，头上有东西，我帮你取下来。"

顾南衍没有用手，而是靠近，轻轻一吹，花瓣从发带上飘下来。

凛冽的气息拂过耳畔，饶是沈叶这种仗着看过不少偶像剧，自觉掌握撩人技巧的人，心也怦怦狂跳，耳根升温。

往常都是顾南衍被撩得连着后退，这会儿沈叶连着后退了好几步，还为了掩饰自己，多此一举地问："干吗吹风，用手不更简单？"

"那样不好。"

顾南衍何时说过这样的话？

沈叶有些发愣，但思绪很快被他打断。外面起了风，顾南衍看着她，说道："天变冷了，回去吧，我也走了。"

"太子殿下，"沈叶觉得有事就得说出来，顾南衍看到顾袁来找她说话，却什么都没问，这以后很可能成为误会的累积因素，必须得说清楚，"第一，我不知道顾袁要来找我；第二，我是想继续劝顾袁倒戈才没有喊侍卫；第三，那个……皇嫂，我想着说话总要找个亲近的理由，这理由还是他送上门的，便应下了，我下次会解释清楚的。"

顾南衍没有回话，只是点了点头，便继续往前走。

沈叶着实摸不清他的想法，干脆跑到前面先拦住他："太子殿下是不相信我还是怎么样？我都可以解释的。"

风比刚才吹得更加狠了一些，沈叶感觉到冷，身体有不明显的颤抖。

顾南衍把身上的披风脱下来给沈叶披上，无奈道："正是因为相信我才什么都不问。天冷了，赶紧回去。"

"那您出来阻止，还有问我的话，不就是不相信的意思吗？"

闻言，顾南衍一顿。这是他无法向沈叶诉说的东西，他本意是不想出来的，可是看见沈叶朝顾袁伸出手，以及她应的那声皇嫂，他就这么不自觉地走出来了。

过了好一会儿，顾南衍才一字一句道："你是对自己没信心吗？你告诉我太子府没人可信，但我觉得有。"他定定地看着沈叶，"天冷了，早点回房。"

沈叶有些呆愣地看着他。

她后来才明白，顾南衍要走只是因为天冷了，而她耳边的呼呼声大概不是风动，而是心动。

翌日，早饭被送来，简直惊掉了沈叶的下巴。

她看着那一桌饭菜，迟疑地问："今天吃这个？"

侍女贴心地为她介绍每一道菜的名字："人参炖鸡，清炒人参，人参片鱼，人参酿圆子……"

沈叶合理地怀疑自己吃了这顿可能会鼻血流成河。

于是，她睁着一双可怜巴巴的大眼睛看着来送饭的人："能换点清粥小菜吗？"

侍女笑嘻嘻地回应："沈侍卫，太子殿下吩咐了，其他的都可以不吃，唯独这道人参炖鸡用的是整棵百年老参，金贵着呢，他让您好好尝尝。

"对了，太子殿下还吩咐我们，必须问您味道如何，沈侍卫可别为难我们。"

沈叶看着那一锅闻着味道都苦，起码达到十杯水量的鸡汤，内心崩溃。原来顾南衍在这儿等着，她再也不说想吃人参了，再也不！

"太子殿下呢？他去哪儿了？"

"奴婢也不太清楚，只看见边大人刚刚提着剑急匆匆出门了。"

侍女乖巧地看着沈叶。

甚至没有人可以求情！沈叶呆呆地看着这锅汤。

喝完，她只感觉自己整个肚子里都装着水。她一动就会晃，于是只能老老实实地在院子里找个地方坐着，开始责怪起这一切的源头——顾袁。

嗯？顾袁？沈叶心念一动，那是不是就能找到本漫画的女主角，都城第一才女夏枝枝了？

夏枝枝是大骁护国大将军夏远唯一的女儿，虽说夏远现在没有实际的兵权，但皇帝给了他侯爵之位，又甚是关爱，身份地位在大骁很不一般。

夏远在妻子离世后，把所有的精力都灌注在了女儿身上，夏枝枝也是被从小宠到大的。沈叶看书的时候觉得她人品不坏，戏份也还行，是个不错的女子。

若是能撮合顾南衍和夏枝枝，那对顾南衍肯定是有好处的啊！

沈叶开始想，要是夏枝枝的女主光环照耀到顾南衍，顾南衍不就成了男主角吗？说不定都不会被关大牢了。

而且，就算被关了，有个说得上话的岳父，怎么样都是好的。

不错！她确实因祸得福了，顾袁不就是能联系上夏枝枝的人吗？

记得顾袁说过想要她教他把控人心的秘诀……现在以这个为理由让顾袁帮自己忙不就好了？

沈叶一点也不担心夏枝枝会看上顾袁。

毕竟在书中，夏枝枝第一次见顾袁也是瞧不上他的，是顾袁阴错阳差地捡了顾南衍的几个办事成果，夏枝枝才注意到他，再加上顾南衍全程对付刺杀去了，很少出现在夏枝枝面前，这才造就了她和顾袁的缘分。

想到这儿，被鸡汤苦了一天的沈叶才好不容易有了笑脸。

这一笑正好撞上顾南衍路过，他停住了脚步。

一旁的边溪还纳闷主子怎么就停下来了，瞧见在那边休息的沈叶便心中了然，贴心地将侍女上午报告的事情说了出来："主子，

那锅鸡汤沈姑娘说很好喝，都喝光了。"

顾南衍虽然只回了一个简单的"嗯"字，但逐渐轻快的步伐无形中表现了他喜悦的情绪。

沈叶从厨房截了一份汤水，端着去找顾南衍求个出去的机会。

门口的侍卫见是沈叶也没阻拦，顾南衍正一手握拳撑着自己的脑袋，像是在睡觉，但他面前又摆着一份整整齐齐的公文。

沈叶等了半天，他也没个动静，便凑过去看。这时，他陡然睁开眼睛。

沈叶倒也不惧，嘴边带上浅笑："抓到太子殿下偷懒的证据。"

顾南衍看见沈叶，脸就止不住升温，起身移开视线才回答："我在思考问题。"

沈叶心里连声叫好，立马端来汤水，话语中有点炫耀的意思："那正好，我给太子殿下准备了核桃炖银耳。"

汤水被端来放在顾南衍面前时，他的眼中闪过一丝什么，问道："这是你做的？"

沈叶想了想……她帮忙选择了炖的核桃和银耳，应该算吧，于是一点也不心虚地回答："是的。"

而后，顾南衍拿起勺子搅拌了一下，浅浅舀了一口汤送进嘴里。

边溪正巧进来报告消息，见到这一幕便急忙奔过来，一脸关切地看着自家主子。自从顾南衍频繁遇刺，府里对他的吃穿都格外小心，吃的东西都需要试毒。

而且他不喜欢吃核桃。

看着边溪紧张的样子，沈叶也跟着紧张。

顾南衍见着两双瞅着自己的圆鼓鼓的眼睛，尴尬地咳嗽几声，对边溪说："这是沈叶所做，没事。"

边溪觉得自己明白了，什么都明白了。

主子就是对沈侍卫破例，沈侍卫果然是个很重要的人。

他立马噤声，看着自家主子一口一口地喝完汤才敢说话："主子，内应已经查出来了，在地牢的一个狱卒身上发现了火油痕迹，但是属下去追查时，他已经死在家中。"

顾南衍眉头紧皱，但这也是他意料之中的事情，便开口问道："府里的人，底细都清查了一遍没？"

"留下的基本都是自己人。"

得到边溪的回答，顾南衍点点头。

"您之前吩咐把沈侍卫暗中保护起来而特意找的几个暗卫，我已经找到了。"他停顿一瞬，接着说，"您说过，不让沈侍卫再陷入危险中。"

说完，边溪觉得自己简直是太聪明了。

他刚刚破坏了两人之间的气氛，现在这一番话等于又把气氛重新营造起来了。

为了不煞风景，边溪说自己还有公事就迅速退下了。

留在室内的顾南衍蒙了，都说是暗中保护了，现在说出来算怎么回事？

沈叶也蒙了，她和顾南衍对上视线，心想，若是有了暗卫，她要怎么去找顾袁商量夏枝枝的事情？

"你不要误会。"

"我不需要。"

两人同时出声。

顾南衍听清她的话，脸迅速垮了下来。

沈叶见状，急忙开口解释："殿下，我就是一个小到不行的人物，不值得这么被保护。边大人找的暗卫不如您就用来保护自己吧，您好了我才能好不是？而且我的伤已经好了，马上又能保护太子殿下。"

从顾南衍闪动的眼神里，沈叶读出了动容，她感觉成功就在下一秒。

却不料顾南衍看着沈叶郑重地说："你不是小人物，大骁没有任何一个子民是微小的。而且你也不用当带刀侍卫了，好好在府里待着就行。"

他身上闪着别样的光，在他黝黑的眼眸中，沈叶见到了自己。

她承认自己在顾南衍面前说过很多谎话。

不过，这次她说的是比黄金还真的真话："顾南衍，您真好。"

顾南衍清楚地感觉到心里有什么东西化掉了，沈叶低眉浅笑的模样，好像……好像已经完完全全地刻进了脑海中，他闭着眼都能清晰地回忆起来。

最后，沈叶还是没能逃掉被安排暗卫的命运。

既然暗来不了，她就打算明着来，直接说："太子殿下，我想去找茶王殿下。

"预言迟迟不来，我们不如先下手为强，拉拢顾袁。我们到时候也能多一条出路，少一个隐患。"

顾南衍的心情可谓是跌宕起伏，听到沈叶这次来是为了去找顾袁，脸上快要绷不住的笑意立马没了，在听到她想的这一切都是为了自己时，好心情又直线向上。

"好，但是你不准多逗留，注意安全。"

沈叶还以为自己要解释很多，没想到顾南衍如此爽快。她合乎情理地觉得是那一碗核桃汤起了作用，兴高采烈道："多谢殿下，我下次再来给你送核桃汤。"

顾南衍犹豫了一下，点点头。

唇舌间属于核桃的苦涩味让他轻皱了一下眉，但转瞬即逝，沈叶也没发现。

04

沈叶拿着顾南衍给的令牌，在茶王府后院找到了顾袁。

此时，顾袁正拿着纸笔认真上课。

沈叶站在窗边出声，顾袁看见她，便马不停蹄地跑了出来，眼睛亮晶晶的："皇嫂，你怎么来了？"

这个称呼容易引起旁人注意，沈叶只好靠过去低声道："我这身份隐秘，藏着点说。"

顾袁点头，即刻就换了称呼："沈侍卫。"

周围其他人退下去后，顾袁就跟"十万个为什么"一样开始好奇："你怎么来的？来干什么？那天之后，皇兄有没有说什么？"

沈叶亮了亮腰间金光闪闪的腰牌。

顾袁眼睛发光："除了边溪，我还没见过皇兄把腰牌给过谁，皇嫂你真的很厉害。"

沐浴在顾袁崇拜的眼光中，沈叶狡黠一笑，说："一切都是有技巧的。"

"什么技巧？"他浓浓的求知欲被沈叶勾起，"皇嫂能不能教教我？"

"那就不能说了，不方便传授，除非……"沈叶做出十分为难的样子。

顾袁果然急了，一个劲地追问要怎么办，她又做出惋惜的样子："算了，这件事不太可能，还是不说了。我这次就是专程来谢谢你当初跑来送东西。"

"也没其他事，你好好上课，我就先走了。"她说着就要走。

一步，两步……

第三步还没跨出去，顾袁立马就拦住她，神情认真："皇嫂，你就说除非怎样？只要你能教我，要我做什么都可以。"

"真的做什么都可以？"沈叶问。

"做什么都可以！"

沈叶脸上的笑容渐渐扩大："其实吧，我这个也是找师父学的，当初为了拜师，那可是上刀山下火海，你要是想学，那……也得拜师，为师父肝脑涂地。"

说完，她又摇摇头："算了算了，茶王殿下恐怕做不到。"

本来顾袁有些犹豫，但一看见沈叶又要走的样子，他便心急起来，也顾不上那么多："皇嫂，我答应你。"

喜得一个大徒弟，沈叶开心得不得了，连连点头："大徒弟，现在应该叫师父了。"

顾袁有些扭捏："师……师父。"他停顿一下，便坦然了，流利地继续说，"我们什么时候开始学？"

那当然是完成沈叶的心愿再说。

"你先按照师父说的做。"

沈叶知道有暗卫保护自己，他们会向顾南衍报告她的动向，于是她把需要顾袁做的事情写在字条上。顾袁能模仿别人的笔迹，沈叶让他以顾南衍的口吻写一封约夏枝枝在城外明月苑见面的信。

这事办完就教，童叟无欺。

顾袁内心五味杂陈，复杂的目光落在沈叶身上，企图从她的面上看出一点悲伤的情绪，结果她看上去开心又兴奋。

顾袁自然是知道夏枝枝在大骁的地位，也知道沈叶的目的。

可……唯一的解释便是，沈叶为了顾南衍，根本就没考虑过她自己。

"师父，你为什么要为顾南衍做到这个份上？"

沈叶摆出作为师父高深莫测的样子，故作深沉道："也没别的，就是因为顾南衍说过，我不是一个小人物，他说大骁的每一个人都不是小人物。他能感受到百姓的喜怒哀乐。他是个正直的人，值得我帮他。"

沈叶疯狂地想把顾南衍身上的优点说给顾袁听。

不料，顾袁给她补上了一句："因为你喜欢他，因为你非常非常倾慕他。"

沈叶沉默一瞬，觉得这个原因不太符合自己的初衷，但是看到顾袁发出亮光般的眼神，她便也跟着点头："说得好！我就是因为这个！"

顾袁的眼神更加亮了。

离开茶王府的时候，沈叶还不忘再次叮嘱顾袁："我说的那些事情，一定要办好！

"办成了，就去太子府。"

要说之前顾袁对沈叶是知识上的欣赏，刚刚他已经是完全佩服沈叶。毕竟，一个能为心爱的人做到这个份上的女子，实在是让人动容。

"师父放心！这事包在我身上！"

因此，他这声师父也是喊得口服心服。

湛蓝的天空，以及空气中若有似无的花香，让沈叶的心情格外好。

特别是她眯眼看见远处缓缓而来的人影是顾南衍以后，心情更加好了。

顾南衍将顾袁拜访的帖子递给沈叶，语气不太高兴："他说他是你的徒弟，徒弟拜见师父天经地义。"

沈叶不太明白顾南衍这突然的情绪。

她那日一回来就老实交代了自己收顾袁为徒弟的事情，也解释了这是一种策反敌人的手法。

他怎么回事？

算了，沈叶决定还是先顺顾南衍的气。虽然两人的关系已经有了质的飞跃，她不做带刀侍卫也不用守大门了，有点翻身做主人的意思，但那也只是有点。

"太子殿下，我觉得我不能一个人去，有点胆怯，您能不能同我一起？"

顾南衍皱着的眉头立刻舒展开。他的手指轻叩桌面，目光好似在看前面，但余光中全是沈叶。

他端起茶，沉默了好一会儿才说："既然这样，我就勉强同你一起去。"

顾南衍好像真挺勉强的，但沈叶看见了他微微勾起的嘴角。她也不拆穿，顺着他的话说："多谢太子殿下，殿下真是一个好人。"

又是一个拉近距离的小妙招。

去大厅的路上，顾南衍才把刚刚的事情捋清楚。其实，沈叶不说，他也能去看，找个冠冕堂皇的理由就是。但是沈叶主动邀请他，还说不能一个人去，胆怯。她什么时候对着顾袁胆怯过？这明显是她

看出自己的情绪后，故意让他开心。

顾南衍垂眸，用余光看了眼走在身后乖巧的姑娘。

明知自己这是被摆了一道，顾南衍也不气，反而还有些开心。

两人就这么慢慢悠悠地走着，一炷香时间能走完的路程硬是走了两倍长的时间，顾袁都等急了。

一见到沈叶，他就激动起来，快步过去："师父！师父你什么时候能教我？"

那一声一声"师父"叫得可甜了。

顾南衍在旁边咳了一下，又上前几步，有点要隔开沈叶跟顾袁的意思。

顾袁这时才想起要跟顾南衍打招呼，立刻开口："太子哥哥。"然后，他又走到侧面跟沈叶搭话，语气里掩饰不住的开心，"师父，我已经做好了准备，我们先学什么？"

没等沈叶开口回答，顾南衍又换了个位置，继续隔着她跟顾袁："沈叶的身体还没好，不宜四处走动。"

不料，顾袁一拍大腿，说道："那太好了，师父可以去我府上，到时候我就天天在师父跟前，一定好好侍候着你。"

天天？跟前？

这些词语明显是刺激到顾南衍了。

他抢先一步开口："不行！"

"为什么不行？"顾袁非常委屈。

"因为她是我的人。"顾南衍几乎是脱口而出，招来了许多人的目光。

就连沈叶都蒙了，这是顾南衍能说出来的话？

"咳咳……"顾南衍极力掩饰自己的不自然，"我的意思是，沈叶是我府里的人，去你那儿算什么意思？"

说了这个，他还觉得不够，又开始催顾袁："茶王府事务繁多，茶王该离开了。"

沈叶端着顾袁师父的身份，收到顾袁求助的眼光，还是决定挺身而出一下："太子殿下，我们好歹请人家喝杯……"

她剩下的话被顾南衍的一个眼神堵了回去。

最后，顾袁连一句话都没能跟沈叶说上，便被顾南衍"请"了回去。

沈叶也只能无奈接受这一现实，反正重要的是下一步——如何找机会骗顾南衍去明月苑。

05

"你打算怎么教顾袁？我刚刚是怕你没准备好，因而拒绝了。"顾南衍坐在正厅精致的木雕椅上，手边是侍女刚端上来的茶水，他的目光落在良久没说话的沈叶身上。

沈叶正在思考别的事情，话没经过大脑便直接说："什么都不教，我指定是先要撮合……"

得亏她反应快，话音戛然而止。

"先撮合什么？"

"当然是先撮合你们兄弟的关系，我要竭尽全力让顾袁成为我们这边的人。"

我们……

顾南衍在心里不停念着这两个字。

他一直没说，听到沈叶收了顾袁做徒弟的那一刻，他便有些不快，他总感觉他们两人之间有了什么特殊的关系，特别是听到暗卫上报沈叶给了顾袁一张字条时。他没觉得沈叶会叛变，自然也不会问沈叶字条上的内容，不然显得他有多在乎这件事情一样。

但是他心里……好像没法不介意。

自己跟沈叶的关系，到底算是同盟，还是仍旧算原先的上司下属？这些关系，顾南衍好像都不喜欢，所以他刚刚口不择言、行不由心地干了许多事。

但这会儿沈叶说"我们"。用"我们"来定义，顾南衍烦躁的心突然安静了不少。

他眉头微微一挑，心情都像是好了起来。

沈叶看着顾南衍表情的转变，立马觉得机会来了，脸上堆着笑，端了一杯茶水给他："太子殿下，我听说明月苑的桃花开了，我想去看看。"

顾南衍接过茶水："可以，但是，你一个人去？"

沈叶笑得比之前还灿烂："当然不是，这么好看的景色肯定是要跟人分享的。"

顾南衍喝茶的动作有片刻停顿，他不用问也知道沈叶想要邀请的人是谁。那肯定是他，不会有别人。

他正想着要怎么迂回一下，才不会显得他这个太子过于随便，却听见沈叶说："我打算带着顾袁一起。到时候，景色优美，他放下防备，刚好我就能跟他说说真心话，从而策反他。"

顾南衍还以为是自己听错了，重复道："带顾袁？"

看到沈叶点头，顾南衍竭力控制着自己的表情，直勾勾地看着沈叶。

有时候，他还真想搞清沈叶在想什么。她不知道明月苑是什么地方吗？明月苑又名情人苑，是两情相悦的男女去的地方。

再者说，桃花是和谁都能一起去看的？

顾南衍越想越气，本来还想着不要那么轻易让沈叶看穿，保留点神秘感，结果这些想法通通被抛到脑后，他火速站起来，说："不行，你不能跟他去。"

他也不忘记给自己找补："光说没有凭证，不如当事人亲自出现的好，我也得去。"

沈叶面上是一副为难表情，内心就差没抱着柱子狂笑。这醋意浓浓的，日子是越过越有盼头了。

而且激将法对顾南衍还真是好用。

若是直接邀请顾南衍，沈叶还真没把握他能答应，所以这样子迂回才是最保险的。她装模作样地思考好久，才叹口气："如此，那就要麻烦太子殿下了。"

离开前，沈叶还想着要提醒顾南衍好好装扮一下，用的理由是太子殿下风度翩翩地出现才更加有说服力。

　　毕竟顾袁一天天在衣服上花的心思可多了，而顾南衍的衣服永远是黑白两个颜色来回换。

　　春天来了得有点朝气，桃花自然就跟着来了。

　　当然，沈叶不敢这么说，只敢暗戳戳地表示："茶王殿下今天穿的水蓝色衣服真好看，若是那衣服穿在太子殿下身上……算了，属下肯定没那个眼福。"

　　"水蓝色很好看？"顾南衍问。

　　真是……棒！沈叶都不得不承认"绿茶法则"有些时候确实有用。

06

　　出乎沈叶的预料，出行这天，顾南衍没有选择水蓝色，而是照旧穿了黑白色，不过，他的衣服上绘着十分有意境的山水画。

　　这符合他沉稳的气质，又带了一丝特别的感觉。

　　沈叶忍不住多看了几眼，在心里感叹，顾南衍这样的，得迷死一片人啊。

　　顾南衍关注到她的目光，轻咳了两声，提醒她收收"如狼似虎"的眼神，可他自个儿眼底的笑意都收不住了。

　　顾南衍想，看来，打扮也并不一定是坏事。

　　两人同顾袁约的是在明月苑见，而顾南衍不想大张旗鼓地出门，几人出行就只驾了一辆马车。沈叶跑向门口催着出发，见顾南衍进了马车，她没多想就直接跟着进去了。

　　"沈侍卫。"

　　看见边溪面露难色，沈叶这才反应过来自己干了什么。

　　她停留在半空中的屁股，一时不知道该放下去还是怎么样。她立马用裙摆擦了擦座位："太子殿下，您别急，我先给您擦一擦，擦干净了您再坐。"

　　就在她做这个动作的时候，顾南衍伸出手敲了敲座位："行了，

你就坐在这里。"

面对面坐，沈叶可不敢。而且她等会儿还要干拉郎配的事情，万一顾南衍在路上看出什么不自然，那岂不是全盘皆输？

她面露难色，顾南衍这个时候却对着边溪说道："你也进来。"

边溪一边应声，一边进来。

有了第三人，沈叶总算是舒了口气，表情也轻松不少。

顾南衍、边溪各自正襟危坐在一侧，沈叶时不时撩起帘子看外面的街道，她来了这么久，还没有逛过这大骁的街呢。

车轮碰到石子，颠了下，沈叶没有扶好，往后倒去，一滑便坐在了顾南衍脚边。

马车停了，外面有声音："路途颠簸，主子千万坐稳。"

如果可以，沈叶此刻很想化成一缕轻烟，就顺着那个窗户的细缝消失得无影无踪。

实在尴尬。

沈叶假装自己很自然，使了使劲，扶着车凳想借力起来，却发现这种情况靠自己的力量根本不行。

这时，头顶传来声音："起来。"

是顾南衍的声音。

她眼前出现了一只骨节分明的手，更要命的是，顾南衍低头伸手时，他的发带正好垂在沈叶的耳畔。

发带随着他的动作拂过沈叶的耳朵。

沈叶明显感觉到自己脸上的温度在上升，看着顾南衍伸出来的手犹豫了一会儿。

"还不起来？难道你喜欢坐地板？"顾南衍的声音听起来也不像是责备，反倒有一些无奈，甚至还有……一点点宠溺。

而沈叶在那一瞬间福至心灵，猛地想起顾南衍跟自己亲密接触能预知未来的事情，于是快速伸出手握了过去。

十指紧扣。

她借着顾南衍的力起来后便坐在了他旁边，一脸兴奋地问："有没有反应，有没有？"

顾南衍却忍不住想，幸好他今天在鬓边留了两绺头发，不然他通红的耳朵一定无处可藏。

他只感受到了不平静的心跳。

其他的，并没有。

许是害怕沈叶看出自己此刻的情绪，顾南衍没说话，只是摇了摇头。

沈叶脸上的兴奋立刻没了，距离上次的拥抱已经有一个月了，为什么还不能预知未来？难不成不是时间问题？

沈叶还想试试，便同顾南衍再次拉近距离。

坐在一旁的边溪脸红得跟灯笼一样，他实在憋不住，一声咳嗽打断了沈叶的动作。

顾南衍和沈叶都看了过来，边溪在两束目光的注视下，露出一个比哭还难看的笑脸："要不，我先出去？"

他真怕自己再待下去会出事。

万一沈叶要跟主子发生什么他不能看的……

边溪不只是说说，他抬手想要示意马车停下，却被顾南衍出声阻止了。

应该说是顾南衍的动作阻止了他。

边溪作为顾南衍的亲信，除了是太子府的侍卫长，还是太子暗卫的负责人。为了掩人耳目，不落人把柄，暗卫之间都是通过特殊手段进行交流，还会通过敲击发出的声音传达信息。

这套法子是顾南衍亲创的。

但万万想不到，有一天它会被用来传递这样的消息——不准走，留下。

至于顾南衍为什么非要自己留下，边溪对这点倒是格外开窍。沈叶毕竟是一个女子，和心上人共处一室，肯定十分窘迫。

于是边溪又说："外面冷，要不，我还是留下来吧。"

沈叶不知道这其中的玄机，她看了眼边溪，只觉得他这人果然不聪明，找的借口太嫩。而且看着边溪这副挺好忽悠的样子，她还悄悄动起了拉拢的心思。

要是等会儿边溪也来助力，那肯定事半功倍。

07

沈叶千盼万盼地终于到了明月苑，一下马车，她就瞧见顾袁朝这边冲过来。

不过，他跑到一半就被边溪挡住了。

顾袁便只能朝着沈叶喊："师父，我都已经办妥了。"

"你要安排什么？"原本走在前面的顾南衍停下，转过头来问。

沈叶不禁在心里为自己捏了把汗。这也是那天商量好的，顾袁先过来清场，然后她提前一个时辰带顾南衍来明月苑，等到同夏枝枝约定的时间一碰面，发现这次相邀是个乌龙，两人也因此相识。沈叶相信顾南衍能把夏枝枝迷住。

迷住了，自然就不管其他的了。

于是，沈叶摆出一副真诚的样子："那肯定是要安排舒适的环境。太子殿下放心，我都已经准备好了。"

看着顾南衍平淡从容的表情，而且他最后什么也没有追问，沈叶想他应该是信了。

她赶紧跟上顾南衍的脚步，在心里设想等会儿的场景，丝毫没发觉自己的嘴角都快咧到耳根了。

如此，便形成了顾南衍走在最前面欣赏沿路风景，身后跟着一个东张西望笑得开心的沈叶，隔得老远的边溪，以及被拦着的顾袁一行四人的出游图。

顾袁当真是有苦说不出，明明沈叶就在眼前，却一句话都说不上。

他气急了，猛地记起自己是一个皇子，于是摆出姿态："大胆边侍卫，为何要拦本王？"

边溪当然不能说这是顾南衍出门前的特别交代，想了又想，只能说："茶王殿下，沈侍卫跟太子殿下郎才女貌……"

这话意外地一下点醒了顾袁："我明白了，师父确实应该跟太子哥哥好好相处。"

毕竟，她就要眼睁睁地看着自己心爱的人跟别人花前月下了。

边溪点点头，也很认同顾袁说的，两人一同望着沈叶跟顾南衍远去的背影。

沈叶浑然不觉身后的两人不见了，一个劲地在心里盘算还有多久到约定的时间，以及等会儿她要怎么不露破绽地离开。

还是顾南衍突然提醒："边溪和顾袁怎么不见了？"

沈叶一脸茫然地看向后面，空荡荡的，没个人影。

她的心瞬间凉飕飕的，她只是听府里的人说过明月苑这个地方，但她对地形完全不熟，而且她也不知道顾袁和夏枝枝约在哪里！

真是巧妇难为无米之炊。

"太子殿下，我们能不能回去找他们？"沈叶只能硬着头皮找补。

可惜，顾南衍直接断了沈叶的想法："不必了，顾袁有边溪带着，无须担心。你不是还想去看桃花吗？天色将晚，再迟一些就没得看了。"

沈叶急得就差抓耳挠腮了。看什么桃花？必须去找顾袁。

"不行！我不看桃花了，回去找顾袁。"沈叶想，自己要是先走了，顾南衍应该也不至于不管她。

却没想到，顾南衍在她迈步之前开口了："既然你不想看桃花，那我们就直接回去。"

沈叶表情一呆，楚楚可怜地看着顾南衍，却换来他轻挑一下眉头，神色从容地问："说吧，你到底想干什么？"

在顾南衍看来，沈叶的表现实在可疑。

从一开始在马车上躲避自己的目光起，她就很不对劲了。顾南衍原本以为她是在害羞，但后来细想，这与她的性格完全不符。

所以，沈叶在故意躲着他，有事情瞒着他。

明月苑桃花盛开的时候，通常有很多公子小姐游玩赏花，但今

天这里空荡荡的，仿佛为他们清了场似的。沈叶也不是想跟自己单独看风景的意思，还有顾袁说"办妥了"，所以……顾南衍迟疑一瞬，笃定地问道："为什么要帮我约夏枝枝？"

暗卫曾报，顾袁在沈叶离开以后派人往夏远府里送过信。

顾袁和夏远素来没有什么交情，而夏远的身份，以及今日的明月苑之约……想来，他们要找的是夏远的独女夏枝枝。

而且，是为他找的。

顾南衍说得直白，沈叶一愣，也不想垂死挣扎，只能开诚布公地说："夏枝枝是夏远的掌上明珠，你们两个认识，对你只有好处，没有坏处。"

沈叶说得委婉，但顾南衍自然知道这个"认识"不只是认识这么简单。他看向沈叶的眼神渐渐变得复杂："你知道自己在干什么吗？"

"当然知道。"沈叶不带一点犹豫，她不大的声音落在顾南衍耳朵里，像是往他心上敲下一个个坑，"我的能力有限，只能用这样的方式帮助您。夏枝枝不错，您可以考虑的。"

顾南衍沉默着没说话。

片刻后，他无奈地叹了口气，俯身靠近沈叶："我不需要。你只要一直相信我就好了。相信我不用那些方法，也能保护所有人。"

从顾南衍的眼神里，沈叶看到了很多，有他明明诚挚却被很多人质疑的无奈，也有他一直坚持的初心。

按理说，她是最应该相信顾南衍的那一个人。

她知道他的过去、现在和未来，了解他的为人处世、性格品性。

她为他而来，为他而活，唯一能信任的也只有他，但她的任务……

沈叶心中一叹，已经是如此情况，只能甜甜一笑，说："好，我相信您。"

顾南衍勾起嘴角："走吧，不是说想看桃花吗？"

明月苑有个湖心小亭，边上零散地种了几株桃树。沈叶被顾南衍勾起了看景的兴趣，她踏上亭台，感受微风拂面的轻柔，带着湖水的清凉。

但周围也没什么别的景致了，她看了半天，总觉得有种买家秀和卖家秀的感觉，与心里想的相差甚远，感觉还不如自家小区的绿化，于是随口来了一句："这桃花也不好看，还不如我家，桃花都是整片整片的。"

说出这句话后，沈叶脸上的表情变得有些落寞——她有点想家了。

得快点完成任务，早点回家。

殊不知，她失落的模样全落在了顾南衍的眼中。

| 第三章
你就是我的月亮 |

01

放了夏枝枝鸽子这件事，沈叶换个角度想，把它当成了男女主角产生深刻印象的催化剂，便也就放下了。

她觉得夏枝枝肯定会对顾南衍产生兴趣，念念不忘，最后念着念着也就成事了。

而顾袁在得知自己的任务没有完成时也有明显的反省情绪。

沈叶主动跟他搭话："没事，你喊我一声师父，我就是你的师父，师父会好好教你的。"

顾袁听到沈叶愿意教他，眼睛瞬间亮了起来："师……"

顾南衍瞥了一眼顾袁："还不回去？茶王这么闲，看来是想找点事情做。"

这番话勾起了顾袁曾因为顾南衍，被指派去管理书籍汇编的记忆，他不禁打了个寒战。

顾袁看看顾南衍落在沈叶身上的眼神，更是在心里确定了，他的这个太子哥哥对人家不是一般的有意思,这快要溢出来的醋意……啧，还是自家师父厉害。

他心中对沈叶的佩服更加深了，学习的劲头也更足："那我就先回去了，下回再来找师父。"说完，他还不忘朝沈叶抛个媚眼。

沈叶手抖了一下，不知道顾袁这回抽的什么风。

原本脸上还有点笑意的顾南衍瞬间抿紧了嘴角。

沈叶感受到这凝滞的气氛，左看右看，试图转移注意力。她转而又看着顾南衍，说："太子殿下，有些冷了，我们回家吧？"

"好。"顾南衍答应得格外爽快。

和来的时候不同，边溪主动坐到了外面，马车内就只剩他们两人。沈叶将视线放在顾南衍身上，但她不敢光明正大地看，只能偷偷看。

顾南衍没一会儿就发现了她藏不住的眼神，出声问道："你还有什么想要说的？"

沈叶咬咬牙："太子殿下，您是不是不大喜欢我跟顾袁接触？"她可不想好不容易才突飞猛进的关系因为一个媚眼全都清空，于是接着说，"殿下，我不会跟顾袁做什么的，您要是不相信，那我每次跟他见面都让您监督。"

顾南衍没想到她这么直接，难得被噎住了。

"那倒不必，我也不是很关心这个。"他有些被看破心思后辩解的窘迫。

沈叶听他的话里没有生气的成分，悬着的心终于落了下来。

顾南衍却突然脱了身上的衣服给沈叶递过去："我相信你。"

他不甚清楚的情绪因为沈叶的话而全部消散了，即使他知道自己的情绪这般随着一个人改变很危险，但他就是不由自主。

难以解脱，不愿改变。

沈叶一愣，点头接过衣服。

翌日，顾袁又来了太子府，说是来上课。

顾南衍也没再阻止顾袁。

不过他还是打算派边溪在一边监督着，他相信沈叶，但顾袁……以防万一。

这是顾南衍辗转反侧想了很久才想出来的方法，可是他先前说"不关心"，拒绝沈叶的话已经出口，为了自己的面子，他就没告知沈叶，让边溪装作偶遇。

因此，顾袁一来，边溪就按照计划出现在沈叶的教学现场。

沈叶看到门外站着的、无法无视的边溪，便好心提醒："边侍卫，你在这里有些影响我们上课了。"

"茶王殿下。"边溪给顾袁行完礼后，回答沈叶，"我正好来这儿练练功，没承想沈侍卫也在这里，那我过去点，保证不打扰你们。"

沈叶心里纵然对边溪的出现有很多疑问，但她知道顾袁是一刻都等不了了，于是也没有多问什么，回头开始上课。她打算从曾经在网络上被讨论得火热的"恋爱小技巧"中找点金句，把它说得天花乱坠，再教给顾袁。

反正谁也听不出那是糊弄。

果不其然，顾袁被忽悠得团团转，整理了一大堆笔记，还将沈叶说的复述了一遍："我不像她，我只会心疼你，关心你。"

"明白了，多谢师父教诲。"他颇觉有道理，两眼放光地看着自己的笔记。

沈叶装模作样地连连点头。

半个时辰的授课终于结束，沈叶疲惫得目光都有些涣散。她看了眼顾袁认真的模样，心里的盘算又开始打转。

该怎么样才能将顾南衍的好传递给顾袁呢？

她的眼神四处瞟着，就看见像一尊大佛一样杵在不远处的边溪。

他的两只眼睛就没离开过她和顾衮，而且这么久了，也没看他练什么功，所以，真相只有一个——边溪是顾南衍派过来监视他们的。

啧！顾南衍当初还说不关心，明显就是嘴硬。

沈叶觉得机会来了。

她不知道顾南衍对边溪吩咐了什么，但不要紧，她能胡说。

沈叶冲着门外的边溪喊道："边侍卫，你一定要好好送茶王殿下回去，太子殿下可是特意吩咐过你的，一定要把他安全地送回府里。"

边溪露出错愕的神情，主子什么时候说过要他送茶王回去？

连顾衮都不太相信，颇为怀疑地问："太子哥哥派了边侍卫送我回去？"

沈叶说谎既不打草稿，也不脸红，坦荡地回答："对啊。"她又转头看向边溪，"太子殿下是不是叫你看着茶王？"

边溪点了点头。

这是沈叶乱猜的，没想到还真被她猜中了。

"对啊，那万一茶王在回家路上遇到危险，是不是就是你没看好？"见状，沈叶顺着话继续忽悠。

边溪果不其然信了她。

虽然主子的原话是——"你好好看着顾衮，不要让他有机会接触沈叶。"

但茶王要是受伤了，确实是他没有好好看着茶王。

边溪暗自点点头，觉得沈叶说的确实有几分道理。

见边溪露出犹豫的神情，沈叶就知道自己的计谋得逞了一半。

众人都知道边溪是顾南衍的心腹，派出自己的心腹送人回家，足以看出他对此人的重视程度。让顾衮知道顾南衍重视自己，可不就是打开心门的第一步吗？

沈叶正打算加把力继续忽悠，抬眼的那一刻，却看见顾南衍本人来了。

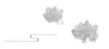

02

沈叶确认他听到了以上所有的对话。

她心里"咯噔"一下，难不成自己的谎言这么快就要被拆穿了吗？

不承想，顾南衍徐徐走来，竟然慢慢悠悠地说道："沈侍卫的理解很到位，我的意思就是送茶王殿下回家。边溪，你去送送。"

沈叶自个儿都没想到是这样的转折，饶是这样，她也没忘记转头去看顾袁，搞清楚顾袁对这件事情的反应。

顾袁的眼睫毛轻颤着，似是不敢相信刚刚听到的话。

"多……多谢……太子哥哥。"他愣了好一会儿才反应过来。

沈叶看见他的表现，控制不住地露出笑容。

这不就成了吗！

顾南衍回应着顾袁的话点头，目光却是紧紧黏在沈叶身上。她喜笑颜开的模样全都进了他的眼里，使得他的心情都轻松了许多。

其实，顺着沈叶的话说下去的时候，顾南衍自己都有些惊讶。

他不知道为什么自己在书房批文书批累了，第一个想到的地方就是这里，接着就稀里糊涂地来了。但看到沈叶笑容的那一刻，他觉得自己做的决定是对的。

顾袁收拾好东西来跟顾南衍告别，态度都比以前真诚了一些，还说："多谢太子哥哥。"

"不必。"他回顾袁。

话虽然简单，但这是一个好开端。

沈叶看着兄弟俩的互动，打算再加一把火。

于是，在边溪带着顾袁离开以后，她朝着自己大腿狠狠一拍，泪眼婆娑地看着顾南衍："太子殿下，小人有件事情求您。"

对于沈叶这突如其来的转变，顾南衍真是不明所以，只好说道："先说。"

"您刚刚愿意配合我，肯定也是知道我这是想用手段来收服茶王的心，而且现在看，它是有效果的。"沈叶说得眉飞色舞，"既然如此，我们更要趁热打铁，可以提出让茶王住进太子府，到时您只需要配合我做一点点小事，我保证能收服茶王。"

顾南衍看她出了神。

沈叶问："太子殿下，您看这样行不行？"

他没来得及反应，就直接点了头。

"真的！您是认真的？"顾南衍这好说话的程度，让沈叶都有点不敢相信，欣喜若狂地一把抱住了顾南衍。

刹那间，沈叶呆住了。

被沈叶环抱着的顾南衍也呆住了。

从内心升腾起的一股燥热让顾南衍全身发烫，他感觉吹过来的风都是热的。

好在沈叶快一步找到思绪，火速放开顾南衍，为自己刚刚的行为解释："小人不是故意的，小人就是太高兴了……"

沈叶说了无数个"小人"，顾南衍听得头晕。他本就因为过速的心跳和滚烫的身体有些难受，现在看着沈叶的嘴一张一合，听着她软糯的声音，感觉整个人都要烧起来了。

"别说了。"他声音低沉沙哑。

沈叶心尖一颤，控制不住地脸红，心跳加快。

两人极为同步地抬起头看了对方一眼，也都看到彼此红扑扑的脸蛋。

"我不是……"

"我不是……"

两人异口同声。

沈叶真的不想要这种默契。她也算是纵横都市生活多年，怎么就被这一下的喜悦给冲昏了头脑，还被一个声音弄得脸红？

真是阴沟里翻船。

她万分懊悔的时候，顾南衍突然出声："这次，我还是没有看到东西。"

"啊？"

过了好一会儿，沈叶才想起顾南衍能预知未来的事情。她平静

下来，思绪被这件事转移，脸上的红潮也退了不少。

从这几次的情况来看，预知画面出现的时间并没有规律。沈叶盘算着，那就肯定是还有别的因素影响，这还需要在以后的时间里进行验证。

顾南衍见沈叶安静乖巧地思考，勾起嘴角，温声说道："我觉得，影响预知未来的东西不是时间，应该还有别的东西。"

他说完，突然一愣。

从什么时候开始，自己的余光中都是沈叶了？

继而，他又不知道为什么，意味不明地加了一句："我不是因为想要收服顾袁才配合你。"

沈叶茫然地看着顾南衍，顾南衍却不再说什么了。

顾袁得知自己要住在太子府这件事情时，极为震惊："这真的是太子哥哥说的？"

沈叶坚定地点了点头，还生动地描绘："太子殿下亲口说的，外面不安全，荼王这么来来回回也很麻烦，不如就住下来。"

"除此之外，太子殿下还说，给荼王单独弄一个院子出来，安排上你喜欢的东西。"反正太子府的待遇不会差，沈叶再自个儿准备一些就好了。

顾袁应该会相信。

沈叶再看顾袁的反应——他手下一顿，白皙的纸面上出现一个墨点，墨点随着纸张纹理洇染开。

迟疑片刻，顾袁开口："可太子哥哥，往年从来不……"

沈叶抓住时机打断顾袁的话。

"太子殿下日理万机，哪有这么多时间说别的话，都是做得多说得少，其实他在背后真的做了很多事。"沈叶继续给他灌输"天好地好，顾南衍最好"的中心思想。说着说着，她自己也触发了几分真情实感。

漫画连载了三个月以后，作者更新了一则番外，说的是顾南衍幼年时跟随皇后娘娘去给边关战士打气的情节。

那时，大骁边关战乱，又正好赶上闹饥荒，遍地都是难民，小顾南衍在路上就想着给他们送些吃的，却被皇后娘娘拦住："授人以鱼，不如授人以渔。阿衍，记住，你要给他们的不是一日温饱，而是以后日日的温饱，日日的安稳。"

后来，皇后亲自上了战场，她为大骁的子民带回了胜利的消息，却把自己永远地留在那儿。

她对顾南衍的叮嘱，成了顾南衍对母后最后的记忆。

关于母后的东西，也成了顾南衍内心最柔软的部分。也正是因为这个，沈叶才给自己设定了那样的剧本，一步一步打消顾南衍对自己的疑虑。

自那以后，顾南衍便悬梁刺股般勤奋学习、了解政事，下定决心给大骁子民日日温饱、日日安稳的日子。

而那时的顾衷在干什么，应该是在当扑蝴蝶、读诗歌的无忧无虑的皇子。

哪怕事事都有阻碍，顾南衍也从不曾抱怨过，他兢兢业业了这么多年直到现在，始终坚守着初心。沈叶说自己钦佩他，也是真心的。

她流露的真情很快攻破了顾衷的心门。

他在犹豫了一会儿后，开口道："小时候，我拿了太子哥哥很想要的一幅画……他便设计让我在朝堂宴会上出错，被父皇狠狠罚了一顿。母妃也因此被责备，受了好久的冷落。"

顾衷迟疑片刻，总结似的给沈叶来了一句："可能，太子哥哥当初就十分讨厌我。"

原来的漫画中，作者并未对两兄弟之间的感情有过多描绘，只说他们是对立关系，因此被不少人诟病说填坑不专业。

沈叶今天一听本人阐述原因，就觉得这其中肯定是有问题。

而且她总感觉顾衷有所隐瞒，只是还没等她开口，顾南衍吩咐的人已经到了。

一诺千金，顾南衍既然答应了沈叶让顾衷住进来，那就要付诸

行动。他给顾袁选了一处最偏远的院子，原则是"能离沈叶有多远就多远"。

因为有些偏，所以需要人来引路。

"茶王殿下，您先跟着小人一同去住处。太子殿下特意给您选了一处清静的地方，有什么需要的东西您再吩咐人送过来。"侍女不敢说是个偏僻地方，只能说好话讲地方清静。

谁想到，这刚好和沈叶所说的搭上了，又给顾袁带来不小的冲击。

顾袁没说话，沈叶和侍女就站在旁边等他。

在沈叶觉得不会有什么问题时，顾袁却拒绝了："替我多谢太子哥哥的好意，我还是不住在太子府了。茶王府的侍卫很尽心，再加上每天都有边侍卫送我，自是没有什么危险的。"

沈叶和侍女都有些诧异地看着他。

顾袁看着沈叶，动动嘴唇想要说点什么，可最后还是噤了声，他乖乖地行了个礼，提着自己的东西便离开了。

沈叶捉摸不透，也不明白顾袁在想什么，只能看着他远去的身影消失在拐角。

03

"太子殿下真的给茶王殿下挑了一个清静的地方？"想不通顾袁的做法，沈叶就想搞清楚眼前的问题。

顾南衍怎么就突然转了性子？

侍女知道沈叶虽然表面上是个侍卫，但她跟侍卫的待遇是完全不一样的，而且她和太子殿下、边侍卫都关系匪浅，于是说了真话："太子殿下确实给茶王殿下安排了住所，不过不是因为清静，而是因为那处院子离沈侍卫所居的小院距离远。"

沈叶一愣，她想了半天，结果是这么一个结论？

她思索着坐上石凳。

顾南衍不喜欢顾袁接近自己，单纯是因为……讨厌顾袁？应该是，因为他之前那么讨厌自己，定是不可能喜欢自己的。

所以是因为画卷的事情了？

他如此心存芥蒂，看来这事比想象中还要棘手。

沈叶明白，要想缓和两人的关系，还得从源头解决。

她既然在顾袁这儿得不到事情全部的真相，那就去找顾南衍旁敲侧击地问问，看能不能了解到事情的来龙去脉。

于是，沈叶对侍女勾了勾手："府上有什么酒，你帮我拿点来。"正所谓酒后吐真言，沈叶非常自信自己的酒量，她只要等到顾南衍喝醉，那不就是随便她问什么了？

"沈侍卫想要哪种酒？府上有种海棠酒，入口香甜，但是后劲太大。"

后劲大好啊，沈叶就怕劲不够，赶忙催着侍女去拿。

没多久，侍女就给沈叶搬来了一坛酒。沈叶觉得不够，又多要了几坛。

"这酒很烈，不宜多喝。"

沈叶压根不听侍女的劝。殊不知自己如此反常的行为会通过侍女之口传到顾南衍的耳朵里。

"沈侍卫提出要茶王殿下住进太子府，被茶王殿下拒绝后，伤心不已，要借酒消愁。"

当时顾南衍正在为马上到来的万寿节，也就是皇帝的诞辰忙碌，听到这话，他停下了手中的笔。

他踌躇了一会儿后，起身快步往外走。

书房里的其他大臣不知道太子殿下听到了什么，只是惊讶于他平时都是以正事为先，绝不会耽误公务，今天竟要出门。

大臣们原本想要拦，但边溪快一步先挡在了前面。

边溪一看就知道是沈叶的事情，他已经见怪不怪，看着为首的陈大人说道："陈大人，太子殿下现有重要的公务，剩余的事情您大可写成折子，太子殿下回来看了后定会回复您。"

既是公务，大臣们也不好多说什么，而且他们想要拦也没机会了，顾南衍早已经没了踪影。

　　顾南衍一路快步，正好跟抱着两个大酒坛来找他的沈叶打了照面。

　　沈叶开心地把两坛酒展示出来："太子殿下，有好酒，能不能一起小酌几杯？"

　　沈叶注意到顾南衍拧在一起的眉头，于是又说："太子殿下不开心？如果不开心的话，就更要喝点酒放松心情。"

　　这倒是让顾南衍将想说的话完全噎回肚子里。

　　他刚刚一听到消息就急匆匆过来，完全不管那一堆大臣，全都是因为担心沈叶，结果她是要抱着酒跟自己分享，不是因为顾衰。

　　顾南衍一时之间又笑又气，说不出话来。

　　沈叶见他半天不说话，想要再说点什么打动他："这酒闻着就香，太子殿下，真的很值得一试哦。"

　　沈叶想要上前给顾南衍闻闻酒香，却没稳住脚步，身体一歪就要摔倒。倒下前，她还记得保护好手里的酒，将自己变成酒坛的肉垫。

　　幸好，顾南衍先一步抓住了她的衣服。

　　沈叶从顾南衍怀里出来，连忙解释："我刚刚真就是脚滑，不是故意的。"

　　顾南衍冷静地点点头，却在沈叶看向自己的时候，感觉到了疯狂加速的心跳。

　　"实在是因为太香了，把我给香迷糊了。"

　　顾南衍知道沈叶指的是怀里的酒。可那一刻，他的鼻尖没有酒香，只有沈叶身上的味道。

　　甜甜的，淡淡的，他跟着魔了一样沉迷。

　　"好，晚上我们一起品，这会儿还有一堆大臣在书房等着我商量万寿节的事情。"

　　沈叶重重点头。

　　不过，她有了上回的教训，没被计谋得逞的喜悦冲昏头脑，寻思顾南衍的话，她很快就找到不对劲的地方。

顾南衍既然是在商量事情，为什么还会出现在这里？

顾南衍这才后知后觉地说错了话，不自然地咳嗽一声，抬眼看到一路跑过来气都没喘匀的边溪，匆匆地说："你不是跟我说大臣们在这边等我？怎么没有？是不是你搞错了？肯定是你搞错了，还不赶紧领我去！"

被顾南衍的眼神催着走，边溪只能连声应着："不是在这里……那可能是小人记错了，可能是在前厅。"

"应该是的。"

两人就这么一唱一和地走了。

剩下沈叶一个人不明所以，随后她扭头把目光放在侍女身上。

侍女立马承认："沈侍卫恕罪，确实是我上报的太子殿下。太子殿下早有吩咐，让我们照顾好您。"

沈叶叹了口气，哪有什么怪罪的意思，就是……照这么看，顾南衍这个谨慎的性格要让他醉，真的太难了。

她小手一挥："这酒再给我加四坛！"

看来今天得加码。

04

顾南衍晚上过来赴约时，沈叶早已准备好一切等着，她还没忘了赶走那些不相关的人，留出充足的空间。

看到顾南衍过来，沈叶清了清嗓子，悠悠道："太子殿下，今天的月亮真不错，为了庆祝这么好看的月亮，我们必须来一杯。"

顾南衍点头，坐下。

沈叶端起了酒杯。

在沈叶期盼的眼神中，顾南衍接过这杯酒喝了下去。

酒才刚入口，沈叶的第二杯接着端来："太子殿下，您看看这个花是不是开得很美？为了庆祝这花，我们也要喝一杯。"

他就又被沈叶灌下一杯酒。

接着沈叶又给顾南衍倒了好几杯，以各种稀奇古怪的理由让他

喝下去。

顾南衍不明不白地喝下不少，在沈叶又一次过来时，扣住她端过来的酒杯，光芒逼人的眼睛注视着沈叶，继而问道："想要把我灌醉？"

不是他太聪明，实在是沈叶做得太明显。

沈叶被拆穿也不急着辩解，她拿起自己的杯子倒了一杯，本想着自己喝一口，顾南衍总不好再推托。

只是这杯子还没到她嘴边，顾南衍就夺了过去："沈叶，你到底想干什么？说。"

为了观察顾南衍有没有醉意，沈叶只好盯着他，自然也躲不了他探究的眼神。没一会儿她便败下阵来，因为顾南衍眼神的杀伤力还是很足的。

沈叶有些懊恼，虽说喝酒这件事情她是个好手，但劝酒的手段她可是完全不了解。她看着顾南衍这打破砂锅问到底的模样，心里就有些破罐子破摔的意思了，于是直说："我就是想问问你小时候为什么那么介意顾袁抢画卷这件事情。"

刹那间，顾南衍表情滞住。

沈叶从他的表情就已经确定这不是什么好事。

她想着转移话题，以后再找个别的方法套话，却看见顾南衍喝了一口酒，目光再次看向她。他问："你真的……想知道？"

顾南衍原本是不想说的，可是想起沈叶失望的表情，他心软了。

他不想让沈叶失望，即使这段记忆对他而言很不美好。

看到事情有转机，沈叶连着点头。

顾南衍的目光变得深沉起来，这是他头一次跟人说起这件事，他也不知道该从何说起，只能断断续续地描述："那时我还很小，在母后离开之后……嬷嬷有时会说母后托梦给她，让她照顾我好好吃饭，要我听父皇和太傅的话。所有谈起母后的人都会说她是他们见过的最有气质的女人。我却很少能在梦里见到母后，甚至我快要忘了她的样子，不，我是已经忘了。那幅画是太傅从民间的一个画师手上买的，画的是春日景色。不知道为什么，我看到它的时候，想起了母后，所以我就特别想要，所以……"

他停下了叙述。

沈叶替他补上了后面的内容："我知道，你就是想要看看，看看皇后娘娘的样子。"

在顾南衍说出"母后"两个字的时候，沈叶就已经明白了。

大骁子民都知道皇后娘娘英勇、太子殿下英明，他们却忘记了皇后娘娘也是一个孩童的母亲，忘记了太子殿下当初也只是一个孩子。

对于顾袁来说，那卷画不过是好看，但对于顾南衍来说，那是唯一的念想。

沈叶想抱一抱顾南衍，手伸到一半，才发现自己这个动作不太合适。

顾南衍看着沈叶的手尴尬地停住，半天才冒出一句话："难不成，你现在还想占我的便宜？"

"没有，不是。"沈叶拼命解释，非常真诚的样子，"我只是想要安慰您，真的。但是我刚意识到，这样的安慰好像不是太好。"

沈叶给顾南衍喝的是海棠酒，酒性烈，后劲大。也许是因为醉了，也许是别的，顾南衍冲着沈叶笑了一下，露出和平时完全不一样的神情。他黝黑的眼眸深沉得像是一潭水，让人看不清，但眼角眉梢带着笑意，给原本清冷的五官带上一丝温情，连同声音也是一样，好听得令人陶醉。

"这样的安慰，也不是不好。"

说完话以后，顾南衍竟然主动凑了上来，让沈叶去抱。

迎面吹来的风中有海棠酒浓烈的香甜，不过最明显的还是顾南衍身上因他一直待在书房而染上的一股檀香味。

这股香味萦绕在沈叶鼻尖，久久不能散去。

沈叶明明没有喝酒，却觉得自己有点把持不住，立刻退后了好几步，捂住心口，说话也变得有些支支吾吾："太子殿下……你是

不是喝醉了？"

顾南衍缓了好一会儿，等到那股浓烈的酒意消了一些，才又去看沈叶。

他明白自己刚刚的不妥，匆忙解释道："确实……确实有些醉了，我……我先走了。"

沈叶看着落荒而逃的顾南衍，一时有些不知所措。

她的心跳得飞快，满脑子都在回放刚才顾南衍凑过来的动作。

如果顾南衍的头再低一些，身体再靠过来一些，两人就要亲上了。

要是他们真的亲上……

"沈叶，你到底在想什么？顾南衍就是喝醉了上头，不然也不会对你说出那幅画的真相。他上头了，你可别上头。"沈叶喃喃自语。

她将脑海里那些奇奇怪怪的想法抛出去，也不再去追究顾南衍为什么逃走，逼迫自己的思想回归正道。

05

沈叶做了一整夜的梦。

第二天，她脸上挂了两个大大的黑眼圈，整个人都是病恹恹的模样。顾袁见着她，还以为她生病了，一顿嘘寒问暖。

想起昨天的事情，沈叶什么都不想说，只能长吁短叹道："我没什么大事，上课吧。"

然而另一边，顾南衍的动静却不小。

顾南衍昨晚回去后借着点醉意倒头就睡了，没承想睡了一夜，混沌的思绪变得清明，想起自己主动靠近沈叶的事情，猛然惊醒。

他想着想着，还回忆起自己说的那些"非礼勿听"的话，实在是惊恐得有点承受不住，就把自己关在房间里整整一个上午，谁也不理。

边溪没见过这样的场面，特别是昨天主子还一身酒气，满脸通红地回来。

他以为是出了什么大事，又想到主子是在跟沈叶见面以后才成这样，他便去找沈叶。

他冲进偏厅："沈侍卫你快去看看主子，主子他快要……"

听话只听一半不是什么好事。

沈叶听到边溪说顾南衍有事时，二话没说，马上拉着顾袁去找顾南衍。

顾南衍正用手撑着脑袋靠在桌案上，认真回想昨天的事情。

沈叶三人匆匆闯进来。

几人面面相觑。

"你们……有事？"顾南衍率先打破尴尬气氛，问出声。可余光扫到沈叶时，他的呼吸不自在地屏住了，声音也跟着停顿了一下。

沈叶以为顾南衍是生病了，神色紧张："太子殿下，您是不是身体不舒服？边溪告诉我们，您将自己关在房间里一个上午。"

被拉过来的顾袁没反应过来，被沈叶一推，他也就一同附和："对，边侍卫长是这么告诉我们的。太子哥哥，你哪里不舒服吗？"

沈叶因没睡好而憔悴的脸色自然而然地被顾南衍认为是担心过头，她这一系列动作落在顾南衍眼里，他的心上淌过一道暖流。

因昨天的事情而介意的情绪消了不少，他神色缓和。

但是……他肯定不能说自己是因为觉得太尴尬而待在房间里不出去啊！于是，他果断把这口锅甩给边溪："我没事，肯定是边溪说错了，我只是在房中处理一些事情。"

沈叶对这话半信半疑，但是想想顾南衍也没有说谎的必要，就信了。

她的目光转而落在顾袁身上。

这可是绝佳的机会！

沈叶立刻推了一把顾袁，让他直面顾南衍，自己在后面絮叨："原来是一场乌龙。太子殿下您是不知道，茶王殿下知道您有事，急得二话没说就冲了过来，我都追不上了。"

事实是沈叶拉着顾袁跑得腿都快断了，在临进门口的时候，喊顾袁撞开的门。

顾南衍满腹疑惑地看着顾袁。

顾袁没办法去反驳师父说的话，只能应下来："我确实很担心太子哥哥。"

沈叶见状又吹捧："想不到茶王殿下如此关心太子殿下，真是血浓于水啊。"

没料到的是，她说完后，顾袁有了强烈反应。他藏在袖子里的手握成了一个拳头，脑海中不断想起兰贵妃当年在冷宫里承受的痛苦，再次开口时语气就变得疏离许多："既然太子哥哥没事，府中还有些事情等着我处理，我就先走了，下次再来向师父讨教。"

沈叶有些摸不着头脑，本想追上去问个清楚，结果被顾南衍的一句话拦住："想弄清楚理由，找我也是一样的。"

沈叶立马眼睛放光，眨巴着，等待顾南衍开口。

顾南衍话少，对事件的描述也极为简单，但沈叶还是从那些只言片语中总结出一切的来龙去脉。

顾袁当年组织修书，却不够上心，出现了纰漏，意外烧毁了一批重要的文书。

这事说大不大，说小也不小，全凭皇帝怎么处置，可不知道怎么回事，朝堂上的许多文臣非要顾袁在这件事情上给一个交代。

这消息传到顾袁的生母兰贵妃那里，她哪能看着儿子受难却坐视不理，便打算从中插一手。

没想到的是，她刚联系外臣，就被皇帝发现了。

后宫干政这事在大骁一向都是非常忌讳的，皇帝察觉到兰贵妃的行动后将她打入了冷宫。兰贵妃整整被关了两年，虽说大赦天下时被放了出来，但还是落下了不少病根，所以她这些年一直都是病恹恹的。

沈叶知道，顾南衍定是从中斡旋着，不然兰贵妃也不会被关在冷宫两年就放了出来，也不会只是染上一些病。

可是这些……沈叶一下就能想明白，顾衰能一直不明白？

只怕是他蒙蔽了双眼一直不愿意去想。

她头疼不已，连着叹了好几声气。

顾南衍注意到沈叶失落的情绪，藏在袍子底下的手握成一团，眼神也有些闪烁。若是旁人仔细，看到了这些动作，定会意外平日里冷静自持的太子殿下竟会对一个女子有紧张的情绪。但沈叶心里想着的都是"搞事业"，半点没察觉出什么不对。

顾南衍刻意藏起其他的情绪，装出一副随意的样子，平平淡淡地说道："确实是我当初没有考虑周到，才造成了那样的结果。"

沈叶头一回用这样的目光看着顾南衍，不是带着讨好意味，而是明晃晃的生气，甚至还有些恨铁不成钢："我都不用想，兰贵妃之所以能那么快被放出来是因为您，而且进了冷宫还能安然无恙地出来，肯定也是因为您。要不是我不能，我肯定去顾衰耳边天天说这件事情，真恨不得告诉他，他有个多么好的哥哥。我必须为您正名！"

沈叶的话听起来和恭维没什么两样，但顾南衍这次却格外开心。

他想要绷住不笑，可浓烈的笑意不仅从嘴角溢出，也从月牙似的眼睛里溢出。他能看得出沈叶这次的"夸"和之前不一样。之前多少是带着点拍马屁的意味，但这次是完完全全出自沈叶的真心。

他温柔地看着女孩为他絮叨的模样。

可惜沈叶满心满眼在为顾南衍与顾衰的误会咬牙切齿，错过了顾南衍的笑容。等她再把目光投过去，顾南衍脸上已经恢复成正常神情，只剩下他看向她的眼神有些炽热。

"我能不能把这件事告诉顾衰？"

"你想把这件事情告诉顾衰。"

两人的声音重叠。

刹那间，沈叶看着顾南衍的脸想了不少，得出的结论是——顾南衍大概不同意自己去说这件事。

但是，他不同意，她就不干了？沈叶向来是个迎难而上的人。

她目光变得坚定，可一句"殿下"还没冒出头，便听见顾南衍放慢声音，开口说道："去吧，我派人保护你。除此之外，早点回来，我等着你。"

峰回路转！

沈叶都不敢相信自己听到了什么，睁大眼睛。

顾南衍也没给她开口的机会，他挑了一下眉，挑逗似的："你再等会儿，我就要反悔了。"

沈叶头一次跑出了风的速度。

06

沈叶顶着"茶王殿下师父"的名号一路"直捣"顾袁所在地时，顾袁正在一杯酒一句诗地抒发自己的情感。

她丝毫没给顾袁留什么适应时间，气都还没喘匀，就开始絮絮叨叨："顾袁，你仔细想想，皇帝对后宫干政这件事是多么忌讳，可是兰贵妃娘娘犯了大忌讳也只是被关在了冷宫，为什么？"

被突然出现的沈叶打乱思绪，顾袁不知所措，只能顺着沈叶所说的去想，很快得出了结论："有人在求情。"

得到回答，沈叶继续引导着："当时有这个能力的人，只有一个。"

"太子哥哥。"顾袁一字一顿地将这四个字说出来。

沈叶一个劲儿地点头。她在赶来的一路上已经想明白了，顾袁是在逃避，逃避着他没有能力的事实。她深吸一口气，声音也跟着沉下来："其实你早就应该想到，只是你不愿面对。纵然当初是顾南衍不满你争画，将你推到了那个位子上，但归根结底，他只是给了你事情做，没有害你。你没有能力把那件事做好，而且还没有能力保护身边的人，最后出了事情就想着逃避，因此怪罪着他。

"这一切都只是为了让你自己好受些罢了。

"可是未来呢？你还打算不管出了什么事情都选择逃避，最后来责怪别人，一直躲在别人的羽翼下吗？你觉得自己还能躲多久？"

顾袁的头埋得越来越低。

不可否认，沈叶所说，全都是正解。

顾袁回想起自己这些年的所作所为，他好像……不是好像，就是，他就是一直躲在各种人的保护下，就连给顾南衍找麻烦……

总之，一事无成。

他嘴角出现一抹自嘲的笑容，端起酒杯猛地一口灌下去，火辣的酒灼烧着喉咙。

片刻后，他终于开口说话了："师父说得对，若我自己有能力，无须母妃出面，我就能平安无恙，也就不会有后面那么多事情。"

说完，顾袁又想灌一杯酒下去，沈叶这次直接抢下了他的酒杯。

她义正词严："你需要拥有能力，从而保护自己珍视的人，而顾南衍就是那个可以赋予你能力的人。"

"那如果我自己去做，也可以得到，不是吗？"顾袁对上沈叶的目光，"师父，你也可以选择我。"

沈叶一点也不诧异顾袁所说的话，谁都有野心，可野心也要配得上能力才好，顾袁不适合那个位置。她来到这个世界的目的不就是改变那个不合适的结局吗？

顾南衍就是她唯一的选择。

再次开口，沈叶变得底气十足："是，你可以去争去夺。那么我们就会成为对立面，因为我只有唯一选择。"她笑了一下，"再者说，我不觉得你会赢。顾南衍自从坐上太子之位，肃清腐败，平定战乱，桩桩件件都很棘手，可他依然交了完美的答卷。他本就是作为储君培养的人，没人能比他更合适那个位子，你没资格争。"

这话对顾袁来说真的非常过分，但沈叶坚信不下猛药得不到结果，所以就只能选择这么极端的办法。至于为什么不说顾南衍争那幅画的原因，考虑到那是他的隐私，他能告诉自己就已经非常好了，哪怕他已经同意，沈叶还是觉得不要说比较好。

果不其然，药效非常显著，顾袁眼尾瞬间红了一圈。

　　他既介意沈叶所说的话，又因为认同沈叶所说的话而感到羞愧。

　　打一巴掌之后就要给一颗甜枣吃，沈叶深谙此理。她语气软了不少，摇身一变，谆谆教诲的好师父，语重心长道："既然你叫我一声师父，我就肯定不能看着你跳进火海。此前，我说了很多希望你追随太子殿下的话，你犹豫，不给答复，这都是正常的。现如今便有个机会，能让你看看太子殿下是否值得你追随。"

　　之前已经铺垫不少，顾衷的动摇也在情理之中。

　　沈叶倒没希望顾衷能够当场给自己一个答复，而且她抬头看天色不早了，她可还记得顾南衍要她早点回家。

　　沈叶给顾衷留下一个非常严肃的眼神："想好了，就来太子府找我。"

　　沈叶担心顾南衍怀疑，打道回府的路上一个劲儿地要车夫快点。可她万万想不到，顾南衍所说的等她，真的是老老实实地在等她，而且还是等着她一起吃饭。

　　她一踏进院子，就看到坐在堂上的顾南衍，以及一桌饭菜。

　　沈叶以为自己饿出幻觉，擦了擦眼睛，发现他们还在，这才确认顾南衍确实是在等自己。

　　做什么？他这是什么意思？

　　顾南衍望了望外面的天色，原本有些皱着的眉头舒展开来。

　　沈叶回来得还算早，看来她确实把自己的话放在心上。越是这般想，顾南衍就越是开心，长袍遮住了他此刻正有一搭没一搭敲着的手指。

　　等到沈叶坐下，顾南衍还是一副淡然的模样，好像是随意一问，没那么上心："这么一会儿，你跟顾衷说了什么？"

　　他刻意不去看沈叶，拿起汤勺拨弄碗里的汤，将"这是随口一问"表现得淋漓尽致。

　　一件事装得滴水不漏，往往适得其反。

　　沈叶一下就看出了顾南衍心里的小九九，知道他是因为这件事情在这儿等着，悬着的一颗心落下来。她不紧不慢地喝了一口汤，才说："还能说什么？当然是说要他好好跟着太子殿下吃香的喝辣的呗。"

实在是话太多，沈叶懒得一句一句地复述，还不如结合实际说点。她吃了一口菜，吃得极香，以此来证明自己说的是事实。

可就是这样的一句话，在顾南衍心里激起一阵涟漪。

暗卫早已将沈叶与顾袁的对话传了回来，所以顾南衍非常清楚两人的对话内容。他放下手边的事情来到这里等待沈叶的原因，是他自己都想不明白、弄不清楚，却异常坚持的情绪。

就像是他不懂自己为什么会同沈叶解释前因后果，为什么说自己的配合并非是想要顾袁这个盟友。

为了沈叶，他实在是做了很多不像自己会做的事情。

顾南衍看着沈叶，突然觉得自己能不能亲耳听到沈叶对顾袁说的那些话这件事情，已经变得不重要。

重要的是，她现在坐在这里，在他的眼前。

顾南衍破天荒地抬手替人夹了一回菜。沈叶看着碗里大块的肉，不敢下口，只能非常惊讶地看向顾南衍。

顾南衍也毫不掩饰自己的开心，话语中还带着一丝骄傲的意味："奖励你的，今天这么早回来。"他想到接下来要说的话，自个儿都觉得好笑，但还是说了，"总之，跟着我确实能吃香的喝辣的。"

沈叶听到这句话，这顿饭吃得尤为开心。

最后她送顾南衍离开时，脸上还挂着比蜜糖还甜的笑容。她站在门框边，手像跟随风摆动的彩旗一般摇个不停，还说："太子殿下，顾袁的事情交给我，您放心。太子殿下，欢迎下次再来哦。"

顾南衍原本脚都要跨出院门了，不知怎么的，又返了回来。

他双眼直勾勾地盯着沈叶，企图从她的脸上看到些什么。

面对顾南衍如此目光，沈叶一愣，也不知道该如何回应，只能竭力躲避。她忍不住在心里想，自己刚才也没起什么坏心思，他这

是怎么了？

"沈叶，抬头看着我。"顾南衍语气认真。

沈叶抬头，在两人眼神相撞的那一刻，听顾南衍缓缓开口："我不是因为要顾袁站在我这边才这样。"

平时比谁都机灵的人在这一瞬间硬是没明白顾南衍说的"这样"是什么。她一脸疑惑，呆呆地问："太子殿下怎么样？"

顾南衍本来就觉得难以启齿，结果沈叶还不明白，还要他说得更露骨。这回，他不只是耳朵，掩盖在衣领下的脖颈也有些微微泛红。

"就是……就是我跟你说的那些，不是为了顾袁，我是为了……"这话比顾南衍想象的还要难说出口。

他当初面对沈叶的疑问，其实可以选择什么都不说，但……他想解释，因为是沈叶想知道他才说。

可他张张嘴，到了嘴边的话还是没法说出口。

沈叶的大脑在顾南衍断断续续的话里终于重启，她突然意识到一件事情——顾南衍最近似乎特别喜欢同她解释，对她还特别……温柔。

他从前那些莫名其妙的行为全数涌入沈叶的脑海。

沈叶闪过一个想法，一个让她觉得可能性极小的理由。

可是……不可能啊！这个可能性太小了。

也许是为了确定，也许是坚定内心，沈叶脱口而出："太子殿下，您总不会是因为喜欢我吧？"

周围几乎已经黑漆漆一片，沈叶却还是凭借微弱的烛光看到了顾南衍听到这句话后身躯一僵。

他脸上的表情一定是极度震惊。

"沈叶！你在说什么胡话！"

很好，还是一如既往的嫌弃。

沈叶舒了一口气。

她没感到害臊，全当例行公事地主动靠前一步，抬头，与顾南衍近距离对视。

"今晚月色很美。

"但今天没有月亮，对不对？

"其实不管有没有月亮，我都会说这句话，因为这句话跟月亮没关系，跟您有关。您就是我的月亮。"

在沈叶闪烁的目光里，顾南衍看到了自己。

他被人像看月亮一般望着，感觉心里有什么东西正在慢慢融化。

夜晚吹来的风很轻，轻到只有他一个人觉得有风，同他的喃喃自语一样，也只有他一人能听见。

"原来，在你这里，我是月亮。"

07

沈叶从那晚感受到顾南衍对自己的态度有动摇后，便开始每天对顾南衍嘘寒问暖，尤其是顾袁最近也不上门来讨教，她就有了更多时间。

顾南衍压根招架不住，于是开始躲着沈叶，却没想到她越挫越勇，不知疲倦。

这天，沈叶等在顾南衍的房门外。

为了躲避沈叶，顾南衍早就派人说自己出去了，不在府中，谁想沈叶如此执拗，非说要等着他回来。

顾南衍没办法，只能在房里缩头缩脑地待着。

"主子，您真要这样一直躲着沈侍……沈姑娘。"再一次见到顾南衍脸色异样地从沈叶那里出来，边溪就把称呼改为了"沈姑娘"。

顾南衍没答边溪的话，示意边溪低下来点，万一露了身影被外头的沈叶看见，那就麻烦了。

况且，他也没打算一直躲着沈叶，只是想熬过这段时间。

他脑海里再次回想起那天晚上自己的慌张模样，只觉得比喝醉酒那天还丢脸，便把身子猫得更低。

顾南衍原以为自己还得躲上点时间，谁知，消失一段时间的顾

顾袁突然找上门来，跑得上气不接下气，就为了来找沈叶。

他在沈叶面前弯着腰喘气，额前豆大的汗珠不断往下流。

沈叶显然有些不知所措，尤其是顾袁喘了一会儿气之后，什么也不管地握上了她的手，抓得那叫一个紧。

他双目注视着沈叶，那叫一个深情。

从顾南衍的视线看去，顾袁就是一副来找心上人表白的模样。

但真相却是，顾袁本来想着要拉沈叶的衣袖，结果一个手抖，拉住了人家的手。秉着不拘小节的意思，他眼神格外坚定，专注于自己要说的话："师父，我想明白了，你说得确实很对，我需要自己有能力才能保护身边的人，我愿意配合你。"

沈叶头一次觉得顾袁这么可爱，这么善解人意。

瞬间，她眼睛笑成了月牙状，一边笑一边点头，还像给学生奖励似的摸了一下顾袁的头。

这动作让顾袁很是惊讶，瞪着一双大眼睛看向沈叶。

沈叶余光看到有抹黑色身影过来以后，唇边那抹笑意再次扩大。

沈叶摸顾袁头的动作彻底点燃了顾南衍内心的火，不顾边溪在旁边劝"主子冷静，您不是还在躲沈姑娘吗"的话，他就像一阵疾风一样冲到了沈叶面前。

顾南衍用高大的身躯分开沈叶跟顾袁。

他居高临下，神色严厉："既然沈叶是你的师父，你就要尊敬师长，这么拉拉扯扯像什么样子？"

在顾南衍背后的沈叶偷笑了一下。

她今日路过厨房的时候，看见厨房准备了太子殿下的午饭，于是打算在这里守株待兔。没承想顾袁来了，她便心生一计，故意摸了一下顾袁的头，就是为了逼迫顾南衍出现。

沈叶站在顾南衍背后，两人靠得近，她轻声开口，声音刚好只有他们两人能听见："太子殿下近日不是不在府里？这会儿又是从哪里来的？"

品味沈叶的话，顾南衍就知道了她刚刚是故意为之。

他不生气，反而心里猛地松了一口气——还好，沈叶是故意的。

顾南衍一愣，被自己内心的想法吓了一跳，跟着就退后了一步。

这一步可退得不得了。

沈叶以为顾南衍没站稳，好心伸出手去扶，奈何身高差异，她别过身抬手时，刚好扶到顾南衍的腰部，就变成了顾南衍往后退，沈叶像个流氓一样，隔着衣服环上了人家的腰。

再加上之前窸窸窣窣的声音，很难不让人想到两人这一系列的动作都是在打情骂俏。

顾袁移开目光，咳嗽两声，说道："如此看来，还是太子哥哥跟师父需要注意些。"

这话让顾南衍转身看了一眼沈叶。

沈叶这才想起来松开手，火速跳到了一边。

她解释道："摸着良心说，我就是想让太子殿下出来见我而已。"

沈叶再次看了一眼顾南衍的腰，脑海中回想起刚才那一刻的手感。

不错。

顾南衍看着她明显的咽口水动作，忍不住提醒道："你说这话的时候，先收收自己的表情。"

什么表情？

沈叶秉承着"自己没看到，那就是没有"的态度回话："那还不是因为太子殿下不愿意见我，我实在没有办法才出此下策。"

"那还不是你每天都来我这……"

"我这是关心太子殿下。"

顾南衍和沈叶就这么一来一回地说着，边上一度没有存在感的顾袁突然转过身，感慨了一句："真是从未见过太子哥哥这般对一个人，师父你真是好福气。"

顾袁话音一落，两道眼光都射了过来。

他缩了缩脖子："难道我说得不对？"

沈叶一边点头，一边给了顾袁称赞："说得好！你现在加入了

我们，太子殿下对你肯定也是不一般。"她再对着顾南衍一笑，"太子殿下，我是不是说得很对？"

沈叶这是在转移话题。

看出她的目的，顾南衍深吸了一口气，既没说是，也没说不是。

沈叶也不是那么没有眼力见的人，而且她现在有更重要的事情要跟顾衰说，于是脸上挂着满满的笑容，看向顾南衍："今天能够见到太子殿下一面，我已经心满意足。既是这样，我们就走了，不耽误太子殿下办正事。"

这会儿，顾南衍才从嘴里吐出一个音节："嗯？"不重不轻。

不答应？

但沈叶没那时间纠结，她觉得大差不差就算是顾南衍同意了："多谢太子殿下，那小人就带着茶王殿下先退下了。"

她脚步快得顾南衍都没来得及说上第二句话。

| 第四章
真相前的重重迷雾 |

01

沈叶记得顾南衍曾跟她提过，他在跟大臣商量有关万寿节的事情。

她如今找顾衷有事也是因此缘故。

这些天，沈叶不断在脑海里回忆漫画的原剧情，不知是不是因为她在这里待的时间久了，有些情节需要想很久才能有印象。

昨晚，她坐在窗前看着淅淅沥沥的雨发呆，突然一个激灵，猛地想起"顾南衍被关"这件事情。它是存在于原剧情里的，顾衷就是在这个情节出场，从此活跃在众人的眼中，最后捡漏顾南衍的功劳，成为漫画里"躺赢"的角色。

而顾南衍正是在万寿节当天遭人诬告，被打入天牢。

所以，顾南衍看到的那一幕，正是这件事！

沈叶苦苦追寻的顾南衍被关的原因，便是他被诬告在水利工程上克扣银两，导致新修的河堤不够牢固被大水冲垮，百姓因洪灾流离失所。

沈叶觉得解决这件事情并不难，只要做好洪水来临前的防护，再将真正贪污的大臣抓起来即可。她记得河堤决口的日子是万寿节的前半个月，也就是说，她现在还有时间来解决这件事情。

思来想去，沈叶不打算通过顾南衍来解决这个问题。毕竟顾南衍太过聪明，在没有预知的情况下跟他解释，容易造成说多错多的情况，太麻烦，还会让顾南衍怀疑她。

她想了整晚，便把目光放在了顾袁身上。

幸好，顾袁终于想通了。

沈叶一路飞奔，回到自己的住处便马上"原形毕露"。她对着顾袁招手，让他靠过来点，迫不及待地说出自己的计划。

"不久，大骁会有一场洪灾。而我要你做的，就是以茶王殿下的身份组织防洪，而且要悄悄进行。"沈叶为了节省时间，紧抓重点说。

但这样的话对顾袁的冲击可不小。他就算是不关心朝政，也知道近年因为频繁的水灾，皇帝拨了一大笔钱去修缮水利，在这上面可谓是耗费不少心思，怎么会有洪灾发生？

除非……有人从中克扣银两，导致水利工程达不到标准。

可沈叶是从哪里知道这事的？再者说，这场洪灾，她为什么就那么肯定它会来？

顾袁的眉头越皱越紧。

沈叶看到他的反应，用无比郑重的语气继续说道："我知道你在想我为什么会知道这些，为什么会这么确定……这个原因说起来实在是太麻烦，日后我会慢慢跟你细说。但你现在要相信我，去做这件事情。"

"之后，你自然会知道太子殿下是如何让贪污的人现出原形的，你也能知道他是一个值得追随的人。"沈叶觉得顾袁会答应下来，毕竟他所要付出的不过是一些人手和心血罢了，收获却很巨大。

这是一笔稳赚不赔的生意。

而且退一万步说，就算顾袁拒绝，沈叶也想好了说辞去劝他。

可她万万没想到的是，她这计划找错了人。

"师父，并非是我不愿意帮你，而是自从新修了水利以后，父皇就将防洪的事务全部交给了太子哥哥，如果没有太子哥哥的印信，我们接触不到防洪所需要的东西。"顾袁向沈叶解释。

沈叶听了还是不死心："那如果现买、现筹呢？"

"需要数月时间。"

沈叶沉默了，十分颓废地瘫倒在椅子上。

数月之后，别说防洪，黄花菜都凉了。

她还是得找顾南衍，可她要怎么跟顾南衍说？总不能告诉他，这是一个漫画世界，你是假的，这些全都是假的，她是那个来拯救世界的人吧？

光想想，沈叶都能知道自己的结局——被顾南衍当成失心疯，轻则被关起来，重则被治一个大逆不道的罪。

连着叹了好几声气，沈叶脸上的表情也越来越凝重。

顾袁作为徒弟，自然是不愿意看着师父这样的，他说："那就跟太子哥哥提，我觉得他能答应，毕竟师父在太子哥哥面前说话特别管用。"

看着顾袁真诚的眼神，沈叶更加愁了："那是你觉得，不是顾南衍觉得。"

她左想右想，总不能光明正大地去抢吧？

沈叶脑海里出现这个想法以后，仿佛被打通了任督二脉——她可以鬼鬼祟祟地去偷啊。

沈叶双眼眯成一条线，目光落在顾袁身上。

这个计划，还得让他来配合。

沈叶将顾袁拉到后院，告诉他等会儿要如何装成一个合格的病人，她带着他去顾南衍那里，然后沈叶趁乱顺个东西也不是什么难事。

她一个大忽悠，左一句"你不帮师父，那师父就会整宿整宿睡不着，耽误你上课"，右一句"难道你不想帮帮你的新盟友？这可是难得的机会证明你自己"，劝得顾袁团团转，让他把其他念头抛诸脑后，就只记得沈叶是师父，作为徒弟得帮助师父。

因此，顾袁还给自己加了一段戏——他为了更加逼真，还真朝自己的肚子打了一拳。

沈叶看到以后不得不给顾袁竖起大拇指。

她马上大喊："茶王殿下身体突发不适，非要去见太子殿下，快来人！快来人！"

在沈叶竭力的嘶吼下，不少人聚拢过来。

顾南衍被一阵又一阵的吵闹声打扰，这会儿边溪不在，他只能自己走出书房，便看见顾袁捂着肚子龇牙咧嘴地喊疼，而沈叶一个劲儿地往这边冲，后面还跟着不少人。

"你们在干什么？"顾南衍的声音一出，动静就小了不少。

沈叶就趁这个时候将事情复述一遍："茶王刚刚说肚子疼，要见太子殿下，于是我就带着他来了。"她转过身给了顾袁一个眼神，提醒他等会儿要应承自己的话，"茶王殿下，你是不是很痛？要不要进书房休息一会儿？"

顾袁接着沈叶的话演下去："确实。哎哟，好疼。太子哥哥，我们进去说……哎哟，真的好疼。"

沈叶就这么搀着顾袁靠过来。

他俩眼看离那扇门就差最后几步了，顾南衍的声音冷不丁响起："站住。你刚才还像逃命一般地跑，现在反倒要见我了，还是如此急迫地想要见我？"

冷冰冰的声音让沈叶后背起了一层鸡皮疙瘩。

她只好转过身去，对上顾南衍那双看起来有点生气的眼睛，弱弱回道："这不是生病了吗？"

　　顾衰也跟着做出虚弱的样子。

　　这点小伎俩骗骗别人还行，可骗不过顾南衍。

　　顾南衍原是站在一边，这会儿特意走到门前，生生挡住沈叶的去路："病了就想起我，没事就跑得比谁都快，沈叶你倒是很会。"

　　是啊，沈叶"会"得快哭出来了。

　　顾南衍也不去拆穿两人，招招手："既然茶王突发疾病，那就找个郎中来看看，扎上几针。"随后又将目光放在沈叶身上，"顺便也给沈侍卫看看，看看她每天都在想什么。"

　　沈叶怎么看都觉得顾南衍这是在报复，就因为她之前溜得快。

　　而站在一旁的顾衰立马挺直了腰："太子哥哥，我没事了。"他可不愿意被扎几针，但也不忘记继续演着和沈叶商量好的戏码，"这一下就不疼了。"

　　顾南衍看了顾衰一眼。

　　顾衰立马表示自己还有事情要做，得回茶王府了。而且他还不忘将后面跟来的人带走，给顾南衍和沈叶留下充足的空间。

　　他觉得两人单独相处将事情说开，顾南衍肯定能答应沈叶的要求。

　　沈叶被顾南衍盯得心慌，瞧着顾衰走了，也就跟着挪动脚步。只是她的脚跟抬起还没落地，就被顾南衍一个眼神给定住了。

　　只见顾南衍眼尾上挑，下颌微微抬起："跑了一次，还想跑第二次？"

　　低沉的尾音敲在沈叶耳朵里，让她浑身一抖。她咬唇，低下头不敢跟顾南衍对视，连说话的声音都有些颤抖："没有……没有想要逃跑。"

　　顾南衍靠近一步："那你现在在想什么？"

　　沈叶跟着退后了好几步，再退她就要抵在柱子上了，可谓是退

无可退。做了亏心事的人通常都害怕这种距离的交谈，因此，沈叶只想快点结束现在的对峙："那我肯定是在想太子殿下，我无时无刻不在想你。"

果不其然，顾南衍听完这话后倒退了几步。

沈叶暗叹自己采取的手段果然有效。她算是弄清楚了，顾南衍是个脸皮薄的人，只要她的话够大胆，没有什么不能解决的。

她很不明显地勾了一下唇。

可这动作正好就落在了因为害羞想要转移注意力、眼神四散的顾南衍眼里。他便突然走近了好些，将沈叶逼得靠着柱子，两人的脸近在咫尺。

"太子……太子殿下……要不我们进书房说。"沈叶一咬牙，有种破釜沉舟的意味。

"沈叶。"顾南衍的神情已经由探寻转为严肃，等到沈叶抬起眼看他，他又开口，"最后一次机会，你到底想干什么？别再想用谎话骗我。"

计策被识破。

顾南衍穷追不舍地问，沈叶只能选择说真话。

"说起来您可能不信，我做了一个梦，梦见不久以后会有一场洪灾，太子殿下也是因此有了牢狱之灾，所以就想采取点手段防洪。"

沈叶觉得自己这半真半假的话在顾南衍那儿应该算有点可信度，没承想他一直皱着眉头，过了好一会儿才说："日有所思，夜有所梦。沈叶，你不需要那么担心。"

顾南衍顿了一下，目光紧紧盯着沈叶："就算有什么事情，你也是平安的。"

沈叶全神贯注在顾南衍没有相信自己的话这件事上，根本没听清他后来补的那句。于是她提高音量："我不是因为担心，是真的会发生洪灾！"

可不管怎么改变说话的方式，她都无法逃避一个问题——

这件事属于空穴来风，顾南衍需要理由去相信，而她恰好给不出这个理由。

顾南衍长久的沉默让沈叶越发心急，她一口气说了许多话："太子殿下，我知道这些话很难让人相信，但是我的梦太真实了，贪污的官员名单、洪灾发生的时间……这一切都太清晰了。此次牵连的官员一共有五人，而洪灾发生的时间就在下个月初五。殿下，这一切是真的要发生，您能不能相信我一次，就一次？只这一次，先下手为强。"

沈叶能理解顾南衍的犹豫，所以她觉得自己要拿出最重要的东西去拼一把，而属于她自己的，大概就只有这个——跟顾南衍紧紧绑在一起的生命。

片刻，她深吸一口气，继续说道："如果太子殿下担心采取行动以后，这一切是个乌龙而导致无法收场的后果，那么届时就请太子殿下将我交代出来。请太子殿下将能调动防洪物资的印信给我，其余的一切全都交给我就好。"

沈叶的声音不大，却异常坚定："我愿意用生命承担所有的后果，请太子殿下相信我。"

02

顾南衍一直沉默着，眉头紧锁在一起。

沈叶的话有非常明显的漏洞，她如此坚定，就代表这些事情不可能只是梦。再加上连官员的名字都有，顾南衍不得不去想沈叶会不会是从哪里收到了消息，抑或是情报。

但顾南衍在这个想法跳出来的时候就立刻否决了。

他愿意去相信这只是梦，相信沈叶是认定且坚定地站在自己这边，他甚至在心里劝说自己，既然都有了预知，梦应当也不奇怪。

"不可以，印信不能给你。"他说。

沈叶听见顾南衍的拒绝，脸上的落寞清晰可见。

顾南衍又说："既然你是我的人，我自然不可能让你一个人去。"

怔了半晌，沈叶呆呆地重复了一下："我是你的人？"

顾南衍咳嗽了好几下，抬手的时候，衣袖正好拂过沈叶的脸颊。他语气不自然："我的意思是，你是我太子府的人。你入了我的府中，我自是不会亏待。"

话到这里，沈叶的眼泪真是要夺眶而出了。

这段时间她为了取得顾南衍的认可是多么辛苦，心里刚刚升起的那股酥酥麻麻的感觉被满满的激动覆盖。她看向书房："既然这样，择日不如撞日，时间不等人，我马上把贪污官员的名字写给太子殿下。还有防洪的事件，今天就行动！"

凭借着身高优势，沈叶竟从顾南衍撑着的手臂下钻了出去，像一匹马一样飞速跑进书房，还在门口朝着顾南衍招手："太子殿下，时间不等人。"

顾南衍看着她的背影，缓缓笑了。

沈叶在纸上写好五位大臣的名字，然后将纸交给了顾南衍。

扫到最后一个名字时，顾南衍的目光变得凝重起来。

蒋林，户部侍郎。

这是外公推荐的人，即使顾南衍与蒋林私交不深，但外人都默认蒋林是他的人。

只是……为什么会是他？他不是一直以清正廉洁为名吗？

沈叶察觉到顾南衍神情的变化，视线跟着他落于同一个名字上："在梦里，也正是因为他的出面，才坐实了太子殿下的罪名，所以对待此人，我们必须要小心谨慎，当心他察觉后反咬一口。"

沈叶说着说着，神色也变得凝重起来："这些人克扣的明细都在蒋林那里，太子殿下需要得到证据。"

沈叶话音刚落，顾南衍握着纸张的手也收紧了，纸张出现了一条条褶皱。

他多多少少在外公那里听说过蒋林——出身寒门，怀有大志，却无处施展，所以才有了外公的举荐，而后他也确实将户部事务处理得井井有条。

顾南衍心中有了些思量，将手中的纸张放在烛火上。纸张燃烧化为灰烬的同时，他一字一句道："无须担心，我自有办法。"

他眼神明明是犀利的，语气却软了下来，像是一种嘱咐，嘱咐某人不要再担心。

沈叶明白到这层意思，一个劲地点头："不担心。我知道，只要是太子殿下想要做的事情，就没有不成功的。"这是大实话，沈叶从始至终都只是在想顾南衍会不会相信自己，没有质疑过他的办事能力。

"太子殿下之前不是还说要我相信您，难道您忘了？

"忘了也没关系，反正我一直相信您。"

沈叶沉浸在自己的絮叨中，丝毫没有发觉顾南衍投向她的眼神正在一点点发生变化。

眼看顾南衍开始忙起来，边溪也不来看着顾衷了，沈叶内心很安定，认认真真地给顾衷上课。

相安无事地过了几天，反倒是顾衷撑不住，突然来了一句："师父，你和太子哥哥最后到底发生了什么？"

他满脸写着"我要八卦"。

沈叶念着兹事体大，当中的关系错综复杂，还是不要让顾衷知道蒋林的事情为好，便装模作样地露出痛苦表情："能怎么样？我可是抱着太子殿下的大腿好求歹求，他才同意了。"

顾衷品味着沈叶的话，皱着眉头，渐渐走了神，按照他这几天的观察，沈叶不应该会求这么久啊。

沈叶不再管他，转头去看窗外，刚巧看见许多孔明灯飘浮在天上，便趴在窗边自语了一句："怎么白天放孔明灯？"

"这是大骁最高级别的祈福仪式，清晨放一次，正午放一次，夜晚再放一次，都是为了给皇帝祈福。而且这灯也不叫什么孔明灯，而是叫天灯。"回过神的顾衷下意识地解答。

只不过他说完没多久就意识到不对劲："不对，每一个大骁人都应该知道这事，师父你怎么会不知道？"

这一问给沈叶问蒙了，她又不是大骁人，怎么会知道？

顿时，她脸上的笑容凝固了。

沈叶只能迅速收拾起乱飞的思绪，胡乱地说："我当然知道，只不过闲来无事问一句罢了。"

真不能掉以轻心，暴露的风险随时都有。

为了不让顾袁继续纠结这件事，沈叶还来了一句："既然晚上也放灯，那咱们今天就出去瞧瞧。"

顾袁脸上立马堆满笑意，赶忙回答："太好了！"

按往常，沈叶出门都是要跟顾南衍说的，但考虑到他最近很忙，必定没有时间，沈叶也就省略了这一步。

瞧着天色尚早，她就领着顾袁在大街小巷到处逛。

上回跟着顾南衍出来，沈叶就只是在马车上匆忙瞥了几眼，现下正好得了机会，可不得好好看看。

这样的逛法可把顾袁累坏了，在沈叶不知疲倦地跑了三条大街以后，他靠在一家茶馆门口，喘着大气说："师父，我实在不行了，我们能不能休息一会儿，安安心心地等着放天灯？"

沈叶看顾袁满头大汗的样子，在心里叹了口气，自己可是在商场血拼五个小时都不会累的人，也怪不得顾袁会累。

于是，她招了招手："行，那就去这家茶馆坐坐，我请客你买单。"

之所以选这家茶馆，除了能休息，还因为这里属于顾南衍的势力范围，是他众多暗桩之一。

顾袁自然是不知道。

茶馆老板看见沈叶腰间的令牌，知道是太子府的人，立马带着他们去楼上的包厢。

顾袁开心地说老板有眼光，看出他们不同凡响的气质。沈叶则一边胡乱应着，一边随着老板走上楼。

还没走几步，楼上一个包厢里传来打碎瓷器和呼救的声音。

老板闻声过去察看情况。沈叶觉得闲着也是闲着，就一同跟了过去。

他们刚靠近，就有一个侍女冲了出来，直接跪倒在沈叶面前，一边哭一边断断续续地求救："救命……救命……我家夫人……她快不行了。"

沈叶好奇地往里面看了一眼，地上零星散落着一些东西，有个妇人在里面，上气不接下气，模样很是痛苦，估计是……噎着了。

见此情景，沈叶一个箭步冲了进去，抱起那妇人的腰，就开始上下摇动。

刚刚还在地上哀求的侍女以为沈叶有什么坏心，忙着要阻拦，却被另一位女子拉住。

沈叶连吃奶的劲都用上了，这才让妇人卡在嗓子眼的东西滑落出来，原来是一颗小珠子。

沈叶想不通这颗小珠子是怎么进了嘴。她打量这妇人一眼，发白的唇色和脸色，看起来就是一副弱不禁风的样子，难道是不小心？

先前拉人的侍女出声打断沈叶的思绪："多谢小姐的救命之恩，还请小姐留个地址，改日我家大人一定会报答小姐的。"

沈叶看了眼侍女，又转头看看那妇人。

她被救之后缓过劲来，眼睛直勾勾地盯着窗外，一句话也不说。

这反应实在是太奇怪了。

沈叶觉得这其中应该是有蹊跷，自己的身份又敏感，不好说出去，那还不如当个做好事不留名的人："我这人就是比较热心肠，不用报答……"

"蒋夫人。"刚走进来的顾袁喊道。

沈叶话音一停，蒋夫人？难道是蒋林的夫人？如果是真的，那她这运气拿去抽奖，肯定是一抽一个准。

03

顾袁来到沈叶身边，低声耳语："这位是户部侍郎蒋林蒋大人的夫人。"

　　沈叶差点没站稳。

　　这属于什么？属于白给啊！沈叶的眼神都亮了几个度，态度也来了360度的大反转："你看这话说得……我叫沈叶，是茶王殿下新聘的老师。"

　　之所以不说自己是太子府的，就是为了降低对方的戒备。

　　果不其然，先前拦住侍女的女子严肃的脸上有了笑容，她给顾袁行礼后，认真说道："原是这样，先生果真是能人。"

　　沈叶一边应答，一边将目光落在蒋夫人身上。

　　她从头到尾没有说过一句话，就只是呆呆地望着窗外，神色哀伤。

　　忽然，蒋夫人转过头，跟沈叶探寻的目光撞上。那瞬间沈叶看到了她的怨恨。

　　她竟然开口了："你为什么要救我？"

　　沈叶再想看两眼时，身旁的女子已经上前阻拦她的目光，还出声示意他们可以离开了："家嫂今日受了惊吓，怕还是得找个郎中瞧瞧，不能招待茶王跟沈先生，还请谅解，改日我家大人定请二位过府一聚。"

　　原来不是婢女，难怪能这么冷静。

　　沈叶也不好再做纠缠，便放弃想法，拉着顾袁走了。

　　在老板的带领下，两人抵达包厢。

　　顾袁一坐下就开启絮絮叨叨模式："那个就是蒋林的妹妹蒋清，从前只是听人说她很厉害，今天一看，确实不简单。"

　　沈叶认可地点头，那女子遇事不乱，又洞察细微，确实厉害。

　　顾袁就更来劲了，又说："听说她被从老家接过来后，五年时间，一个人把蒋府上上下下打理得妥妥帖帖。"

　　蒋清打理蒋家，那蒋夫人又在干什么？

　　沈叶不只是心里这么想，口头上也问了出来。

　　顾袁叹了一口气："这位蒋夫人是书香世家出身，温婉贤惠，家中事务并不烦琐，自然也就没那么多心思。头几年说是因为打理家务生了场病，伤了身体，蒋大人估计是心疼，才接了自己的妹妹过来帮着打理。"

沈叶猜测："这么一看，这个蒋大人还挺在乎蒋夫人？"

顾袁肯定地点点头。

沈叶心思一转，立马就有了一个想法，账本一事或许能从蒋夫人身上下手。而且沈叶有一个大胆的假设，世人都说文人风骨，光明磊落，今天看蒋夫人的样子，也确实是自持清高，倔强得很，何况她家庭幸福、夫妻恩爱,那么这么郁郁寡欢的,是不是发生了什么呢？又或许她知道了什么？

沈叶联想到蒋林贪污的事情，越想越觉得这件事的突破口就在蒋夫人身上。

她猛地一拍桌子："打道回府，我得赶紧把这件事说给太子殿下听。"

忽然，门外有脚步声停下，随后就有人推门而入："想跟我说什么？说你偷跑出来的事情？"

沈叶还没开始行动，顾南衍便大大方方地走到她面前。

她不自觉地退后一步，袖子下面的手都攥紧了。

她今天出门是没看皇历？又是蒋夫人，又是顾南衍，怎么就能这么巧？

"这不是看太子殿下最近比较忙，不方便去打扰吗？"沈叶跟顾南衍解释。

顾南衍挑眉："哦？"

沈叶沉默。

眼瞅着双方僵持不下，在边上看戏的顾袁突然出声，打破了这个僵局："太子哥哥，虽然我这样是以下犯上，可是我还是要说，你不能对师父这么狠心。"

"我对沈叶狠心？"顾南衍的语气里带了点惊讶。

沈叶有种不祥的预感，想要阻止顾袁说话，可惜她来不及了。

顾袁已然开始长篇大论："没错。师父说她上次求你，是跪在地上抱着你的大腿千方百计地求，师父这么喜欢太子哥哥……"说

到这里，顾袁神神秘秘地靠近顾南衍，不知道说了什么，就看见顾南衍听完以后，脸色泛红。

沈叶看着顾袁向她投来"求赞赏"的眼神，心里真是凉飕飕的。

场面安静。

许是顾南衍想通了，准备追究沈叶无中生有的罪，开口道："我竟不知道这事情是这样的，看来沈侍卫是真的很委屈。那同我说说吧，你是怎么委屈的？"

他还咬重了"委屈"两个字。

沈叶瞬间变为一张苦瓜脸。

而顾袁这个始作俑者一脸得意，主动说："那我就不打扰师父跟太子哥哥商讨事情了，你们两个人好好谈哦。"

他临走的时候还带走了边溪，确保顾南衍和沈叶两人是单独聊天，不受打扰。

顾南衍轻敲了几下腰间的配饰，这声音好似在提醒沈叶回答之前的问题。

回答她到底哪里委屈了。

沈叶的眉头快要拧成一个结，思考着要怎么回答顾南衍。不过，任凭心里怎么想，她开口也还是："太子殿下，我……要是说我没说过那话……您能信吗？"这般吞吞吐吐，理不直气不壮。

沈叶看见顾南衍的手正在摩挲着腰间的配饰。

此时此刻，此情此景，沈叶觉得这哪是在摩挲玉佩，分明是在煎熬她的心。她沉了口气，正打算给自己找补一番，听顾南衍陡然开口："我何时叫你跪下过？你求我，我又何时没同意过？"

沈叶一怔。

她抬眼看顾南衍，觉得自己一定是出现了错觉，不然她怎么可能会在顾南衍的话中听到撒娇的意味，而不是责备？

一定是她疯了！

没错，就是她疯了。

沈叶强行抑制住自己内心莫名的冲动，低着头不去看顾南衍。

可她没想到，下一刻，一道黑影压下来。等她反应过来时，顾南衍的脸已经近在咫尺。

"我真的对你很不好吗？"

沈叶呆呆地看着他，感觉自己的心跳都漏掉一拍。她突然生出一种从未出现过的紧张感："没有……没有，太子殿下对我很好，跟顾衰说的话……是我瞎说的。"

沈叶只能由着自己思绪不清晰的脑子去拼凑烂借口。

她的手紧紧攥成了拳。

她正打算从这令人慌乱的局面中逃开，却不料顾南衍退了一步，不再挡着她的视线，也没有再问什么。

沈叶抿唇，心想这顾南衍的心思真的很难猜测。

她疑惑着，却也不自知地松了口气。

沈叶移开视线，眼中映出窗外的天空中一盏一盏明亮的小灯，它们在天上仿佛组成了一条缓缓升起的银河。

"好漂亮。"沈叶情不自禁地说出这句话，先前的不解渐渐消散。

顾南衍的目光不受控制地往沈叶那边移动，天灯照亮了他的眼眸，也成了沈叶身上的光。他办了这么多年的万寿节，早就将放天灯的时间记在了脑子里，所以他的让开只是为了让沈叶看到此刻的美景罢了。

见到沈叶展露笑容，顾南衍的嘴角也跟着上扬了些。

他声音不大，缓缓道："今天你救蒋夫人的事情我都看到了，但你不要想着把主意打到她身上，会很危险。"

沉浸在美景中的沈叶被这话提醒，终于明白自己怎么会这么巧能遇见蒋夫人，又遇见顾南衍，看来是他把主意打在蒋夫人身上，所以在这儿暗中观察，抑或蒋夫人来到这里就是他安排好的。

如此一来，不就更加证明蒋夫人是最好的突破口吗？

沈叶眼中闪过一丝狡黠，还是那句话，舍不得孩子套不着狼。

她莞尔一笑："我无所畏惧，因为……"停顿一瞬，她继续说，

“有太子殿下在。”

沈叶的声音一下又一下地敲在顾南衍的耳畔。

她转头继续看着满天明灯，可能是想要缓解气氛，便随口说了一句："要是这里面有一盏灯是属于我的就好了，多少能给我带来点好运。"

顾南衍若有所思地点头。

而后，他猛地一顿，最近不只有边溪说他变了，顾袁也是，就连手底下的官员也都说他跟从前不一样了。

顾南衍起初并不觉得，直到刚刚，他发现自己的目光会不由自主地看向沈叶，原则会随着沈叶改变，就连对沈叶说话的语气都比平日里对别人要温柔许多。

他这到底是怎么了？

跟在沈叶身后走出茶馆的时候，顾南衍仍想得入迷，他没注意周围，猛然被人撞了上来。

那男子手里捧着花，腰间又戴着香囊，看模样是在等心上人。他应该是找不到自己的心上人而有些着急，这才没注意，又恰好顾南衍出神，两人便撞上了。

顾南衍也不愿打扰对方的脚步，便示意他可以离开。

只是那人没走几步又回来了，将手里的花递给顾南衍，小声说："公子，我看你盯着前头那位姑娘看了好久，她定是你的心上人吧？这花叫七彩瑾，送给自己的心上人就能终成眷属。今日我们有缘，我便将这花送给你。"

顾南衍一愣，没有接过花，而是从怀里掏出一条绣着七彩瑾的手帕。

男子明白了，也不强求，匆匆离去。

顾南衍看着手里的帕子出神，这帕子是他今天路过集市时，特意绕了一段远路去买回来的。

烟花结束，沈叶转过头。顾南衍着急忙慌地收起手帕，就让沈叶抓到他一个极为不自然的姿势。

"怎么了？"沈叶关切地问道。

"没怎么。"顾南衍移开视线，不想让沈叶看到自己眼神中的慌乱。

他正巧看到刚刚撞人的男子与心上人会合。男子满眼都是对方，那眼神，特别像是他看沈叶时的样子。

霎那间，顾南衍心里炸开了一串串烟花。

他想起了顾袁在他耳边的细语——"我看得出太子哥哥也喜欢我师父，太子哥哥可要好好把握机会啊。"

那时，顾南衍忙着害羞，一心想着快点转移话题，却不曾探究他是被人误解而害羞，还是被人点破心事而害羞。

那一刻，他又是否心中欢喜？

04

不出沈叶的料想，蒋林的帖子很快就送到顾袁那儿，说的是为了感谢沈叶对夫人的救命之恩，特邀她和顾袁过府一聚。

原本顾南衍不让沈叶去，但沈叶说："要是我不去，那天赐的好机会就要白白浪费了。早办早安心。拿到证据就不怕多生事端了。"

诸多的理由让顾南衍无从反驳，只能硬生生地问一句："你真就一点也不害怕？"

沈叶身上跟装了十个胆一样："害怕什么？有太子殿下在，我一点也不害怕。"

顾南衍见沈叶非去不可，叹了口气："不可以做危险的事情，不可以逗留。"

沈叶对顾南衍这么唠叨的样子着实不习惯，随口胡诌："太子殿下如此关心我，都快让我觉得你对我有了感觉呢。"

她自以为是一句玩笑，却一下戳在了顾南衍的心里，他的表情立马变得不自然。得亏是沈叶说完便转身往外走，才没被发现。

“太子殿下放心，我这么机灵，一定不会有事的。”

沈叶同顾袁乘马车到达蒋府时，蒋林早已在府外等着了。

沈叶便趁寒暄的时候好好打量了一下这个“朴素”的户部侍郎和他这座“破败”的宅子。

沈叶实在有些震惊。

蒋林穿了一身极为普通的灰色袍子，腰间除一个荷包再无其他配饰。至于府中装饰，连外头的大门都掉漆了，斑驳得不成样子，别说跟太子府、茶王府比，就在大骁随便拎一个官邸出来，都比这儿好。而且……可能是户部的事务太过繁杂，沈叶从见到蒋林到现在，他皱起的眉头就没松开过。

沈叶摸不清了，蒋林克扣的那些钱哪儿去了？就算要分赃，他也不至于一分没有吧？

她思考得出神，以至于蒋林同她说话的时候也没个反应，还是顾袁在边上猛咳几声，她才拉回神思。

她一脸歉意地看着蒋林：“蒋大人，实在抱歉。我刚刚在想昨日跟茶王殿下探讨的一个论题，一时入迷了。”

沈叶跟顾袁早打过招呼，在蒋府，不管她说什么，顾袁都要配合。所以这话一出，顾袁也在一边连声回应。

蒋林倒是很大度：“无事。看来沈先生是个对学问很执着的人，不知可否告诉我是何论题，我很乐于帮助沈先生。”

沈叶本就是找个借口，没想到蒋林是个这么热心肠的人，她正要绞尽脑汁想个借口，顷刻间灵光一闪。

“那可就多谢蒋大人了！昨日我跟茶王殿下说起加固城郊防汛设施的事情，茶王殿下觉得大骁近些年风调雨顺，本就已经有了泄洪河堤，再加固此类工程就是无用功，敷衍也行。”

沈叶淡然一笑，接着说：“可我觉得天有不测风云，此等工程并不是无用功，敷衍不得。”

话音一落，蒋林的脸色都黑了好几个度。

沈叶清楚看见他忧愁的目光中一闪而过的惊恐，她脸上的笑容扩大："想来蒋大人应该和我想的一样，不然也不会在修固的时候批了那么多预算出去。"

　　蒋林也不愧是在官场里摸爬滚打了许多年的人，先前的失态迅速被淡漠的神情取代："沈先生说得是，这本就是国家大事，又是皇上尤为关心的，我自是要尽心尽力办好。"

　　沈叶见自己也讨不到什么好处了，就说了许多场面话，算是将这个话题结束掉。

　　一行人继续参观蒋府，谈天说地聊了很久。

　　沈叶受过顾南衍熏陶，虽说知识达不到那个份上，但装装样子也还是能行，加上顾袁的帮衬，她有一搭没一搭地聊着，倒是让蒋林有种找到了同类的感觉。

　　沈叶就使劲磨、使劲拖，总算到了临近傍晚的时候。

　　她算着时间正合适，止住步子："这天色也不早了，要不……蒋大人就留我们在府中吃个便饭？"

　　顾袁照旧是"工具人"特质，沈叶说什么，他就跟着附和。

　　蒋林似乎是在考虑什么，思索了好一会儿才缓缓开口："那是自然的，沈先生是夫人的救命恩人，提什么要求我都会答应。只是府中粗茶淡饭，还望茶王殿下和沈先生不嫌弃。"

　　"不嫌弃、不嫌弃，我就是希望夫人能出来见一面，毕竟我也是头一回救人，亲眼见到夫人无恙，我才能安心。"沈叶赶忙表明自己的态度。

　　她本来就不是真的要吃饭，而是想要见蒋夫人。

　　刚进门时，沈叶就问了蒋夫人怎么不在，蒋林说她前几日因为那事受了惊，大夫吩咐要静养，便没有见客。

　　但总不能一起吃个饭也不行吧？

　　这次，蒋林思考的时间比之前还要长。

　　不过皇天不负有心人，大抵是通过聊天，他觉得沈叶不像什么坏人，又或者是因为他已经说了"什么要求都答应"，现在就不应，

难免有言而无信之嫌疑。在沈叶期盼的目光下，他点了点头。

在饭桌上见到蒋夫人，沈叶只觉得她比之前看起来还虚弱了些，而且她对待自己的态度也完全不像救命恩人。

她直接将沈叶当成空气般毫不在意。

确切地说，她是把在场所有的人都当成了空气。

反倒是蒋林格外耐心地帮着她招呼："夫人素来不爱重口，今天小厨房这个莲藕做得清甜可口。"

他一边说，一边往蒋夫人碗里添菜。但蒋夫人完全不受用，冷眼看着碗里的菜，随意扒拉两口就放下了筷子。

她神色疲倦地起身，看样子是要走。

沈叶立刻用手捅了捅身旁的顾袁。顾袁了然于心，端起手边的一碗汤，"一个不注意"就将汤洒在了她的衣服上。

汤汁在沈叶的衣服上洇开，蒋夫人的动作也停下来，盯着沈叶看。

在沈叶打算说能不能请蒋夫人带她去换衣服时，蒋夫人竟然主动开口了："我带着沈先生去后头换件衣服。"

这还是沈叶第一回听蒋夫人开口说话，她的声音和外表一样，轻轻的，弱不禁风。

目的达到，沈叶赶忙起身："多谢蒋夫人。"然后给顾袁递了一个眼神，让他务必要好好拖着蒋林。

蒋夫人和沈叶一出门，先前见过的蒋林的妹妹蒋清就迎了上来。她用一种奇怪的眼神打量着沈叶，问："嫂子，你这是？"

蒋夫人冷漠地回应："衣服脏了，去换一件。"

沈叶觉得奇怪。

这完全不像是嫂子跟小姑子说话的语气，为何其中还带着一丝憎恨的感觉。

沈叶确实同蒋夫人一道回了房间，但不是单独的，因为蒋妹妹简直是如影随形。

蒋清也早就想好了说辞："我也是女眷，留在这儿不打紧，主要是嫂嫂身体不好，我得时刻在身边照应着，还请沈先生见谅。"

见谅？沈叶真是讨厌透了这个词。

不见谅又怎么办，她还有选择的余地？

费尽千辛万苦，好不容易争取来的机会就这么没了，沈叶实在丧气。

可就在她觉得希望的曙光完全湮灭的时候，蒋夫人趁着给沈叶递衣服，在她手背上写下几个字："今晚亥时，此地。"

这……沈叶一时没有反应过来。

还是蒋夫人用催促的语气说："沈先生，赶紧换吧，免得打扰人休息。"

沈叶这才连忙应了声"好"，转身走到屏风后。

换衣服的间隙，她想了很多问题，首先想到的便是蒋夫人的主动。

漫画的剧情里只交代了贪污的人员，对他们的贪污原因却没有进行描述。而顾南衍在追查的时候，这些人包括家属全部消失，要不是有证据自证清白，顾南衍恐怕不仅仅是受牢狱之灾。

沈叶原本以为他们是怕事情败露，就带着家眷和钱跑了，但如今看蒋林家这萧条的景象和毫无精神的蒋夫人，以及寸步不离的蒋妹妹，直觉告诉沈叶，这其中一定藏着不同寻常的秘密。

她目的达到，也就没有再整什么幺蛾子，同顾袁安分地踏上了回家的路。

05

沈叶刚下马车，就跟在门口走来走去，像是在等人的顾南衍打了个照面。

她一看就知道顾南衍是在等自己，于是火速蹦跶到他面前："太子殿下是在等我？"

"不是。"

沈叶得到他的否认，脸上露出坏笑："那太子殿下可太不谨慎

了，说不定有蒋家的尾巴跟着我们。"

顾南衍被质疑，赶忙解释："我一直派人跟着你们，确认了没尾巴，我这才……"

后知后觉发现上套的顾南衍想要住口已经来不及了。

他真是失算了，没转移话题就算了，还搭上自己。

沈叶的两只眼睛里全是笑意，接话道："这才来这儿等我们。"她承认自己是有点恶趣味了，机会难得，可不得好好逗一下顾南衍？

顾南衍知道沈叶在给自己设套，又岂愿意落于下风？

他微微前进一步，拉近自己与沈叶的距离，也不说话，就只是盯着沈叶看。

没一会儿，沈叶便在这直勾勾的目光中缴械投降，带着微红的脸向后退："这趟去蒋府得到的信息可太多了，赶紧进去，我一点点细说给太子殿下听。"然后脚底生风般地溜走。

顾南衍看着她的背影偷偷一笑。

不过下一刻，他嘴角的笑意收敛，那句"喜欢"再次在脑海中盘旋。

顾南衍轻叹一口气，跟随着沈叶的脚步进去。

顾衮这个"工具人"折腾了一天，尤其是沈叶走后他在饭桌上同蒋林扯东扯西，真是精疲力竭，就没跟着顾南衍和沈叶讨论，一个人回了房间。

沈叶给顾南衍讲起自己这一天在蒋府的所见所闻，她觉得怪异的地方顾南衍也很是认同。

瞧这架势，沈叶便合理地认为顾南衍会同意她夜探蒋府的计划，于是说："蒋夫人邀我今夜亥时见面，看样子我必须去一趟。"

"不行，太危险了。"不料，顾南衍拒绝得毫不留情，听上去毫无商量的余地。

沈叶一呆，咬咬牙，看来是必须要拿出杀手锏才行。她便一把抓住顾南衍的袖子："太子殿下。"听到甜腻的声音从自己的嗓子里冒出来，沈叶自个儿都吓了一跳，但还是要演下去，"我真的会很小心，很小心，您就让我去好不好？好不好嘛？"

久久僵持不下，顾南衍又实在应付不了沈叶一来二回的撒娇，他无奈地看着她，索性就点了头，不过是有条件的："我们一起去。"

　　沈叶起初觉得这是个非常不好的提议，蒋夫人不可能认不出顾南衍，到时候有了戒备心，不肯说了，那可就是竹篮打水一场空。

　　可顾南衍就是要去，沈叶也没办法。

　　等到她被蒋府那一堵高墙挡着不能进去，而顾南衍轻轻一跃就上去了的时候，沈叶瞬间就觉得让顾南衍来这一趟可太好了。她迫不及待地伸出手："快快，拉我上去。"

　　顾南衍看她这猴急的模样，眉眼一弯。

　　他伸出了手，在沈叶握上他手的那一瞬间，他感觉有股电流传遍全身，带动着强有力的心跳。

　　顾南衍耳畔一片潮红，好在是黑夜，不然这样子一定能出卖他的心思，以至于他面对沈叶"你怎么了，怎么突然愣住了"的问题时，给出的答案就一点也不可信了。

　　顾南衍应道："是你催得太急。"

　　"什么嘛？"沈叶小声反抗的同时，顾南衍将她一把带上墙头。

　　时间不等人，两人趁着夜色赶紧去找蒋夫人。然而刚走没几步，沈叶就停住了，她忘记了自己是个路痴，白天刚走过的路现下已经忘得精光。

　　沈叶转过头弱弱道："太子殿下，说起来您可能不信，我不记得蒋夫人的房间怎么走了。"

　　顾南衍丝毫没有惊讶，缓缓从衣袖里掏出一张地图。

　　都城的每一处官邸都有建造图纸，官员不可随意改动府中格局，只能对陈设有所改变。

　　"地图？您怎么会有？"

　　"知道你是个路痴，所以我特地弄来的。我很多年前来过蒋府一次，便凭借当时的记忆画下来了。"顾南衍想的是能在沈叶的眼神中看到崇拜。

　　沈叶确实给了他崇拜的眼神，还夸赞道："太子殿下真厉害！"

　　她看见了图纸下角印着"皇家御用"的小章，心里觉得好笑。不就是想听好话吗？她这儿有的是。

　　两人有了地图，再加上沈叶零星的记忆和顾南衍的猜测，很快便找到了蒋夫人的房间。

　　夜深人静，整个院子都变得静悄悄的，蒋夫人的房间一片漆黑，可门口还是有两人在守着。在顾南衍好身手的一路"照拂"下，两人终于平安潜入房间。

　　"蒋夫人。"沈叶小声试探着喊道。

　　床上的帘子被掀开，蒋夫人坐起来，开口问："沈先生，你白天想问我的是什么？"她原本平静的语气在看到顾南衍时，有了丝丝变化。

　　月光透过窗棂弱弱地洒下来，映出蒋夫人一张煞白的脸，看着十分瘆人。

　　看到顾南衍出现的那一刻，她已经不用等待沈叶的答案，就径直说："我今日看到了沈先生跟茶王在暗中打招呼，就知道你是来查修筑河堤贪污一事。我知道，纸终究是包不住火。"

　　她主动说出了事情的前因后果："五年前的春末，我不幸小产又没能好好休养，弄坏了身子，便患上了气虚的毛病。眼看着我命不久矣，我家大人便到处找人来调理我的身子，几乎花光了所有的积蓄，可还是毫无作用。就在我快要放弃之时，有一日我外出上香，在路上救了一位道人，那人为了感谢我，便说要帮我治好这个病。我当时也是想着死马当活马医，谁知那几服药下去，我确实有了好转。大人很开心，说要长留着这位师父。我们真以为是转机来了，可事实却是……这一切都是阴谋，一个彻头彻尾的阴谋。那药虽然有用，却能让我上瘾，一旦停药，我的身体就会比之前更差，情况更加危急。这时，那位大师提出了要求，只要我家大人为他办一件事情，他就可以一直为我供药。"

　　蒋夫人的身体确实不太好，说了这些话就有些疲累。

她不再说下去，但沈叶也差不多能将这个故事拼凑完整。而且，蒋夫人遇见那个道人若不是意外的话，那么之前不幸小产的事情恐怕也不是意外。

有人早就盯上了蒋林。

再说，修筑水利工程是这两年的事，看来对方要挟了蒋林不止一次。

好一会儿过去，蒋夫人缓过来，继续开口："起初，他们提出的要求只是让我家大人拿几块神云军的令牌……"

沈叶一激灵，赶紧看向顾南衍。

顾南衍给了她一个眼神，让她先稳住，再听听看。

"为了我，他只能答应，但后来他们变本加厉，竟然要我家大人为他们贪污。为官十年，他两袖清风，而后却为我背弃了所有……我还不如那个时候死了。"

虽然蒋夫人的语气越来越平淡，沈叶却从中听到了满满的痛苦和绝望，甚至是心如死灰般的沉寂。

沈叶搭着蒋夫人的肩膀想要安慰她，也想明白了很多事，那个寸步不离的蒋妹妹八成就是幕后黑手派来监督的人。

跟顾南衍交换眼神以后，沈叶才问："那你想要我们做什么？"

蒋夫人的眼神和语气坚定而强硬："那些钱，我们没拿一分，全都给了他们，但来往的账本都在那女人的手中。我想拜托沈先生拿到账本公之于众，将他们绳之以法。"

沈叶还没来得及问为什么，蒋夫人就给出了自己的答案。

"凡是做过的事情必会留有痕迹，就像现在，你跟太子殿下不就是因为发现了什么才来找我们的吗？我与其坐以待毙等待他们将最后的灾祸留给我们，还不如主动出击，先将这些事情交代清楚。"

我们？交代？沈叶有些捉摸不透。

这时，黑暗中又有一个影子出现，那人缓缓走来，竟是蒋林！

震惊之余，沈叶看了看顾南衍，他倒是半点不惊讶，不由得问道："你们串通好的？"

沈叶仔细想想，顾南衍一身好武艺，发现房间里有其他人并非难事。

沈叶只能认栽，将注意力放在蒋林身上。

"太子殿下，臣有罪，臣辜负了王将军的信任。"蒋林跪在地上。

顾南衍扶起他，严肃地说道："蒋大人并没有辜负外公的期许，只是被有心之人利用了。你们忍辱了这么多年，想必也很辛苦。"

沈叶在一旁听着都忍不住竖起大拇指，这个怀柔政策还得看顾南衍。

"正如太子殿下所说，我们被要挟了这么多年，早就不堪重负。臣其实早就知道沈先生不是茶王殿下府中的人，便将计就计，骗过外头的人，让你能听到这些话，但没承想沈先生背后的人竟是太子殿下。"

不苟言笑的蒋林这会儿倒是露出一个笑容："这样也好，也算给我一个机会报答王将军当年的举荐之恩。"

顾南衍点了点头，在全神贯注盯着蒋林的沈叶面前晃了晃手："看傻了？"

沈叶不高兴地撇撇嘴，嘟囔着："还不是太子殿下对我有所隐瞒。"

两人这一来一回的争论倒是把蒋夫人看乐了，她轻笑一声。

这声轻笑却提醒了顾南衍，让他察觉到自己的行为很不妥当，很不符合他的身份。他变脸简直就是在瞬间，原本是调侃的话，被他用既不严肃，又不像玩笑的语气说出来："是你掉以轻心，不是我。"

可顾南衍的这点小心思岂能瞒过沈叶？

他这种挽回面子的行为……算了，反正是自己选的，宠着就好了呗。于是沈叶极为配合地点头："太子殿下，我知道了，下回肯定注意。"

"嗯。"顾南衍明显有些开心。

窗外夜色渐深，刚好是最好溜出去的时刻。

顾南衍便对蒋林说道："蒋大人无须担心。切记，要按兵不动，若我有计划便会通知你。"

　　看到蒋林点头，顾南衍便带着沈叶从后窗离开了。

　　蒋府高墙处，两人再一次面临爬墙难题，且这一次没有石头能让沈叶踩着，顾南衍明显有些为难。沈叶倒是格外大胆，问顾南衍能不能抱着她翻墙。顾南衍听到她的提议，直接愣住了。

　　顾南衍的不回应没给沈叶的"狼子野心"带来一点挫败感，她直接用上投怀送抱这招，脸往顾南衍胸口一倒，手往他腰上一环，这样还不够，小脑袋还在顾南衍的胸膛上蹭了几下。

　　顾南衍身体瞬间僵硬，呆住了。

　　而脑海里忽闪而过的画面又让他一下忘记了这股尴尬，预言……他手心和后背猛地冒出了不少冷汗——皇宫、座上的皇帝、殿下跪着的沈叶。

　　这一幕让顾南衍心惊肉跳，浓浓的不安感席卷着他的内心。

　　沈叶用亮晶晶的眼睛看着顾南衍，疑惑道："怎么了？是不是有预言出现？是什么？"她猜测到有预言时，不免心中喜悦。

　　顾南衍久久没给沈叶回应，沈叶只好又问："到底看到了什么？"

　　顾南衍回过神来，夜色掩盖了他的神情。他回答沈叶："看到了，看到最后我们拿到了账本，将背后的人一网打尽。"说着，他带着她轻松越过墙头。

　　喜悦让沈叶忘记了自己的动作，她把顾南衍抱得更紧，还有些自豪地说："有我加上太子殿下，简直是所向披靡！"

06

　　沈叶期待着顾南衍顺利解决这件事，然而从那天开始，他皱起的眉头就没有松开过。不仅如此，他还严肃地告诫沈叶没事少出去转悠。

　　沈叶百思不得其解，不禁想顾南衍是不是又开始讨厌自己了，或者是又怀疑她了。

　　可她瞧这大院子，这衣来伸手、饭来张口，以及她还能每天在太子府四处晃荡的生活，实在不像。

　　沈叶陷入沉思，再加上连日阴雨天，她更加心神不安。

　　她好些日子没见到顾南衍了，整个人丧丧的，还是听到侍女们说洪水被成功阻止了的消息，她才有了点儿高兴的情绪。

　　现在，大骁各处的百姓都对太子殿下带头防洪水，救大家于水火之中赞不绝口。

　　顾南衍好，她就好。

　　但是，为什么顾南衍不来见她？都好久了！

　　等沈叶回过神来，她已经站在顾南衍的书房门外。她将之前的疲态抛到脑后，用最好的面容来对待他。

　　沈叶正要去敲门，门就打开了，顾南衍出现在她眼前。

　　本以为顾南衍心情不错，可现在他却是板着张脸。沈叶看他总觉得有些不对劲，带着这样的疑惑，她问：“太子殿下，是不是有什么事情发生？”

　　“没有。对了，洪水成功抵挡住了。”

　　沈叶飞快地开口：“真的！那可太好了。”接着又一顿天花乱坠地夸，“太子殿下带来的这个消息真是及时雨，让人的心情都好起来了。”

　　知道顾南衍或许要说“这消息你不应该早就知道了吗”，沈叶又补充一句：“我只想从太子殿下这里知道这个消息。”

　　可惜沈叶的话没能让顾南衍的神色有什么变化，他依然眉头紧蹙，看向沈叶的眼神中有抹不开的担忧。

　　有事，一定是有事。

　　沈叶想起蒋大人一家，现下洪水已经防住，唯一能让顾南衍愁眉苦脸的大概也只有这件事了吧？她便试探着问：“既然洪水已退，那蒋大人的事情，我们是不是该行动了？”

顾南衍简单地回道："好。"

不对劲！

按常理，顾南衍应该会说不许沈叶插手。

蒋大人出事了？也不对，就算是他出事了，顾南衍也不至于如此担心，毕竟有预言在，预言不都说了最后是皆大欢喜的结局吗？

一定还有别的事情。沈叶不由得想起那天晚上询问顾南衍的情形，她越想越觉得不对劲，越想越觉得可疑。她看着顾南衍，这次没有再弯弯绕绕，选择了直接开口："太子殿下，是不是蒋大人出事了？是不是预言的结果并不是好的？"

一来，留给沈叶的时间确实不多了；二来，通过这些天的事情，沈叶越发觉得开头追杀顾南衍的幕后主使很厉害，而且也应该是这次贪污事件的幕后主使。

从那些刺客身上的神云军令牌就可以知道，蒋大人拿走的那块令牌给了他们仿造的机会。

军中的令牌都是用特殊方法所制，很难模仿。如果让人知道神云军的人刺杀太子，沈叶都不敢想象会引起多大的风波。所以顾南衍一直把调查方向往神云军身上靠，沈叶也没有多做阻止。

但现在看来，这一切都有问题。

见顾南衍还是不肯开口，沈叶真是急了，之前从未敢说重话，这会儿她一股脑倒了出来："太子殿下，不是我说，您看看我做的哪件事不是为了您？为了您，我连命都不要了，您还瞒我，还不让我干这干那，还用担心我的安全为借口。我这上刀山下火海都是为了谁？都是为了您，您就不能相信相信我？"

沈叶叉着腰，一副恨铁不成钢的样子："一点都不信任我！那这样，我直接走好了。"

最终，沈叶字字是血泪的控诉停在了嘴边，因为她看到了边溪惊恐的眼神，他仿佛在说，沈姑娘，悠着点啊，这可是太子殿下。

悠……悠着点……

沈叶表情一僵，心想，自己还能有机会吗？

　　长时间的沉默中，沈叶已然做好了不管怎么样都要死皮赖脸求顾南衍的心理建设。可没想到，顾南衍一道炽热的目光投过来："你说得对，我不该瞒你，你无条件信任我，那我也应该信任你，不该拿对你好当借口。"

　　顾南衍认错了。

　　沈叶呆了，掐了自己一把，感觉到疼痛她才相信眼前是事实。

　　可随后她就不确定自己是不是听对了。

　　因为顾南衍又说："你别走。"

　　可能是太过震惊，沈叶觉得自己一定是听错了，顾南衍不可能说这种话。

　　为了平复自己汹涌的心跳，她赶忙转移话题："那，到底发生了什么事情？"

　　事实是，沈叶没有听错，顾南衍确实说了那句话。

　　不可否认，在沈叶说出要走的时候，他明明知道这可能是气话，但还是慌了神，不受控制地回答，不受控制地说话。

　　"我原本想着防洪结束，借着上报户部此次支出，光明正大地去蒋府将账本拿来，可今天，有人将账本交到了父皇手里，带头贪污的人自然就成了蒋大人。就在刚刚，蒋大人一家被打入了天牢，而之前的预言是……我看见你被父皇召进宫。"

　　说完，顾南衍深深叹了一口气。

　　比起蒋大人的事情，顾南衍更加害怕这个召见。

　　如果是因为蒋大人贪污一事，顾南衍早已经准备好了证明自己清白的东西，但他害怕的，是沈叶的身世。

　　或许沈叶没有感觉，她天生就带着一股与其他人不同的气质，顾南衍有许多时候都会觉得沈叶不像是大骁人，甚至说不是这个世界的人。

　　于他而言，世间之大无奇不有，这是沈叶独一无二、让人沉浸的魅力。但这对于多疑的皇帝来说，就是隐藏的威胁。沈叶若是进宫，只会凶多吉少。

沈叶所担心的却不一样。要说整个漫画中她最讨厌谁，不是顾衰，而是这个皇帝。

只因为亲生儿子过于优秀，他便整天想着顾南衍会不会来夺位，处处提防着顾南衍，而且还没少撺掇顾衰和顾南衍去争。

他一生的心思全用在疑心上。

这人要见她，指定没什么好事。

她声音小了不少："预言就只有那一个画面？"

顾南衍没有说话，看样子是默认了。

沈叶眼睫轻颤，却还是控制住自己，没有做过多的反应："没事，我向来逢凶化吉，之前那么多次我都没出事，这次我肯定也行。

"说不定皇上找我是为了奖赏我，到时候给我个一官半职。"

她絮絮叨叨地出了神，都不知道说的这些是为了让自己宽心，还是安慰眼前耷拉着脑袋的顾南衍。

末了，沈叶感觉有股力拽着自己。

顾南衍将沈叶拉到离自己格外近的地方，四目相对之时，他开口了："沈叶，我会护你周全。"

他眼神中闪动的那份坚毅，沈叶看得一清二楚。

她不自觉地想起某一日自己同边溪的闲聊，原话她已经不记得了，大意是边溪说初见时就觉得她是个特别在乎生死的人，张口闭口就是饶命，但如今，她明明知道往前会有危险，却还奋不顾身，只因为对顾南衍好。

沈叶听的时候还不觉得，可现在她有种莫名的预感，只要她开口说一句不想去，说一句害怕，顾南衍就会答应，就会想尽一切办法让她避开这一次见面。

但沈叶不想，与其说是不想，倒不如说是她没想过。

她望着顾南衍的眼睛，露出笑脸。

07

　　案子事关户部主事，查得自然就快，还没三天，大理寺对这事便有了定论，就只差上报给皇帝。

　　幕后主使除了让蒋大人背锅，还给他设计了一个完美的理由，那便是为了医治重病的妻子，不得已贪了国家的银两。

　　放在重情重义、以廉洁为名的蒋大人身上，这贪污的事也不违和。而且桩桩件件的证据设计得滴水不漏，顾南衍就算是想翻案，也只能是空口无凭，还会惹上一身骚。

　　但他还是得想办法，于是一大早便去了大理寺。

　　本来顾南衍是想再等一会儿，因为皇帝随时可能召见沈叶，这个时候他若不在，指不定会出什么大事。

　　奈何沈叶左一个分析，右一个劝导，顾南衍犹豫片刻，沈叶再次开口："太子殿下，这将是我们最后能搭救蒋大人的机会了。再说，我大门不出二门不迈，皇帝上哪里知道我？肯定是审讯蒋大人的时候，蒋大人提了一嘴，您现在去，说不定还能阻止事情的发生。"

　　沈叶说的不无道理。

　　顾南衍这么想着，最终点了头。

　　只是，让所有人措手不及的是，传沈叶觐见的人竟然下午就来了。

　　没有顾南衍在，请沈叶的人登堂入室，浑身都攒着一股劲，由不得沈叶拒绝，还不断催促她快一些。

　　就这样，她毫无准备地进入皇宫。

　　一路上，沈叶的耳边充斥着太监尖细的声音，诸如"像您这般的神人，太子府定是不少"这类话。

　　沈叶看着他们这番做派，始终不说话，只点头摇头敷衍过去。

　　她不傻，这些话分明就是为了查探太子府的实力来套她的。

　　天空灰蒙蒙、阴沉沉的，像极了此刻她的心情。

　　皇帝，来者不善。

　　沈叶惴惴不安地进到大殿中，后背的衣服已经被冷汗打湿。

　　她隔着一层帘子，只依稀看见皇帝的影子，他正摆弄着桌子上的什么东西。

忐忑的沈叶只好先行礼，缓缓跪在地上："民女参见皇上。"许是大殿太大太空，沈叶平常的音量被放大不少，还依稀传来些许回声。

沈叶余光瞥见皇帝收起了手中的东西。

"不必多礼。"皇帝的目光朝沈叶袭去，在她身上来回打量，"沈先生倒是与我想的有些差异。"

听上去是笑语，沈叶手心却冒出一层薄汗。

她没听明白这其中的意思，只能不露怯，强压住心中的不安，硬扯出笑容，从容地答道："民女不过是个普通人，确实没有什么特别之处。"

脚步声由远变近，沈叶的视线内出现一双明黄色的靴子。

"抬头。"

皇帝这么说，沈叶只能抬起头。

顾云衡还在知天命的年纪，鬓边却生了不少白发。乍看会觉得他和蔼，可仔细一瞧，那温和的笑容背后却藏着无尽的打量与提防。

"沈先生倒是谦虚了，据我所知，太子能及时又准确地防洪，就是因为你的提醒。放眼整个大骁，没人能有这个本事。而且我还听说，因为你，茶王跟太子走近了不少。这两兄弟从小便不和睦，可见沈先生的能力。"

字字句句都打在沈叶的心窝。

沈叶和顾南衍起初以为皇帝召见她，是因为在审蒋林的时候牵扯到了她，这才知道了她的存在。但蒋林现在还在大理寺，皇帝都没有审过，怎么提前知道了她？

皇帝怎么知道是因为沈叶才有防洪，以及顾袁和顾南衍关系转好的事情？

大殿里保持着诡异的安静，连呼吸声都依稀可闻。

"茶王殿下跟太子殿下本就是手足，与民女实在没有太大的关系。至于陛下说的防洪……"沈叶狂跳的心脏让她不由得停顿了一下，"臣懂一些星象，那日夜观天象，得了些启发，便告知给太子殿下。"

　　这说辞是沈叶现想的，她之前压根没想到皇帝会在这个时候因为这些事情召见她。

　　她想着能不能瞎猫碰上个死耗子，结果还真碰上了，却是坏的那面。

　　顾云衡听到她的话，笑着的脸皱了起来，大骁从没有什么夜观天象一说。他脑海中浮现收到的探子消息，上面记载的事情桩桩件件都写着这个沈叶的名字。

　　沈叶促使茶王与太子私交频繁。

　　沈叶提醒太子防洪。

　　沈叶接近户部侍郎蒋林。

　　她现在就跪在自己面前，皇帝却觉得有层雾，让他看不清、摸不透。

　　思索片刻，他有了决断。

　　沈叶破坏了他之前给顾南衍、顾袁两兄弟设的局，终究是个祸害，留着这个祸害只能是无穷尽的祸端，还不如趁现在了结。

　　他给边上的公公递了个眼神。

　　不消片刻，有太监端着一杯酒来到沈叶面前。

　　顾云衡笑容灿烂："沈先生，你为大骁做了这么多事情，我自是要赏你的，那便赏你这杯酒。"

　　清澈的酒水在烛光的照耀下闪烁着异样的光辉。

　　沈叶突然明白了，那个幕后主使换目标了，换成了她。

　　从成功防洪的那一刻起，他们知道事情败露，便把蒋林交了出去。

　　沈叶原以为他们只是让蒋大人背了黑锅，现在来看，他们是想要一石二鸟。

　　蒋林的背叛会让皇帝更加疑神疑鬼，即便证明了这件事同顾南衍无关，他也会不自觉地想到顾南衍的外公。

　　皇帝戒备心加重，可他还不能对顾南衍下手，但沈叶撞到了这个枪口……如此一来，既找了替死鬼，又能除掉帮助顾南衍的沈叶。

　　沈叶在心里叹了口气。

　　她千算万算还是算漏了，不管顾南衍怎么解释，提前防洪这个事情就是蹊跷。不管他们如何小心，在最后一刻沈叶还是逃不过。

可沈叶不认命，她心里陡然生出一股气，对着皇帝不卑不亢地说道："在这之前，陛下难道不想听听草民的观天之术吗？"

沈叶想拖延时间，拖到顾南衍来。

她相信，只要顾南衍来了，一切就没事了。

可皇帝也不是什么好糊弄的主，一眼就看穿了沈叶。他也懒得再继续装下去，笑着看向沈叶："你想等太子来？"

"人不为己，天诛地灭。太子现在正在风头上，又怎么会蹚这浑水？"皇帝的声音十分坚定，"我的儿子我最清楚，他不会来。"

"可是……"

皇帝打断了沈叶的话："没什么可是的，既然沈先生不愿意自己选，那就让人帮你收了这赏赐。"

他已经没有耐心再跟沈叶扯下去，便给边上的太监使了个眼色。

瓷白色的酒杯离沈叶越来越近，边上的几个太监过来按住她。强大的求生欲让沈叶一直挣扎，可她越反抗，那些人就越大力地按着她。

只是挣扎了那么一会儿，沈叶的额头上就布满了汗水。

汗水跟恐惧的泪水混合在一起，沈叶看不清前方，一切都是模糊的。她脑子里也是一片混沌，让那个唯一冒出来的念头尤为清晰。

今天，她真的要死在这里了吗？

顾南衍，他会来吗？

顾南衍，他来得及赶来吗？

顾南衍……

| 第五章
沈叶是我的人 |

01

暗卫通知顾南衍沈叶被皇帝召进宫的时候，顾南衍正在审查蒋林一案。十几个官员就这么看着他，他在跟人耳语几句以后，如同失魂一般夺门而出。

马车在街道上飞驰，顾南衍满脑子只有一个名字。

沈叶，沈叶……

可惜，他匆匆的脚步被殿前的一队禁军挡住。

"太子殿下，皇上现下正在休息，谁也不见，还请您先回去。"为首的将领说出这句话，以为能挡住此刻浑身冒杀气的顾南衍。

下一秒，一把长剑横在了将领的脖子上，冰冷的剑身让他起了一层鸡皮疙瘩。

"让我进去。"顾南衍语气肃杀。

将领的眉头锁在了一起，他确实是领了命的，只能用劝告的口吻说："太子殿下，皇上已经下了命令，谁也不见，您还是不要去触这个霉头为好。"

顾南衍稍稍一动，锋利的剑刃在将领的脖子上划出一道红色的血痕，淡淡的血腥味慢慢扩散。

"我说最后一次，让开。"

顾南衍的眼神让人不寒而栗。

也不知道发生了什么，宫殿里突然传出瓷器被打碎的声音。

这道声音彻底点燃了顾南衍心中的那团火。看到他眼神中漫出来的杀意，没人再敢阻拦，自动让出了一条道。

顾南衍飞奔而去。

殿内的沈叶拼命挣扎，也只是碰倒了边上的花瓶。

她眼睁睁地看着酒杯离自己只有一线距离，马上，马上那酒……就要被灌入口中。

沈叶闭上了眼。

忽然，一道光落在大殿中，沈叶眯着眼，恍惚中好像看见了顾南衍。

不对。

她听到了真切的脚步声。

沈叶猛地睁开眼，看见周围人倒吸一口凉气的表情，她回身看去，真的是顾南衍。

她像是溺水的人一般伸出了手。

顾南衍的出现打乱了皇帝的安排，先前恶狠狠地抓着沈叶不放的那几个太监手上立刻松了劲，连端着毒酒的人都一下失了神。

太子殿下竟然真的会来……

沈叶抓住这个机会，挣脱桎梏，顺带还打翻了酒杯。

毒酒洒在地上，发出"呲呲"的响声。

　　沈叶听到这个声音，不由得软了腿，好在她奔向的那个人也朝她伸出手。

　　借着顾南衍的力，沈叶稳住身形，顾南衍将她护在身后。

　　"太子，你好大的胆子，敢私闯禁宫！"见此情况，顾云衡在座上出声，听声音就知道他现在肯定是怒气冲天。

　　沈叶想着顾南衍应该会装装样子，说点软话，结果他说："因为父皇抓了我的人，我是不得已而为之。"

　　这话彻底激怒了顾云衡："太子！"

　　他之前是在呵斥顾南衍不懂规矩，这会儿便真的是恼羞成怒了。

　　可顾南衍站在殿中，虽是微微躬着身，气势和步伐却没有半点退缩。他依然说："父皇，沈叶，她是我的人。"

　　突然，一个杯子朝沈叶的方向飞过来。

　　顾南衍抬手，杯子被他挡下，他一用劲，杯子在他的手中碎裂，落到地上。

　　清脆的声音与皇帝问罪的话一同在大殿上响起："她是你的人又怎么样？朕要她死，她就得死！太子，你现在还只是一个太子，难不成你要为了一个女人谋反？"

　　除了顾南衍和沈叶，在场的其他人都跪下了。

　　按道理来说，沈叶此刻应该会害怕、会紧张，但她站在顾南衍身后，反倒心里安定了下来。

　　她坚信，坚信这个挡在自己身前的人会坚定不移地选择自己。

　　要问原因，沈叶会说，顾南衍在接住她的时候，用唇语对她道：别怕，我来了。

　　顾南衍说："沈叶是我的人。"

　　此刻，他的手紧紧牵着沈叶。

　　面对皇帝的怒火，他不曾退却半分。

　　沈叶看到顾南衍的额角因为赶路而流下的汗水，看到他衣摆处沾染的尘土，她莫名生出不少勇气，扭头正视着皇帝，抱着不管怎么样都要跟顾南衍同进退的心情。

两人等待皇帝降罪，却没想到他发出了一声笑，突兀而诡异。

顾云衡从帘子里走出来，满脸堆着笑容来到顾南衍身边，看了看他刚刚接下杯子的手。

"父皇不过是跟你们这些年轻人开个玩笑，谁想到你们这么认真。太子手上这么大的口子，得快些处理。"不只是话语里展现了心疼，就连他的眼神都变得十分惋惜。

随后，他的眼神又落到了沈叶身上。

顾南衍挡在沈叶身前。

极为反常的是，皇帝也不恼，嘴边的笑容又扩大了些："朕这个儿子长到这么大，朕竟从不知道他这么护短。沈先生好生厉害，果然是个人才，既能观天，又得太子欣赏。该赏，朕该好好赏你。"

前后不搭调的话，不止让沈叶摸不着头脑，顾南衍也是眉头紧锁。

"看这架势，倒是朕这个老人玩笑开大了，让沈先生受惊。不如就请沈先生参加今年的万寿节，在万寿节上，朕当着众臣的面给你一个赏赐，就当赔罪，这样可好？"

沈叶要是相信这是玩笑，那就是真傻了。

既然不是玩笑，那皇帝现在转变嘴脸，定是因为顾南衍了，但是参加万寿节跟顾南衍有什么联系？

沈叶没想明白，但她非常清楚现在这个台阶她得下，于是她从顾南衍后面冒出来，稳住心神，答道："原是玩笑，草民失态了，请陛下恕罪。"

她拉了拉顾南衍的衣角，想让他也说些什么。

顾南衍原本冒到头顶的气也只能在这一下消了。他知道沈叶是什么意思，也清楚哪怕再气，这个台阶都要下，便说："是儿臣失态了。"

皇帝听到这话，连连点头，眼角眉梢都是笑意："既是如此，那万寿节，沈先生可一定要来。"

沈叶点头的时候，见顾南衍朝她投来一个眼神，沈叶看出了他

满眼的心疼，顷刻间，她的心跳漏了半拍。

从大殿中出来时，沈叶还是那副风轻云淡的样子。

坐上马车，她身体立马软了下来。顾南衍本想伸手去扶，但沈叶摇摇头，扶着窗边念叨："就让我靠着这个窗，好好冷静一下。"她说话的尾音都有些颤抖。

顾南衍格外心疼，不知道要怎么安慰此刻的沈叶，只是想着一直待在她看得到的地方，等她需要时他就出现，这样应该能让她宽心一些。

于是，他就保持着这样的姿势一动不动。

沈叶缓过神来时，就看见僵坐在位子上、神情如临大敌的顾南衍，还以为他是怎么了，赶忙开口问："太子殿下，怎么了？"

她观察着顾南衍，也就看见了他正在流血的右手。

原本皇帝是要留着他，找个太医来包扎一下，但他一口回绝，要走的态度很坚决，皇帝也只能放他们走。

沈叶知道，这都是为了她。

她内心有了答案，顾南衍应该是手疼了。

于是，沈叶转头就拉起顾南衍的右手，在腰间探了探，就是没能探出一块帕子，只能看看自己的衣袖，小声问顾南衍："我能不能用这个帮你擦一擦边上的血痕？"

顾南衍没有说话，但他的手朝着沈叶那边伸了点。

沈叶麻利地用袖子去擦那些血痕，一边擦还一边给顾南衍的伤口吹气。

顾南衍想要控制住自己，可还是在沈叶温热的呼吸洒在他手心的时候，身体颤动了一下。

沈叶还以为是自己把顾南衍弄疼了，赶忙说："我再给你吹一下，这样就不疼了。"语气和神情就跟哄小孩似的。

顾南衍问："沈叶，你这是把我当小孩了？"他语气没有半点恼，反倒有一股撒娇味。

沈叶专心于顾南衍的伤口，根本没听清他说了什么，只是很习惯地回答："对啊。"

等到反应过来，沈叶骤然抬头，对上顾南衍深沉的眼眸，鬼使神差地，她又应了一次："对啊，把你当我家的小孩。"

话音一落，她就低下了头。

沈叶知道，再这么对视下去，她如同西红柿一般红的脸就要藏不住了。

她想要收回原本抓着顾南衍手臂的手，却没想到那人反手用指头勾住了她。虽然很小声，但沈叶还是听到了一声"嘶"。她哪里还敢动，连忙停了，说："我不动了，你也别动。"

她顺带还将顾南衍的手牵得更紧。

得亏沈叶是低着头，不然她就能看到顾南衍此刻扬起的嘴角，以及眼神中掩饰不住的开心——这哪里像是伤口疼的样子，反而是目的达到，一副得意扬扬的姿态。

"那你就给我好好吹吹，别让我太疼了，就算报答我这次来救你。"

沈叶轻轻应了一声。

这一声就像是被猫爪子轻挠过一样，顾南衍心里痒痒的。

趁着沈叶低头专心致志处理他的伤口，顾南衍的目光肆无忌惮地盯着她，一边看一边想，没想到他满脑子想她的时候，她的脑海里也只有他，还担心他的伤口，那他再当会儿三岁小孩也不是不行。

"哄小孩不得再说一些好听的话吗？"

沈叶听到他的话，抬起头，露出笑容，打趣道："太子殿下，您还真当自己是三岁小孩了？"

"嗯。"顾南衍发出不清不楚的音节。

沈叶觉得他可爱极了，忍不住笑了起来。

"你说是就是。"

顾南衍后面的这句话又让她心潮澎湃，胸腔里波涛汹涌，心跳控制不住地加速。

　　沈叶再一次低下头，企图用处理伤口的假象来掩盖自己此刻的不对劲。

　　没一会儿，顾南衍伤口周围的血痕便被除去。

　　可翻起的皮肉还是触目惊心，沈叶也只是稍稍在伤口处停留了一会儿，但这份情绪还是被顾南衍发现。

　　他低沉的声音在沈叶耳边响起："今天的事情，绝对不会再发生第二次。"

　　沈叶抬头，用一个灿烂无比的微笑回应了顾南衍。

　　02

　　马车一路疾驰，沈叶掀开帘子朝窗外看，街道上人来人往，热闹极了。

　　很快就到太子府了，她回头对顾南衍说："殿下，我们马上就到家了。"她也没想着等顾南衍的回应，再次转身看向窗外。

　　就在这时，顾南衍抓住了沈叶的衣袖。

　　他从怀里掏出了一块手帕，手帕上绣着一簇花。沈叶不认识，但是觉得很好看。

　　顾南衍将那块手帕系在沈叶的手上，沈叶这才发现自己的手背上也有一些伤痕。顾南衍包得格外用心，还照着沈叶帮他处理伤口的样子，轻轻地吹了几口气。

　　沈叶有点不好意思了："我这伤跟你的比起来，简直不值一提，没事的，不用包扎，免得还弄脏这么好看的帕子。"

　　"不是，这帕子原本就是准备送给你的。"

　　马车内的气氛瞬间凝固，沈叶不可置信地看着顾南衍。

　　"我说这话的意思是……"顾南衍看着沈叶，神色有些拘谨，停顿了一会儿才继续说，"今天的事情都是因为我，对不起，这东西送给你赔罪。"

　　本来到这里就该停了的，顾南衍又好像想到了什么，补充道："你别误会，不是其他女孩送的，是我自己买的。"

顾南衍在路上就已经做好要把这块手帕送出去的决定，从前一直困扰他的那个问题，现在也已经有了答案。

这些时日里，为什么他会变得如此奇怪？

因为他喜欢上了沈叶。

他说不清自己是从何时开始，又是怎么样喜欢上沈叶的，但是当沈叶对他说"她是为他而来"的时候，当沈叶在牢里不顾一切奔向他的时候，抑或是她每一次无条件相信他的时候……每一次，他都被命运牵动着，被自己的心意拉扯着走向她。

顾南衍对沈叶的爱意悄然滋长，等他发现的时候，这些爱意已然长成参天大树。

他不敢想，若是他今天迟了一步，没能救回沈叶，自己该怎么办。

当皇帝问他是不是要造反时，他心里竟没有丝毫犹豫，哪怕不要太子之位，哪怕拼上性命，他都要护住沈叶。

那一刻，顾南衍清楚地知道了答案，也清楚了自己需要更大的能力来保护沈叶。

他若是现在说出来，这份爱意就是沈叶的催命符，所以他必须要坐上那个位置，等到那一天，他才能有说出来的资格。

沈叶坐在马车里，茫然地看着顾南衍越来越温和的表情，心想，顾南衍的这个解释是怕自己吃醋吗？

但是……

不会的。

正犹豫着，沈叶的注意力再一次被顾南衍吸引去。伤口都已经包扎好了，他还牵着自己的手不放开，甚至让沈叶有种他不愿意放开的感觉。

沈叶也是没了思考，直接开口："那你为什么不放开我？"

气氛再一次凝重起来，纵使沈叶后悔，这话就跟泼出去的水一样，收不回来。

沈叶想着说点弥补的话，顾南衍却先一步道："可能是我的右手受伤，导致左手也不怎么灵活，不知怎的就僵住了。"

他动了动手，看上去确实是不太方便。

这样看，好像还是沈叶以小人之心度君子之腹，错怪了顾南衍。

沈叶没觉得以顾南衍的品行能干出撒谎这种事，而且还是在这种事情上瞎说，于是她急忙表明自己的态度："太子殿下，您就这样搭着我的手，我没问题的。"

她丝毫没去想顾南衍为什么要买帕子等问题，就由着他抓住自己的手，还是越抓越紧的那种。

边溪在太子府门口等着，看到顾南衍手搭着沈叶下车，他赶忙上去帮忙，嘴里还说着："主子，我再叫点人来。"

沈叶也点点头，想要放开顾南衍的手，让边溪接过去。可就在那一刻，她感觉顾南衍手上的劲大了一些，她竟然放不开了。

"不用了，这么晚了，闹出太大的动静，让人听了去也不好。"顾南衍给了边溪一个不许反驳的眼神，身体还向着沈叶那边靠。

边溪立马明白了："主子……主子说得对，那我也不要站在这里，太显眼了，就麻烦沈姑娘了。"然后跟一阵风似的离开了。

沈叶没弄明白，颇为不解地说："边溪今天挺奇怪的。"

"没有啊，他可能是有什么事情。我们快点进去吧，我的手又开始疼了。"

顾南衍这撒娇的语气更是让沈叶摸不着头脑，只能说他可能是真的很疼，她便加快回去的脚步。

一直到大夫来给顾南衍处理伤口的时候，他才放开了沈叶。

没一会儿，大夫将伤口包扎好，嘱咐道："太子殿下受伤的手千万不可碰水。"

他提起药箱正准备走。

"等等！"

"等等！"

两道声音同时响起，倒是把大夫吓了一跳，瞬间就皱起了八字眉。

沈叶想着让顾南衍先开口，递了一个眼神，顾南衍便开口："大夫，你给她也看看，她也受了伤。"

大夫领命，点点头，然后拆开沈叶手上的那块手帕，而后眉头缩得更紧。

这……也不需要如此喊自己吧？

在顾南衍关切的眼神下，他只能一本正经地说道："肉眼可见是皮外伤，没有伤到筋骨，我到时候开些药，不让姑娘留疤。太子殿下，这样可好？"

顾南衍满意地点点头，随后又对沈叶说："你想问什么？"

沈叶赶紧开口："我就是想让大夫看看太子殿下另一只没受伤的手，刚刚在马车上的时候他都动不了。"

大夫看看顾南衍，又看看沈叶，再看看自己现下的情况，沉默了。

他又看了眼顾南衍，看了眼沈叶，明白了。

"臣已经替太子殿下看过了，大概是因为伤口的瘀血堵住穴位，导致另一只手气血不通，这才出现僵硬的情况。姑娘不必担心，臣都已经处理好了。"

大夫的解释让沈叶觉得挺玄乎的，但似乎又像那么一回事。

见顾南衍也跟着点头，很是认同的样子，沈叶礼貌地道谢："那多谢大夫了。"

顾南衍看起来也是心情极好，还附和沈叶："大夫今天辛苦了。"

沈叶觉得奇怪，但是又不知道哪里奇怪，只能默默接受了这种状况。

两人这么来来回回折腾，等大夫离开，天色已经不早了。

沈叶露出疲态，想着先回去，不要打扰顾南衍休息，却在起身的时候，听到顾南衍说："今天的事情对不起，万寿节，你还是别去了，剩下的交给我来解决。"

"那怎么行？帮助您本就是我自己的选择，千金难买我愿意。不就是一个万寿节吗？我今天都挺过来了，下次也一定行。"沈叶义正词严的语气把她自己都吓了一跳。

她停顿一瞬，继续说道："太子殿下，您以后都不要说对不起，

您没有对不起任何人。"

沈叶想走过去表示自己的信心。

不料她快走到人家面前时，没注意脚下有个台阶，身体不受控制地往前倾，她凭借着求生本能胡乱地抓住一个东西。

顾南衍的领子被扯乱。

沈叶一下子扑到顾南衍的怀里，直接撞到了顾南衍的唇上，柔软的感觉让她脑子一片空白。

屋漏偏逢连夜雨，书房的门正好在此刻被人打开。

"主子……"眼前这一幕让边溪把想要说的话直接卡在了嗓子眼里，他以迅雷不及掩耳的速度关上门，挡住其他要上来报告的人。

经过这一下，沈叶彻底清醒了过来。

她赶忙离开顾南衍，但……为什么顾南衍闭上了眼？

不过沈叶还来不及纠结这事，她就听到门外的边溪正在一本正经地胡说八道："主子正在里面办人生大事，今天就休息了，没事不用打扰。"

沈叶羞红了一张脸。

"这下要怎么办？怎么办？要怎么解释？"脑子想着，她嘴巴也就跟着说了出来。

"需要解释什么？"顾南衍睁开眼睛看她。

沈叶看他好像一点也不急，还有点看戏的意思，只能手舞足蹈地解释："就解释我们，刚刚那个亲……"她说着说着，脑子里突然想到不对劲的事情。

顾南衍刚刚闭着眼睛，是不是看到了什么预言？他现在只字不提，是不是不好的事情？

他们刚从皇宫回来，沈叶对这件事情无法不上心。

把那个意外的吻抛到脑后，她前言不搭后语地问："您是不是看到了预言？什么预言？快告诉我。"

顾南衍的眼神闪动，一闪而过的画面再次变得清晰。

沈叶闭着眼睛站在树下，花瓣漫天飞舞，他主动亲了上去。

想到这里，顾南衍抿嘴笑了笑，其实没什么惊讶，只有心动。他温柔地看着沈叶，说："我看到了一个女孩子，她穿着一袭粉红色的裙子……"

没等顾南衍说完，沈叶灵光一闪，露出不怀好意的微笑。

她伸手阻止顾南衍继续说下去："好了，不用说了，我知道太子殿下害羞，我都明白，您放心，我一定把这件事情给您办妥。"

沈叶的理解是这样的，从顾南衍的状态可以判断出这一定是个不好说出来的画面，一个女孩子……那可不就只有恋爱那点小事？

再加上粉红色的衣服，沈叶知道夏枝枝这个女主角的人设就是喜欢粉红色，天天穿粉红色的衣裙。

这不就很明显了吗？

在预言里，跟顾南衍谈恋爱的那个人就是夏枝枝。

沈叶越想越来劲，甚至感觉到了胜利的曙光。

什么亲吻，什么解释，全都不重要，重要的是现在，这可真是一个绝处逢生的时机。

然而她不知道的是，此刻她如花一般的笑容在顾南衍这边的解释是——沈叶笑得如此开心，莫不是因为刚才那个意外，她由此想到自己说的那个女孩是她，所以才这么开心？

顾南衍不自觉地说："一定会让你如愿的。"

沈叶听到这一句，嘴角快要飞到天上去，在皇宫受到的惊吓一下子烟消云散，头点得跟捣蒜器一样，满心都在想着过几天要怎么撮合夏枝枝跟顾南衍见面，成就一段佳话。

03

"主子，您和沈姑娘是不是快了？"沈叶离开后，边溪看着顾南衍心情颇好的模样，试探地问道。

"今天的事情你就当没看见，不许外传。"

顾南衍没有正面回答边溪的话，但是边溪自个儿会想、会理解，再加上书房里的那一幕，没有十分也懂了八分。

简而言之就是，主子跟沈姑娘有戏，非常有戏。

另一边，沈叶托人给顾袁带了封信，让他查查夏枝枝的行踪。

收到回信，沈叶就差没叉腰大笑了，因为顾袁在信中提到明天夏枝枝会去城外的开济寺祈福。

真是天时地利人和，都全了。

沈叶觉得上一次安排的相亲之所以翻船，都是因为没妥善准备好。这一次她带上八齿微笑，敲了敲太子的书房门："太子殿下，您在吗？"

按理说，边溪会把她拦下来，但自从那日"理解"到顾南衍的意思后，他对沈叶的态度极好。

顾南衍此时正在为万寿节的事情犯愁。

原本不需要他这般事事周到，可他只要一想到皇帝那日对沈叶的做法就有些后怕，于是万寿节的每一件事他都要亲自来。

为了不影响沈叶的情绪，顾南衍将东西收了起来，摆出一副自己正在喝茶赏画的闲情雅致。他清了清嗓子："我在，你进来吧。"

沈叶推开门，三两下蹦跶到顾南衍面前，看到他桌上的茶杯空了，便想着给他倒一杯。

她的眼睛才刚看到茶壶，顾南衍就开口了："有什么事情就直说。"他还主动给沈叶倒了一杯水。

沈叶有些摸不着头脑，顾南衍这是改了性子，还是又猜到了自己想要干什么？

不过时间已经不给沈叶思考的机会，她抱着反正都是要说的心思道："没什么大事情，就是听说开济寺许愿很灵，我想去许个愿。"她眼珠一转，"想来太子殿下应该也有心愿，比如天下太平、国泰民安这样的。"

沈叶与顾南衍对望着，没来由地心潮澎湃，她甚至觉得此刻顾南衍的目光格外热烈，好似要看穿她一样。

不会真是猜到什么了吧？

紧张的情绪让沈叶露出小白兔一样乖巧的神情。

只见顾南衍有一个抬手的动作，沈叶心想，他不会要这么绝情地拒绝吧？结果那手伸向了沈叶的肩头，在她衣服上捏了一片小叶子下来。他说："你想去的话，那就去。"

　　沈叶睁大了眼睛，确认了好几次："真去？就明天？不推迟？"

　　顾南衍也毫不厌烦地将她这些问题一一答复："真的，明天，不会推迟。"

　　沈叶鬼使神差地伸手去摸顾南衍的脸："您真的是太子殿下吗？我怎么感觉不太像？"

　　指尖的温热提醒了沈叶她此刻这种行为不妥，她刚有撤退的动作，就被顾南衍叫住："很不像我？难道我平时对你很不好？"

　　"那是绝对没有的事情！"沈叶回答得很快，生怕慢了点就会发生什么出尔反尔的情况。

　　谁承想顾南衍就跟没听到一样，自己说自己的："既然你觉得我平时对你不好，我也深刻反思了一下。要不这样，你明天就搬来我边上的这个院子，索性现在避嫌，你也不需要给顾袁上课，就每天来我书房读书，好好陶冶情操。"

　　沈叶听得一愣一愣的，这又是闹哪出？

　　她要不是看到顾南衍眼中的期盼，以及她掐自己手臂有真实的疼痛感的话，她会觉得这是一场梦，青天白日梦。

　　从前沈叶削尖了脑袋要往顾南衍身边靠，结果没得几分好。原来，皇帝那一遭不是霉运，而是上天给她的机遇。

　　她若是跟顾南衍朝夕相处，不就能更多地帮他和夏枝枝制造机会了吗？而且她还能掌握第一手资料，智斗小人，快速完成自己的大计。

　　沈叶毫不犹豫，当机立断："太子殿下，您放心，这些都没问题，我肯定天天跟着您。"

　　顾南衍满意地点头："那什么时候搬过来？"

　　沈叶答得一次比一次坚定："什么时候？择日不如撞日，立刻，现在，马上搬。"

其实她没有什么东西需要搬，东西都是现成的，再加上这小院收拾得特别好，就像是特意准备着要让人来住的。

沈叶免不得想到顾南衍会不会是老早就准备好了，等着她住过来。

百思不得其解的时候，她猛然想到顾南衍说她一定会如愿的话。

有没有一种可能，她给顾袁的信顾南衍拆开看了，看到夏枝枝的名字，所以他知道她又要撮合的事情？说不定顾南衍老早就喜欢上了夏枝枝，上回是不好意思，这次的迂回战术正好让他称心如意，他这才对她这么好。

沈叶内心没了慌张，搭上顾南衍肩膀的动作那叫一个豪迈："太子殿下您放心，这次的寺庙之行，我一定让您终生难忘。"

"终生难忘？"顾南衍复述沈叶的话。

霎时，他难得当着沈叶的面红了脸，没说一句话就跑了。

沈叶看着他的背影，越发觉得自己想对了。

开济寺给客人住的厢房是男女分开的，所以小师父带着沈叶去找房间的时候，顾南衍并不在，这才能让沈叶看到有人在收拾隔壁的厢房。她便多问了一句："小师父，这里可是要住人？"

小师父如实回答沈叶："是的，那位女施主经常来我寺给父亲祈福。"

他没说夏枝枝的名字，但是沈叶一看房间里的粉色纱帘和粉色屏风也能猜出来。

顾袁在信里只说夏枝枝明天会来开济寺，没说什么时候，她今日特意来踩点，何不趁此机会打听打听，确保顾南衍一下就进入夏枝枝的视线里？

"看来这位女施主很有孝心，让我想到了我的父亲。小师父，不知道能不能问问这位女施主何时到？相遇即是缘分，我也好上门拜访一下。"

沈叶的说辞并没有引起小师父的怀疑，他痛快地说了出来："明日午时，这位女施主向来准时。"

翌日，沈叶掐算好时间，敲开顾南衍的房门。

她昨天特意长了个心眼，了解到寺里可以抽签，于是就打算用这个骗顾南衍出来。

原本沈叶觉得自己可能还需要找个理由，劝说顾南衍注意一下穿着。谁想顾南衍穿得还挺花枝招展的，着实让沈叶眼前一亮。

"太子殿下，您今天可真是风流倜傥，玉树临风。"

顾南衍十分受用地点头，还顺带问了一句："你很喜欢？"

沈叶一下接着一下点头，别说她喜欢了，那夏枝枝看了也得神魂颠倒。

她迫不及待地催促："那我们赶紧出去。"

沈叶带着顾南衍赶到前堂，往常天天念叨的夏枝枝今日总算是让她见着了庐山真面目。

她远远地看了一眼，样貌虽然看不太清晰，可那气质独特，一看就是让人无法忽视的存在，她也是正儿八经地感受到了什么叫人群中的焦点。

沈叶给顾南衍指着夏枝枝的方向："太子殿下，您看。"

顾南衍把视线移过去，看了半晌："看什么？那边不就是有几尊佛像？"随后他又把视线转到沈叶身上。

听到这样的回答，沈叶表情一呆。

她都要觉得顾南衍是不是眼神不太好，不然为什么这么大一个夏枝枝没看见？明明她都看到了，夏枝枝的目光也朝他们这边投了过来。

这么多人的场合，沈叶也不好再叫顾南衍看一次，那样的话，做得太明显了。她抱着"所幸夏枝枝看到了顾南衍，自己还能再安排"的心思，胡乱地搪塞道："确实没什么，可能是我看错了。"

片刻，她又想到了一个新的办法。

沈叶捂住肚子，装出一副肚子疼的模样："哎呀，太子殿下，我肚子疼，可能得去方便一趟，您要不就在那棵大树下等我。"

她胡乱指着一棵树。

顾南衍也是关心则乱，丝毫没察觉沈叶这借口找得有多蹩脚。

直到他去那棵大树下站着的时候才反应过来，沈叶走的这条路明明和求签的地方是相反的，她这是要故意支开他。可是，故意支开他又有什么用？

另一边，沈叶绕到后面的门，眼疾手快地拦下了祈福完就要离开的夏枝枝。

夏枝枝的眼神里没有疑惑，主动问："有什么事？"

沈叶觉得自己这一下就稳了三分。夏枝枝先前投过来的目光就是在看他们，不然怎么会对她毫无陌生感？

"这位小姐，我家公子想请你等会儿去院外的大树下一聚。"沈叶还贴心地给夏枝枝指了方向。

夏枝枝的目光往那边望去，脸上出现了一丝怒气。

其实顾南衍进来那会儿，她就已经认出了他。

每一年的万寿节，夏枝枝都会跟随父亲进宫给皇帝贺寿，所以她每一年都能远远地瞧上一眼顾南衍。她那时便会在脑子里想，他到底是个怎么样的人。

好奇多了，就变成了在意，以至于她当初收到顾南衍的邀请后，马不停蹄地回了信，说自己会去，结果那人竟然失约了。

夏枝枝的那股气一直压在心中："你家公子莫不是还想再放我一次鸽子？"

沈叶早就料想到夏枝枝会有脾气，替顾南衍开脱的说辞都准备好了，她笑意盈盈地说："那次是我家公子有重要的事情，实在没有办法才失约。这次打听到小姐要来这儿，便特意赶来赔罪，还望小姐不要生气。"

夏枝枝软软地"哼"了一声，但脸上已经看不见什么怒气了。她走近沈叶："等我片刻。"

听到话语中的娇羞，沈叶心里的大石头总算落了地，成了！

只是……不知道为什么，沈叶突然脑补起等会儿顾南衍同夏枝枝相见的场面——两人目光相对的时候，难以抑制的感情喷涌而出，说不定两人还会牵上小手，说不定两人就会相约一起看星星看月亮……

莫名有一股烦躁感涌上心头，而且还是越来越不快的那种，沈叶深呼吸，只能加快脚步，好让自己脑海里那些奇怪的念头和奇怪的画面消失。

04

顾南衍听到有脚步声接近，以为是沈叶终于过来了，便带着一脸笑意转身。

视线触及夏枝枝时，他嘴角向上的弧度戛然而止。

夏枝枝不知道此刻的顾南衍已经收回笑容，满心认为他这是见到自己很开心。她低着头，声音温柔："太子殿下找我有何事？"

周围也没有旁人，夏枝枝索性喊出了顾南衍的真实身份。

"我找你？"顾南衍的语气生疏又冷硬。

夏枝枝也被他这样的语气弄得一头雾水。她想从顾南衍的脸上寻找到蛛丝马迹，结果却看到一张冷漠到极点的脸。

"是与你同行的婢女告诉我，说你想见我的。"夏枝枝以为顾南衍是顾及太子的身份，也没太生气，语气照旧温温柔柔的。

话说到这个份上，顾南衍心里的疑问得到佐证，又是沈叶整出的幺蛾子。

可在这之前，他已经说过不需要、没必要，为什么沈叶还要准备这些？

他还以为沈叶离开是去捯饬自己，想要给他们两个人制造独处的机会。

顾南衍越想越生气，也就越想找到沈叶好好问问她到底是个什么打算。

他没心情去听夏枝枝说了什么，也压根不想在她身上浪费多余的时间，直接问道："夏姑娘，你可知道我家那个婢女同你说完话

以后，往哪个方向走了？"

　　原本还在说着一些寒暄话的夏枝枝被突然打断，没反应过来，怔怔地看着顾南衍。还是顾南衍将刚刚的话重复了一次，她才清楚他确实是在问一个婢女的行踪。

　　"我好像见她往后院的方向走了。"虽未弄清楚是怎么一回事，但夏枝枝还是被顾南衍询问的架势唬住了。

　　"谢谢。"顾南衍丢下这么一句话就走了，头都没有回一下。

　　夏枝枝看着自己的华袍，顾南衍既没有回答她的问题，也丝毫没有说一句和她有关的话，甚至连看都没看一眼她，反而全身心扑在一个传话的婢女身上。

　　她先前还温柔得能掐出水来的眸子，立刻生出一股狠厉。

　　兜兜转转，顾南衍找了好一会儿，才看到正在一边歇凉，还一边喝茶的沈叶。

　　沈叶全神贯注地跟她对面的人说话，那人正是不知道什么时候出现在这儿的顾袁。

　　看到眼前这一幕，顾南衍内心的火气更重了，念头也就跟着走偏。

　　他说为了掩人耳目，不让顾袁上门来，所以沈叶就送信给顾袁，约顾袁来这里见面。因此沈叶给他安排了所谓的好姻缘，自己就在这儿跟别人谈笑风生。

　　顾南衍一个箭步冲过去，怒气冲冲地出现在沈叶面前。

　　"太子哥哥……"

　　"闭嘴！"顾袁刚开口，就被顾南衍这一声吼给噎了回去。

　　沈叶如同丈二和尚摸不着头脑，一脸迟疑地瞧着顾南衍："太子殿下？您现在不应该是在跟夏枝枝见面吗？"

　　这句话就像打开了顾南衍的情绪开关一样，他控制不住地冷笑一声，从眼睛里射出两道凌厉的光："是啊。我怎么没有跟夏枝枝见面？怎么来这里打扰了你跟别人的闲情雅致？沈叶，你可真会安排啊！上次我就说过了和夏枝枝的见面没有必要，不需要你给我设计这些。沈叶，你可真能自作主张。"

这话，简直是酸气冲天了。

可沈叶就不明白了，自己苦心经营，费尽心思帮顾南衍策划这一切，他反倒还在这里酸，又算怎么一回事？她本就不大开心的情绪已经累积到最高点，不得不发泄出来："是啊，那我还想问问，太子殿下既然看出来了，又何必过来打扰？我们各自心里明白这回事不就好了？"

沈叶这一番回呛更是让顾南衍火气冲天。

"沈叶！"他大喊了一声沈叶的名字。

在场的人都颤了颤，通过这一声可以准确知道他有多生气。

沈叶心里的委屈劲儿一下就上来了，不自觉红了一双眼。感觉到鼻子酸，视线模糊的时候，她咬住嘴唇，握紧双手，拼命控制情绪："对，都是我自作主张，没事找事。"

说完人就跑了。

顾南衍想要抓住沈叶，可惜她的衣服飘带在手中嗖一下地滑走了。

本来祈祷着自己被当成空气，而不是炮灰的顾袁，看到这个场面，实在是忍不住出声说道："太子哥哥，你太过分了。"

沉浸在和沈叶大吵一架的痛苦中，顾南衍的眼睛也变红了，声音都跟着嘶哑起来："说。"

顾袁虽然心底有些发毛，但还是壮着胆子说："首先，师父并没有叫我来这里，是我自己要来的。至于为什么要来，我是怕师父伤心。师父有多喜欢你，你我都有目共睹，将喜欢的人拱手让给别人，她心里能好受吗？

"其次，这件事对师父来说是不得不做。父皇的事情对她来说是个很大的打击，她被父皇发现了，差点死掉，都说病急乱投医，师父只能用这样的方式去帮助你。"

他停顿一瞬，继续说："太子哥哥，你在吃醋，你喜欢上了师父。虽然你可能不信，但是这是真的，你真的喜欢她。"

　　顾袁的眼神、脸色、语气无一不认真，就是为了让顾南衍能接受他说的话。

　　可是，即便顾袁没那么认真，顾南衍也相信这是真的。

　　他的嘴角出现一抹苦笑，这件事，他早就知道了。

　　沈叶一路跑回房间，飞快锁上门，给自己留出一个空间。

　　她匍匐在桌案上，房间里唯一的声音是她不断的喘息。

　　自从被召进皇宫经历了那么一遭，沈叶想要帮助顾南衍成为男主角的心情更加强烈、急切。如今皇帝怀疑顾南衍，加上外面还有无数的明枪暗箭、无数双眼睛盯着太子府，她觉得这件事情必须加快速度，否则没等他们查出幕后黑手，顾南衍和她就先死在那些阴谋诡计之下。

　　忽略心底那些不知名的情绪，天知道她在听到顾南衍的那个预言时有多开心。

　　顾南衍喜欢夏枝枝，而夏远正好是他们需要争取的对象，那一切不就水到渠成了吗？

　　但当真的见到那一幕，沈叶心里就有种说不出的难受。她看见夏枝枝靠近顾南衍时，心里觉得别扭便提前一步回来了。之前的怪异情绪还没消散，现在又多了几分被顾南衍吼的委屈。

　　内心的难受越积越多，沈叶的眼泪也越流越多，她撸起袖子就往脸上擦。

　　她一边擦眼泪，一边还念叨："这有什么，不就是顾南衍那家伙不领情吗？之前为了那么一点点工资，那些无良老板我都忍了，这点小事我也能。"

　　"一切都是为了大计！"她念叨完还不忘给自己加油打气。

　　顾南衍站在门外，抬手的动作一顿。

　　她一番说辞被顾南衍听了个全，在这一刻，他莫名想了许多东西，也确认了许多东西。

　　顾南衍轻叩房门，语气轻柔："是我。"

过了半晌，沈叶也没有发出半点声音。

按往常，顾南衍应该是要推门进来，沈叶也是这么认为的，所以才别扭地没有出声。可今天……她不说，他竟然真的不动。

就在沈叶疑惑的时候，门外的顾南衍又有了动静。他轻轻地问了一句："我可以进来吗？"

在她沉默的时间里，顾南衍再一次开口："你实在不想见到我也没关系，我就在门外，我就在门外说。"

顾南衍顿了半刻。

"我这人从小到大孤独惯了，所以并不知道要如何跟别人相处，再加上周围的复杂环境，总觉得与人相处就该带着戒备心，凡事总要多想几分，说话也不得当。

"今天以及过去的事情都是我的不对，你能不能原谅我？

"可是……"顾南衍轻叹了一声，"我对夏枝枝真的没有那个心思，现在没有，以后也没有，不对，是永远都不会有。"

沈叶有些愣怔。她原本还不确定，这回算是肯定了——顾南衍这是来哄她了。

哄？

不知道为什么，沈叶想到这个字就有些莫名地开心。

她本来打算不出声，可听到顾南衍说"沈叶，我不需要通过这些东西也能得到我们想要的一切，我可以保护好你"时，她不回应的心还是动摇了。

"太子殿下不是还说我多管闲事吗？"

"没有，不是，我想让你多管管。"顾南衍的尾音还有几分撒娇的味道，说出口的瞬间把他自己都给吓一跳。

他清清嗓子，用正常的语气把这话又迂回地说了一遍："我的意思是，正好我不太懂这些，而你比较懂，以后就可以多教教我。"

顾南衍还怕自己说得不够明白，免得日后沈叶又给他拉郎配，才又补了一句："我也还算聪明，你一个人来教就成。"

沈叶撇撇嘴，顺着顾南衍给的台阶下来了。

　　她跑过去开门，却忘记了自己刚刚哭过一场，头发凌乱，红通通的脸上还有两条若隐若现的泪痕，看上去极为可怜。

　　这让顾南衍的心悬了起来，眼神也就更柔了几分。

　　他抬手往沈叶的脸摸去，指尖轻触在那些泪痕上，湿润的感觉让他很揪心。等他反应过来，便看到沈叶瞪圆了眼睛瞧着他。

　　"有只虫子在你脸上，我刚好顺手帮你赶走了。"顾南衍为自己的行为找了一个很好的借口。

　　沈叶是不怎么信这个解释的，可是想想确实也没有别的原因能让顾南衍碰她的脸，她就不满地嘟了嘟嘴。

　　顾南衍想着沈叶应该是不生气了，但还是有些犹豫，便问："你不生气了？"

　　沈叶倚着门，看起来犹犹豫豫的，最后才很难为情地点了头。

　　她把这个称之为迂回战术，起码显得她沈叶不是个好哄的人。

　　顾南衍绷着的脸终于露出了笑容："你不是说这边祈福很灵吗？一起去？"

　　"可以。"同样的，沈叶回应了一个笑容。

　　阳光下，两人远走的背影拉得老长，看起来就像是依偎在一起。

　　却不知，这一幕全落在了站在远处角落的夏枝枝眼里，滔天怒火在她心头烧了起来。

　　05

　　沈叶想着顾南衍在忙万寿节的事情，打算祈福完就赶紧回去，顾南衍却偏偏说再留一夜，说明早寺里的樱花就开了，异常坚定地要赏完景再走，于是一行人又留了一天。

　　沈叶可没有一大早爬起来看花的心思。

　　再说了，这开花……顾南衍怎么就肯定明天一定会开花？说不准，说不准的。

　　第二日竟也没有人过来叫她起床，她舒舒服服地睡到大中午，抱着疑惑踱步出门。

此时，寺中的樱花已经尽数开放，就跟顾南衍说的一模一样。

一簇又一簇的花朵仿佛把天空都染成了粉色，微风拂过，花瓣跟着一起飘落，有些落在沈叶的肩头，有些落在她摊开的掌心里。

真的是巧合？

沈叶想起自家楼下的那个公园，春天开的桃花也很好看。

淡淡的花香让她回忆起自己在林荫花道间悠闲散步的时光，眼前的美景太迷人，她走了几圈，赏遍寺中盛景，都有些眼花缭乱了。

她找到一张可以休息的长椅躺下，和煦的阳光照在身上，让人忍不住犯困，她闭上眼打算眯一会儿。

或许是昨天跟顾南衍聊过后整个人放松下来了，她竟真的迷迷糊糊睡着了。

沈叶恍惚间感觉身边有人在靠近自己，但她又没有听到什么确切的脚步声，昏昏沉沉中翻了一个身。

她这个动作让站在边上的顾南衍抖了一下。

他以为沈叶要醒了，等了半晌见她只是翻个身，不由得舒了一口气。

顾南衍动作轻柔地继续靠近她，蹲下来。

樱花树下，穿着粉色衣裙的女孩，这一切都跟他那天在预言里看到的一模一样。想来，当初自己因为看到那人是沈叶而震惊，选择隐瞒的话语被沈叶听去，误会了主角是喜欢穿粉色衣裙的夏枝枝。

"怎么丝毫没想到是你自己呢？"顾南衍的声音像风一般轻。

沈叶自然是没听到，甚至还因为沉醉在梦乡中下意识舔了舔嘴唇。

顾南衍勾起一抹无奈的笑，慢慢靠近沈叶，在她的额头留下一个轻轻浅浅的吻。做完这一切，他露出得逞的笑容。

花开确实无期，可若是人有心呢？

顾南衍吩咐顾袁连夜找了都城中最有名的花匠，他上次听沈叶说起她家乡的花是一大片一大片的，便特意请花匠帮忙用药让这些樱花加快生长，在这一夜里盛放。

　　这一日，开济寺中的樱花全数开放，山下的人对此议论纷纷，都说这是万寿节来临前的祥兆。

　　却不知，这是某人的私心。

　　不过，笑容之后，顾南衍又意识到一个问题——这次没有出现预知画面。

　　这意味着什么？

　　顾南衍的脸色变得凝重起来。

　　万寿节这日，天还没亮，皇帝就派宫人送来了一个帖子，让沈叶早些进宫，说想跟她叙叙旧。

　　沈叶跟着顾南衍穿过重重高楼，这回可没有上次那么害怕了，顾南衍出发前说了好几次凡事都有他在。

　　他们进入大殿，皇帝一看见沈叶，脸上就堆起了笑容。他跟殿中的其他人说道："这就是朕跟你们说过的沈叶，不仅是太子的得力帮手，还是茶王的老师，防洪的计策也是出自她手。"

　　沈叶感受到来自四面八方的目光，冷静道："民女不才。"

　　皇帝颇为认同地点头："沈侍卫谦虚了。如此人才，我想太子是不是得割爱，将她放入宫中来啊？"

　　沈叶对皇帝的话一点也不觉得奇怪，他定是想要借自己牵制顾南衍。沈叶已然有了准备，若是真的要留在宫中，她也能当顾南衍在这里的探子，传递消息，如此一来，也不全是坏事。

　　"父皇，沈侍卫在儿臣府中还有要事，实在不便入宫。"顾南衍先一步出声。

　　公然拒绝皇帝，场上热络的气氛瞬间冷了下来。

　　"太子作为一国储君，未免也太小气了。"皇帝皱着眉头说出这句话，显然是生气了。

　　沈叶顿了顿，准备接话的时候，一道浑厚的男声响起："太子殿下得了这般人才，实属我朝之幸。为了这事，老臣就得跟皇上喝几杯，庆祝一下。"

随后，那个男子端起酒杯，灌了一杯下去。

皇帝见他开腔，忽然转变了态度："我曾听闻夏侯的女儿和太子有几面之缘，看来夏侯对我儿是比较满意了？"

男子笑了笑："你我这辈的，就不要难为小辈了，跟孩子抢东西，实在不地道。"

皇帝听完这话，也发出几声爽朗的笑声，端起酒杯喝了一杯。

这事过去，沈叶才仔细打量起大殿中端坐的一男一女。

自从顾南衍的母亲去世以后，皇后一位就一直悬空，后宫加起来也没几位妃子，便由诞下皇子的兰贵妃主持后宫了，但其实兰贵妃是不大适合这个位置。对于刚刚发生的事情，她完全呆住，愣是一句话也没说，在皇帝发怒的时候又立马下跪……是个人都可以看出她没什么大心思。

沈叶的目光移到那男子身上，看他身上的袍子、跟前的待遇，再加上皇帝的称呼，就能猜出此人是开国侯夏远，夏枝枝的父亲。

听他们的话，沈叶估摸着应该是夏枝枝对顾南衍看对了眼，回去跟夏远一说，爱女心切的夏侯又怎么会看着自己女儿的心上人受难？

感受着自己的心跳，沈叶有种说不出的沉闷感。

一恍神的工夫，皇帝就已经叫沈叶退下，留顾南衍交代晚上宴会的事情。

顾南衍早有盘算，让沈叶去太子殿等他。看见沈叶这苦瓜一般、眉头没舒展过的脸，他在沈叶将要退出大殿时，耳语准许沈叶可以带上边溪在太子殿周边游玩。

那神情和语气好似他为了防止沈叶闯祸才让沈叶带上边溪，但沈叶心里跟明镜似的，知道他就是在担心她。

想到这里，沈叶就忍不住笑了起来。

边溪在旁边看得疑惑，往常他进宫的时候别说笑了，甚至根本不敢放松丝毫，沈叶在这里竟然还能笑出来？他思来想去，应该是

主子今日陪在沈叶身边的缘故，这般不离不弃，不愿意离开半分，可见沈叶对主子的爱是超越生死的程度。

他一边这么想，一边对沈叶也更为尊敬，控制不住地说："沈姑娘！你的真心我都知道了！"

这一声把沈叶吓得一激灵，连着往后退了几步，恰好撞上了几个宫人。

边溪跨了一大步将沈叶护住，凶神恶煞的样子。

后头赶来的一个女子应该是掌事宫人，看出边溪身上戴着的令牌属于太子府，于是将边溪的身份猜了个大概："无意冲撞边侍卫，实属是晚上宴请群臣贵女们的事情着急，这份宾客座序需要快些送到御膳房去。"

沈叶匆匆一瞥，歪打正着还真让她看到了点有用的东西——夏枝枝竟然跟顾南衍的位置很近。

06

"沈姑娘！沈姑娘……"

出神的沈叶被边溪一声一声唤回注意力。

"是那名单有不妥当的地方吗？你的表情怎么一下就凝重起来了？"

沈叶一惊，望向不远处的池水。清澈的水面映出她的神情，她这才知道自己是如此……如此的丧气。

上回在开济寺也是这样。

难道她是在介意顾南衍跟夏枝枝接触？

她在吃醋，演戏演成真的了？

不会吧？

沈叶赶紧摇摇头，把脑海里出现的念头给掐灭。

她再次看着眼前的景象，便觉得索然无味，自然也不想再逛下去了。

临近晚上开宴，沈叶才听到太子殿外头有脚步声。知道会是顾南衍，沈叶飞奔过去开门，却因为跑得太急，没注意脚下，绊了一下。

门正好打开，这一下竟是让她生生扑到了顾南衍的怀里。

顾南衍的怀抱中有一丝丝的檀香味和墨香，这股香味让沈叶抓心挠肝，脸上带着异样的红色。她像只小鹿一般跳到一边，离开他的怀抱。

顾南衍见沈叶这模样，还以为她是摔到了哪里，赶忙问："你是摔疼了？"

沈叶的目光对上顾南衍灼热的视线，悄悄往下移开，才看见他的装扮——墨蓝色的袍子上面用暗金色的线绣了些云纹，虽简单却不失华贵气，甚至更加惊艳。

沈叶看着他，都有些移不开眼。

顾南衍察觉到沈叶直白的欣赏，心里小小地雀跃了一下。他原本是准备去宴会时再换上袍子，但想到要见她，便改变主意提前臭美一把。

效果显著。

如此，他更是掩饰不了脸上的笑容和宠溺的语气："如此迫不及待？看来是饿了，那我们得赶紧去赴宴。"

被美色迷惑的沈叶只顾着点头。

沈叶虽说是太子眼前的红人，但毕竟在朝中没有一官半职，宴会上的位置自然是在偏远的角落。

等落座时，她才发现自己的位置是顾南衍特意安排的，不在前面也不在最后，不引人注意又时时刻刻在顾南衍能照顾到的范围内。觥筹交错间，顾南衍还会频频朝沈叶这边投过眼神来。

一时之间，沈叶内心五味杂陈。

她抬手拿了块糕点吃，抬眼间恰好撞上另一束投向自己的目光，不友善，说是怒目圆睁也不为过——是夏枝枝。

沈叶抿唇，心想，难道是自己导致夏枝枝被放鸽子的事情被知道了？

很快，夏枝枝那头就派了人过来，说找沈叶有事商量。

沈叶想着自己身份特殊，闹出什么事情来不好收场，犹豫要不要去。但那侍女一副蛮横的样子，似是说：我主子要见你，你不见，我也得把你抬过去。

沈叶想了想，还是选择了见机行事，点头赴约。

侍女领着沈叶来到一个僻静的地方，夏枝枝已经等在那儿了。没有装模作样的寒暄，她一上来就质问沈叶："你和太子殿下是什么关系？"

沈叶知道夏枝枝是误会了，就想着好好解释："我就是太子殿下身边的一个侍卫，因为会点观天之术，得了太子殿下重用。"

夏枝枝一声冷哼："侍卫？我瞧你看太子殿下的眼神分明就是有鬼，偏我爹还说你是个能人，我看你就是想飞上枝头……"随即她又冷笑一声，"想要飞上枝头，也要想想自己有没有那个命，看看自己是什么人。"

夏枝枝倨傲地看着沈叶："给你两个选择，要么今天就离开太子殿下，我自会替你寻个好去处，要么你就消失吧。"

她眼中的狠辣是沈叶想不到的，有一种杀人就跟碾死只蚂蚁一般的随意，这跟漫画里所描绘的女主角夏枝枝一点也不一样。

"夏小姐，我既是太子殿下的人，去留都是太子殿下的意思，难不成你现在要插手太子殿下家中的事情？用什么身份？"沈叶虽然心中有疑问，却也没莽撞到对着一个明显有问题的人直白探究下去，她更不能忍受别人这么诋毁自己，"哦，不对，夏小姐问我是什么人，皇上和太子殿下都称赞我是能人，难不成夏小姐是觉得他们不对？"

夏枝枝恼羞成怒，见说不过沈叶，她扬起手要打沈叶耳光。

亏得沈叶反应过来闪开了，而夏枝枝的手却在半空中停下。

是边溪抓住了夏枝枝的手。

沈叶回身一看，一道修长的身影站在不远处，顾南衍从黑暗中走到她旁边。

沈叶惊讶了一下。

连夏枝枝都有些惊讶："太……太子殿下，你此时不应该是在和群臣宴饮吗？"

顾南衍按了按挑动的眉间。

他刚刚一回头就发现沈叶不见了，心慌得不行，还好一直派人在周围观察，知道沈叶被何人带走，去了哪里。

他没办法，只能佯装酒后失态，被皇帝黑着脸训了一顿，找了醒酒的借口过来找沈叶。

酒意被风一吹就开始蔓延，晕乎的状态下，顾南衍还是没忘记问沈叶："有没有事？"俨然将夏枝枝这个大活人当成空气。

夏枝枝自然是气不过："太子殿下，我爹今天在皇上面前公然帮你，你居然连个面子都不给我。区区一个婢女而已，你有必要这么上心吗？"

回答夏枝枝之前，顾南衍按了一下额角，似是在表达夏枝枝非常聒噪的意思。

"夏侯的恩情我自然是记在心上，既是这样，夏小姐如此不顾体面在这里咄咄逼人，聒噪得很，我也要提醒你，有失风范。"他顿了下，没给夏枝枝说话的机会，又来一句，"今天的事情，我自会跟夏侯说，夏小姐就不必多此一举了。"

这不就是明晃晃地说夏枝枝回家告状吗？

沈叶心里还在高兴呢，顾南衍转头又拉了拉她的衣袖。偏头靠近的时候，她闻见顾南衍身上浓重的酒味，还掺杂着一些果香。

顾南衍眉眼弯弯，一字一句道："一起回去。"

沈叶一颗心被撩拨得七上八下，全都表现在那张早已通红的脸上。她赶忙转过身快步向前走，顾南衍见状便也跟了过去。

至于夏枝枝，就跟个透明人一样被忽略了。

她袖子底下的手攥在一起，眼神如刀一般剜向沈叶远去的背影。

这回倒是让沈叶彻底看清了夏枝枝，善妒还没脑子。她怎么都没法再撮合顾南衍跟夏枝枝了。

　　就在她思考这档子事的时候，边上的顾南衍突然出声："你在想什么？"

　　沈叶也没个防备，直接说了出来："以后不能把您和夏枝枝撮合在一起。"

　　说出去的话就像泼出去的水，沈叶想要收回也来不及了，但……她怎么感觉顾南衍的脸跟要笑烂了一样？这么开心？

　　他言语中都是抑制不住的笑意："还算聪明，醒悟得还不迟。"

　　沈叶本想反驳说自己是很聪明的，却在顾南衍的一声呼唤中停下动作。

　　"沈叶。"

　　"嗯？"

　　顾南衍黑色的眼眸中仿佛装满了整个夜空的星星，他就用这样的目光看着沈叶，说："我说过的，我永远不会喜欢夏枝枝。"

　　月明星稀，沈叶明明没喝过一口酒，却觉得有醉意涌上心头。

　　她的身体不由得靠近顾南衍，眼神不受控制地看向顾南衍说话的嘴唇。

　　情愫在两人来回的眼波中流转。

　　可是……身体还未有什么动作，一阵急促的脚步声打断了他们。

　　07

　　不远处，皇帝的贴身侍卫带着宫人朝他们赶来，神情焦急："太子殿下，沈侍卫，可算是找到你们了。陛下正在到处找沈侍卫呢，说要给沈侍卫封赏。"

　　说罢，他就摆出了请的姿势。

　　顾南衍的酒意已经消散，听到这个消息时心揪起来，眉头立刻打结。

　　相比之下，沈叶倒是很平淡，甚至还有些主动："麻烦公公了，带路吧。"

　　谁知道啊，她这是想要快点逃离。刚刚自己居然有想亲顾南衍

160

的冲动，沈叶感觉很不真实，但胸腔里跟打鼓一样的心跳又是真真切切能感受得到的。

跟着宫人走的时候，她又被顾南衍拉住袖子："等会儿无论皇上说什么，你都答应。"

沈叶没有丝毫犹豫地回答："好。"然后催促顾南衍，"人家都说了很急，太子殿下赶紧动身。"她顺势收回顾南衍手中的袖子。

可惜她转身太快，没能看见顾南衍展露的笑颜，同样也没能听到他的那句呢喃："原因都不问，倒还真有点傻得可爱。"

殿中，沈叶和顾南衍这一路都是众人目光的聚焦点，尤其是沈叶，朝她投过来的眼光里全是打量。

皇帝坐在高位，看到沈叶和顾南衍过来，大手一挥："沈侍卫可是让人好等。"随后他又把目光投向顾南衍，语气有些严厉，"太子酒醒了没？应该不会再失态了吧？"

醒酒？

沈叶开始想东想西，顾南衍不会是发现自己不见了，所以装醉，在殿前失态，趁着醒酒的工夫出来找自己吧？

顾南衍答道："回禀父皇，儿臣的酒已经醒得差不多了。"他还不忘看一眼沈叶。

沈叶被这一个眼神看得又是一阵心跳加速。

"沈侍卫，"皇帝说，"念你防洪有功，又身怀异术，实在是我朝难得的人才，朕为你在宫中修建了一座观星殿，你以后专司这观天一职，以后便叫你沈星师。"

不出沈叶意料，皇帝就是想要留她在宫中，好牵制顾南衍。

群臣都在，她反抗的话就是当众抗旨。顾南衍若要保下自己，则会在群臣面前落下个不为大骁的罪名，影响他在民众心目中的地位，而且这样一来，皇帝还能名正言顺地将自己处死。

真是好盘算。

可惜沈叶没打算不同意："能去观星殿是臣的荣幸，多谢皇上

恩赐。"

沈叶的回答，以及顾南衍的毫无反抗都出乎顾云衡的意料，但他还是很快反应过来，脸上堆满笑容："有沈爱卿此等人才是我朝之幸事。"

他说着这些场面话，举起酒杯。

群臣也跟着举起酒杯庆贺，异口同声道："天佑大骁，恭喜皇帝得此人才！"

皇帝喜出望外，赶忙叫来身边的太监，吩咐道："王公公，你现在就派人将观星殿收拾出来，让沈星师今天就住进去。"

沈叶在心中感叹，连一天都不愿意耽搁，看来皇帝防备顾南衍的心更强了。

似乎一切尘埃落定，沈叶要进宫这件事板上钉钉，皇帝尤其开心，一直端着酒杯。

沈叶把这一切全都看在眼里，忍不住把目光投向顾南衍。

被自己的亲生父亲猜忌怀疑，每天还面对这么多钩心斗角的事情，顾南衍真的很辛苦。

忽然，顾南衍也看向沈叶，两个人四目相对。

沈叶的心跳又一次乱了节拍，她赶忙低下头，却在那个刹那瞥到了顾南衍勾起的嘴角。

突然，大殿上有道声音响起："皇上，裴祖公主提雅不日就要来我大骁拜访，还请给臣多增派一些人手。"

说话的人是负责礼仪的仪司大人。

没人怀疑他此刻说这话的理由，就连皇帝也是，大家只觉得是他聪明，看出皇帝今日心情好，自己要人手不仅不会被骂无能，还能得到认可。

顾云衡很爽快地点了点头，正准备指派几个人时，席间一直沉默、没能出场的顾袁突然跨出一步，来到众人面前："父皇，儿臣已到舞象之年。想当初，太子哥哥在这个年纪的时候已经帮助父皇处理了不少军政要事，我当然也要为自己争气，为父皇分忧，还请父皇将这次提雅公主拜访的事情交给我。"他飞扬的眉头尽显自信。

群臣见此，也纷纷附和起来。

按理来说，皇子主动分忧是好事，皇帝却一改脸色，表情沉了几分。不过也只是一瞬的工夫，他就变得笑脸盈盈："茶王确实是越来越有长进了，兰贵妃教导有方，朕准了。"

宴会上，皇帝爽朗的笑声和兰贵妃、顾袁谢恩的声音响起。

一切本该结束，可顾袁小眼睛滴溜一转，又跪了下去："父皇，儿臣还有个不情之请。"

见顾云衡目光沉沉地看着自己，顾袁也不在意："提雅公主这一行不仅能宣扬我朝天威，还能促进两国之间的贸易往来，如此重要的事情，我想，不只是要地利、人和，还得要天时。正所谓趋吉避凶，儿臣斗胆向您要沈星师。"

因为各国使臣的重要性，大骁立下规矩，凡是负责使臣一事的官员都要住进驿站，这样既能随时解决各种突发事件，也防止因人员流动而让使者产生威胁感。

这正是顾南衍和顾袁商量的计划。

对皇帝打的算盘，顾南衍何尝不是一清二楚，只是螳螂捕蝉，黄雀在后，他来了一招釜底抽薪。

这后果也不出他所料，他要暴露一张底牌。

顾云衡若有所思地看着仪司大人，心中已然了解，眼中不禁泛起凶意。自己当真是生了一个极好的儿子，如此无法无天，爪牙都伸到了与别国的关系中。

他心中即使有千般不愿意，也没有办法，只能答应。

若是不应，自己的那个"好儿子"也会用各种流言让他答应。再者说，一个被称为知人善用的皇帝，却在重要关头没用对人，不就是无能吗？

"茶王考虑周到，准。"

随后，沈叶出来跟顾袁一起谢恩。

顾袁期间没少给沈叶递眼神，全是"师父，我表现得不错吧""这

次你一定要夸夸我"此类。

可惜，沈叶的眼神和心全在顾南衍那儿。

顾南衍坐在席间第二的位置，沈叶用余光能很清楚地看见他在干什么——他骨节分明的手此刻正轻轻敲击着杯壁。

一下，两下，三下……

沈叶曾在漫画中看过，这是顾南衍紧张时为了缓解心中的慌张才会做的动作。

看似平静的一张脸，心底却是暗流涌动。

沈叶脑海里再一次浮现出顾南衍要自己相信他的样子，不由得垂了垂眸。

| 第六章
似乎对他动了心 |

01

宴会结束，文武百官退场。

等到全是自己人，顾袁这张能说会道的嘴巴可是再也忍不住了："师父，你是不知道，太子哥哥这次为了不让你进宫，当真是想破了脑子。就在开济寺吵架那会儿，他边跟你吵，还边想着要怎么帮你解决这件事情。

"这每日每夜动脑子，是个人都会有情绪，你可别因为这个生气。

"而且，你肯定还不知道，为了让开济寺的花一夜开放，我真是跑遍了全城，找了全城的花匠，熬了整整一夜，你看看我这眼底的青色。不过比起我来，最操心的还是太子哥哥。

"还有，刚刚太子哥哥因为醉酒失态被父皇臭骂了一顿，但我岂能不知道他的酒量，他就是为了找个借口去找你……"

"好了，别说了。"

顾南衍的一句话止住了顾袁的喋喋不休，却止不住沈叶心里蔓延开的情绪。顾南衍在背后做的事情就这样被人实实在在地说了出来，于沈叶来说，是一种完全不一样的感觉。

"谢谢。"沈叶说得很小声。

顾袁没听清，便一个劲地问她说了什么。但站在她身侧的顾南衍却是听了个全，他听到了沈叶说的谢谢，是很真挚的谢谢。

他嘴角的笑意止不住地溢出来。

顾袁不敢说别的，就这感情，他是格外通窍。瞧见顾南衍和沈叶两人眼波中流转的情意，他立马脚底生烟，一会儿便跑没了人影。

沈叶好久才反应过来，问："顾袁怎么不见了？我还要跟他一起去驿站。"

顾南衍温柔道："你是我的人，不必跟着他去。我先派人去驿站收拾好，尽量还原你住在太子府的环境，这样你也不至于不习惯。"

我的人……

沈叶虽听过无数次，但即便如此，她也仍觉得动人心弦。

她轻声"嗯"了一声："好。"

沈叶没想到，顾南衍口中的派人"收拾"一下，会是完全复刻了一个她住在太子府的小别院，知道的人清楚她是来招待远道而来的提雅，不知道的，还以为沈叶就是贵客呢。

这一下可把带着一车茶具过来的顾袁羡慕得红了眼。

他靠在沈叶的小别院前，一脸抱怨："就这样，某人还叮嘱我要时刻照顾师父呢，我看是师父得照顾照顾我。"说罢，他就要去拉沈叶的手，"不如我就在这里不走了。"

他还没迈几步，背后有一阵风吹过来，然后他就被人抓住了后衣领，动弹不得。

他转身刚要质问，就看到边溪那张略带歉意的脸，以及顾南衍意味深长的眼神。他更加忍不住要把肚子里的酸水倒出来："太子哥哥，你也太过分了，我帮了你这么大的忙，你什么也没送我，还吃我的醋。"

"咳咳……"

"咳咳……"

两道咳嗽声不约而同地响起。

一个来自于被点破心事、挂不住面子的顾南衍，一个来自于又惊又喜的沈叶。

两人尴尬地对视一眼，又赶忙将眼神转向四周。

"呵呵，这风吹起来真凉快。"

"天气有点干燥。"

两人又是一同把解释的话说出来。

一向有眼力见的顾袁二话没说，拉着边溪就跑了。

沈叶左看右看，不敢跟面前的人再对上视线，有些微妙的情愫在他们之间流动着。

片刻，顾南衍率先打破了这奇怪的沉默："时间匆忙，这里只能是这个样子了。如果你住得不太习惯，可以跟我说，我会想办法让提雅住进太子府，到时候你就可以回家了。"

沈叶不敢抬头，但是地上的影子正慢慢靠过来，于是她糯糯地说了声："谢谢。"

顾南衍停住了脚步："干吗这么客气？难不成是想跟我划清界限了？"

他语气中有一丝笑意，还有点逗人的意思。

沈叶自然也知道顾南衍是在逗她，脑海里不自觉地想起昨晚的事。

恰好顾南衍此刻又说起令她动容的那句话："那可不行，进了太子府的人，就是我的人。"

曾经和顾南衍相处的画面在眼前一帧帧闪过，沈叶清楚地知道

自己的心跳有多快，她的身体一点点变得滚烫，那股雀跃变成了心里关不住的小鹿，迫不及待地要跳出来。

沈叶忍不住朝顾南衍靠近了好几步。

她抬起头，直视顾南衍的眼神。突然，她好像有点知道自己最近为什么变得那么奇怪了。

她好像、似乎对顾南衍动了心？

沈叶在驿站住得没有半点不习惯，甚至可以说是很安逸。

顾南衍隔三岔五地带好玩的好吃的来，有时候沈叶都觉得他回太子府的时间还没有在驿站的时间多。

皇帝每天都派人盯着驿站，沈叶心中憋着好大一口气，铆足劲将精力放在迎接提雅这件事情上。

这件事虽说是由顾袁全权负责，她只是来算算天气，看个星星月亮就好，但是现在大家都是一根绳子上的蚂蚱，一荣俱荣，一损俱损，必须得重视起来。而且，这次建交对大骁人民来说非常重要，两国之间的贸易若是畅通无阻，既可以避免战乱，又能让更多百姓过上富足的生活。

顾袁也深知这件事情的重要性，一向不着调的人最近也变得严肃起来。

与此同时，提雅的信息也被送进驿站。刚看到消息，沈叶就为她这声名在外的跋扈性格感到头疼。漫画原著里，这个提雅不过是个一笔带过的小角色，起着推动剧情的作用，沈叶对她的印象实在不深。

沈叶从传闻中得知，提雅八岁那年因为采花被花叶割伤手，划破了一个口子，就命人把整个城里的这种花都给拔了。

她还听说，这位公主每天早上起来要十来个侍女服侍……

沈叶越听越觉得背后发冷。

这提雅不仅娇贵，还是个睚眦必报的人。

如此一来，整个驿站便弥漫起一股紧张氛围，人人脸上都是一片愁云。

沈叶也毫不例外。

顾南衍得知情况，还特意来了一趟驿站，给沈叶分析、想办法，缓解她不安的心情。

两人一番聊天下来，沈叶的思绪清晰了不少。受到顾南衍的启发，她提出将提雅公主所住的别院改成裘祖风格，将大骁的美食做成迎合裘祖人口味的新品，争取让提雅有种宾至如归的感觉。

这样既能彰显大骁的诚意，又能解决公主衣食住的问题。

沈叶想到这里，前一秒还乌云笼罩的脸已然雨过天晴。

在一旁处理文书的顾南衍在余光中将沈叶的脸色变化看了个全，不自觉地也弯起了眉眼。

两人忙着各自的事情，一片岁月静好的模样，外面忽然传来一阵噼里啪啦的声音，然后就看见顾袁满头大汗、气喘吁吁地跑进来。

"不……不好……不……"顾袁话都有些说不出来。

沈叶也跟着紧张起来。

顾南衍见她又回到原来的状态，眉头也跟着皱起。

"提雅还有十里地就要进城了，他们谎报了行程。"缓了一会儿，顾袁说出这番话。

电光石火之间，沈叶便猜出了裘祖人的此番用意——他们想要来个措手不及，好探一探大骁真正的实力，在两国贸易谈判的时候争取更多利益。

沈叶深吸了一口气，看向顾袁，说："十里地，应该还能再走上一个时辰，你现在马上叫人聚集民众去提雅来的路上，尽量让道路变得窄一些，拖住他们进宫的时间。以防万一，你也去一趟，能拖多久是多久。

"这里的事情交给我安排，宫门见。"

她有条不紊的样子让顾袁瞬间安心下来，立马动身按照她说的去做。

而后，沈叶开始收拾桌上的东西。

顾南衍这时抓住了她长长的衣袖，两人对视的刹那，他开口："以后不能常来看你，我把边溪留给你，万事小心。"

沈叶自然知道顾南衍所说的小心是什么意思，小心皇帝，小心提雅，最重要的是要小心之前刺杀的幕后黑手。

若是提雅此刻出事，一切都称那人的心意了。

平时人流涌动的大街今日变得格外安静，人群被分成两队，中间刚好留出能够让车队行驶的距离。

裘祖人的车马移动缓慢，坐在马车上的提雅俨然是按捺不住，直接撩开了马车的帘子，十分不满："库哈将军，就不能让这些人全都离开吗？"

库哈是这次出使的大将军，他好声好气地跟公主解释："公主，这些大骁人都是来欢迎我们的，实在不好赶走。"

提雅却立马板起了脸："我管他们是来干什么的，他们挡了本公主的路，让他们离开。"

库哈壮汉一个，哪里能应对这样的场面，左右为难之际，他瞧见一个穿灰袍子的人骑着马过来了，远远看着皮肤挺白，手里还拿着把扇子。

库哈心生一计："公主快看，前头的那人好白啊。"

提雅果真往他指的地方看去，他口中的"好白的人"已经靠近。

"那应该就是他们说的小白脸。"

她的话一字不落地听进了顾袁的耳朵。

顾袁还以为是自己听错了，问道："公主刚刚说我什么？小白脸？"

提雅丝毫不怕他，叉腰继续说："脸这么白，腰身这么瘦，不就是小白脸？"

顾袁心头冒起一团火，但想到提雅的重要性，又生生压了下去。

他换上一副"你确实说得对"的样子，惋惜道："确实，大骁的国土没有裘祖那么宽阔，到处都是家宅，这么一看，我瞧我们大骁的女子在肤色这点上，的确不如提雅公主健康。”

顾衷不动声色地说提雅黑，原以为她会不高兴，他们能争上一争，也能拖延时间。

可谁想提雅压根就没听懂，大大的眼睛忽闪忽闪。她抬起下巴，一副很傲娇的样子："本公主的皮肤自然是天底下最健康的。"

这倒是让顾衷一下接不住话。

在一旁的库哈着实是看不太懂自家公主的所作所为。

此行本不会带公主来，偏偏她去求了裘祖王，说是想来看个热闹。爱女心切的裘祖王只好允了她来。本来库哈挺高兴，因为公主虽有些骄纵，但人是很聪明的，有她在，他也不怕会在谈判上吃亏。可谁能告诉他，聪慧的公主怎么变成了这个样子？

库哈从顾衷的穿戴和出场方式推断，他应该就是来接待自己的皇子——茶王殿下。

"拜见茶王殿下。"库哈对着顾衷行了一个礼，"我军没估算好行军的速度，早到了。若是给茶王殿下带来了麻烦，还希望殿下不要介意。"

"远来是客，再说，对我大骁而言，接待远客也不是麻烦的事情，将军不必在意。"顾衷也收了这个台阶。

可提雅根本不愿意听这些废话，就想着快点走，她还想看更多好玩的东西，便不耐烦地催促："这些话你们每次都要说，你们不烦我都听烦了，能不能赶紧把不相关的人赶走？"

可肩负重任的顾衷岂能让她就这么走？

他伸手一把拦住提雅："提雅公主，这乌泱泱的人群都是前来欢迎你的，如此场面，要是把他们赶走了，可有失礼数。"

一路的颠簸已经耗尽提雅全部的耐心："关我什么事情？库哈，把这些人全部赶走！要是不听我的话，回去我就叫父皇重重罚你！"

没等库哈有什么动作，顾衷率先出声："你这公主好不讲道理。"

为了留住人，顾衷也是口不择言了。

这也引起了提雅的愤怒："小白脸，有本事你再说一次。"

两人对视的眼睛里不断冒火花，只怕下一秒钟就会有人要动手。

提雅的手也确实已经摸到了腰后的鞭子。

千钧一发之际，一阵笛声传来，悠长嘹亮，一下子就吸引了众人的注意。

顾袁终于舒了一口气，这是沈叶的信号。

02

人群散开了些，道路也宽了。

"既然公主着急，那我们快些出发。"顾袁带着笑意说完，便头也不回地走了。

提雅停在嘴边的话生生被噎了回去，只能对库哈说："库哈，你看见没有？这个小白脸变脸变得可真快，我以后再也不要跟他说话了。"

话当然是一字不落地入了顾袁的耳朵，以至于他带着提雅来到驿站时，眉头依然紧皱。

提雅到了驿站依旧不停歇：

"小白脸，你怎么走得这么快？

"小白脸，你们这路也太窄了。"

沈叶尚未搞清状况，只能在心里同情顾袁，对他点点头，却不料下一个倒霉的人就是自己。

提雅看到门口挂起的彩幡，格外兴奋，一个劲儿地往前冲，压根没注意前头还站着人。她就这么横冲直撞，不只是让自己摔倒在地，还撞到了沈叶。

沈叶的手磕在身后的台阶上，立马红肿起来，连带着脚踝也扭了一下。

顾袁和边溪本来想要过来扶，却被她一个眼神阻止。

沈叶示意两人赶紧去看看提雅怎么样，自己则强忍着疼痛站起来，脸上还挂着笑，迈步走向提雅。

提雅看上去就是衣服上沾了灰，她面对沈叶伸出的手，半点也不接受，径直躲开了。起来后她还趾高气扬地看着沈叶，语气充满责怪："你又是谁？没事干吗挡着我的路？"她打量了一圈，看到沈叶红肿的手，气焰倒是小了一些，"害得我摔倒。"

顾袁与沈叶隔得近，看不得师父受这个气，就要跟提雅理论一番。

沈叶拉住顾袁的衣服，又害怕在暗处保护自己的边溪会出来，赶忙出声："臣名叫沈叶，是陛下为了提雅公主此行能够更称心而特意安排的人。刚刚确实是我的不对，挡了公主的路。"

为了表达自己的歉意，沈叶还微微躬身："这一撞，把公主殿下撞疼了，沈叶在此给公主赔不是。"

提雅见沈叶态度诚恳，也不好再说什么，留下一句："得了，下次别再挡本公主的路。"

而后她就大步流星地走开了。

"沈大人见谅。"库哈在一旁朝沈叶微微鞠了一躬。

顾袁忍不住出声，为沈叶鸣不平："欺人太甚！这个提雅刁蛮无理，根本就没有半点公主样子……"

他话还没说完，便被沈叶打断："别说了，不管提雅公主怎么样，大骁跟裘祖的通商事宜才是最重要的，其他的没关系。"她看着提雅的背影，喃喃自语了一句，"对他也很重要。"

可是，她还没缓过来，提雅那边又开始挑刺了。

她见到裘祖风格装扮的房间，吃到改良的点心，却没有一点开心。

"你们这都是什么？依葫芦画瓢做成这个样子。看看这个彩旗，我们那里的彩旗颜色鲜艳好几十倍。还有这个点心，甜得腻死人，油酥一点也不脆，怎么吃？

"床铺也是这种滑溜溜的布料做成的，是叫丝绸？我觉得一点也不舒服，还不如我的兽皮摸起来软。"

真是好一顿挑剔。

沈叶也能猜到提雅是在鸡蛋里挑骨头，笑脸迎上去："公主，舟车劳顿辛苦了，既然这点心您不满意，那我就叫厨房重新再做一份，这个床铺我也叫人重新去铺，我们会叫人把市面上能买到的彩旗都

买过来，供公主选择。"

提雅闷了好一会儿没说话。

片刻，她眉头一挑，目光直勾勾地盯着沈叶："沈大人是吧？既然你是皇帝吩咐来照顾我的人，那一定是有过人之处。沈大人，彩旗的颜色我要艳而不妖，床铺……我要上好的雪狐皮，至于点心，我要三分甜、三分咸、四分鲜。这些沈大人一定可以办到的吧？"

"沈大人可一定要找到，履行好自己的职责。"提雅笑容无害，话语却是戳人心肺。

沈叶的眼神变得有些复杂，这一国公主在别人的地盘上张牙舞爪，如此斤斤计较、蛮横无理，是否有点过于没脑子了？

她觉得其中必有猫腻，但此刻尚未明了原因，便只能应下后静观其变。

可一旁在气头上的顾袁听到这个要求，光想着提雅在难为人，没往深处想，陡然出声："好啊，我可真是佩服提雅公主，如此不嫌麻烦地想把驿站变得跟自己家一样，当真是一点儿都离不开家。"他停顿一会儿，声音抑扬顿挫，"哦，我忘记了，这些事又不是提雅公主去做，怎么不算好呢？"

提雅却跟没事人一般："茶王殿下若是觉得我这样不错，你以后也可以学。"

这话差点没把顾袁气死。

沈叶赶忙出来打圆场："茶王殿下自然会向公主好好学习的。过几个时辰，宫中引导公主觐见的人就要来了，我们就不打扰公主休息了，请公主将就一下。"

提雅又开始追问："那我得将就多久？"

"一天，一天即可。"

"沈大人可要说话算话。"

这一来二回，沈叶才总算把提雅哄住。

顾袁在沈叶的目光中，也终究是把想说的话咽了下去。

两人走到离提雅住处很远的地方，沈叶终于忍不下去了，脸上流露出痛苦的表情。

她脚底没稳，一个趔趄，还好顾衮在边上扶了一把，她才没又摔一跤。

沈叶撩起袖子，看到手臂磕到的地方又红又肿，还破皮流血。然而，比手上更疼的是脚踝和膝盖，站着的时候没发现，她现在坐在椅子上，才看到白色裙边有零星血迹。

知道顾衮会担心，知道暗处的边溪会担心，也知道分身乏术的顾南衍会担心，沈叶故作轻松："其实也没那么严重，我就是刚刚站久了，加上没见过大场面，腿软了。而且，你想想，若是你作为使臣出使，会像这位公主一样处处刁难吗？"

"当然不会，我会处处小心，不让人落下口舌。"顾衮答得很快，脑子也动得很快，他眼睛立马就睁大了，"你是说……这个提雅故意的？"

沈叶点点头："是，现在我们在明，她在暗，既然搞不清楚她为什么要这样，那就先顺着她。"

顾衮听到这话，耷拉着脑袋，叹了一口气："师父，我知道提雅很重要，可是对我们来说，你也很重要。要是太子哥哥在，他一定不会让你受这个委屈，是做徒弟的没保护好你。"

沈叶看着他的样子，忽然有些恍惚。

从她出现在这个世界的第一天算起，有半年多的时间了，其实她经常想家，想起自己日常重复的生活。可她知道，她对那份生活一直没什么归属感，工作是因为父母说不错，但本质就是个没日没夜的打工人，她一点也不快乐。

沈叶一直在寻找生活的归属感，可真正获得这种感受，是在这个世界。

从她成功阻止洪水开始，她在漫画中救了无数可能流离失所的人，救了无数可能会变得满目疮痍的城邦。

漫画中的一切，因为她，而有了改变。

175

大家感谢的目光是她未曾感受过的。

现在，顾袁以朋友的身份关心她，这份真心也是她从未感受过的。

对比那样的生活，究竟哪一个才是她想要的？

沈叶还没能在心里做出决定，一阵急匆匆的脚步声打断了她的思绪。

她眯了眯眼，怎么那个人……这么像顾南衍？但顾南衍这时候怎么会出现？

直到顾南衍站到了面前，沈叶仍有种不真实的感觉。

顾南衍心疼地看着她，问："你还疼不疼？"

沈叶傻乎乎地问了一句："你真是顾南衍吗？"

"嗯，我是。"

本来沈叶已经控制住了情绪，但顾南衍的这句话又立马让她鼻头一酸，眼眶也跟着红起来。

她知道，一定是边溪把这件事情告诉给了顾南衍。可是以他的身份，现在不该来这里，若是落个私下联络外邦的罪名……更何况，他现在应该是要准备等会儿的觐见事宜。

可他还是来了。

03

顾南衍靠近沈叶，试探似的询问："我之前跟母后学习过一段时间的医术，你手上的伤能不能让我看看？"

沈叶点头，伸出手臂。

顾南衍轻轻握着她的手腕，细细端详那显眼的伤痕，眉头皱得越来越深，眼底有抹不开的凶狠。

沈叶见状，连忙出声："这伤其实不是很严重，你看我还生龙活虎的呢。"为了让话可信些，沈叶还动了一下手臂，可这一下直接牵动伤口，血珠冒了出来。

"好好待着，别乱动。"顾南衍虽然声音轻柔，但神情看起来确实不好。

顾袁站在一旁，心里有了盘算："太子哥哥，师父受委屈可全是因为你。"

"我知道。"

"对嘛，你知道就好。"

接下来，他又是好长一段劝说，什么"沈叶受伤了，受委屈了，你要好好照顾安慰她""她做的这一切都是因为对你有好处，而故作没事也只是为了让你放心"，甚至"提雅公主是罪魁祸首，不能轻易放过她"的话都来了。

顾南衍自然都接收到了。

"提雅，本太子自然是会好好'欢迎'她的。"

沈叶想劝，才冒出一个"顾"字，话就被顾南衍堵了回去："你走路应该有些麻烦，我正在考虑要用什么样的办法把你送回去。如果你还想说点什么，那我觉得我就得抱着你回去了。毕竟这光天化日，有不少偷听的人在旁边，我们得快点。

"如果你不说话了，那我可以吩咐别人。"

沈叶没弄明白他的逻辑。

顾南衍又说："跟着我回去，吃香喝辣还不好？"

他说罢就要去抱沈叶，沈叶赶忙笑着说："太子殿下说什么就是什么，我完全没有意见。顾袁，你说呢？你是不是有意见啊？"

她往旁边看才发现，哪儿还有什么顾袁啊，顾袁早已经不知道什么时候就走了。

"沈叶。"顾南衍的一声唤，让沈叶的目光重新聚焦到他身上，他嘴角勾起，"顾袁应该是没有什么意见。再加上你刚刚说了那么多话，看来你还是有想说的，那就只能我送你回去了。"

他有力的手臂一下禁锢住沈叶。

沈叶红着一张脸："不是，太子殿下，我们有预知，你不是说我们不能随便接触吗？"

反抗没有用，两人接触的瞬间也没有预知，但顾南衍一点也不惊讶："这么久的接触，我倒是知道了，咱们有过一次的亲密动作，

下一次就触发不了预知，上次你已经如此靠过我一次了。"

沈叶原本就红的脸更加红了。

她估算了一下自己的身高，以及终究和顾南衍之间力量的悬殊。

她能挣脱吗？

好像不能。

算了，还是把脸埋得深一点，叫别人看不出来。

顾南衍应该是感觉到了沈叶的动作，还打趣道："那你可要埋深一些，不然还是很容易被人看出来的。"

看到路上一个人都没有，沈叶就知道自己被耍了，但她没有半点不开心，甚至还有一丝丝甜蜜。

回到院子，顾南衍从怀里掏出几个白色瓷瓶："这个是活血化瘀的，这个是愈合伤口的，涂完就好好休息，不要再到处乱跑了。"

听到这话，沈叶有了些挣扎。

她不出去，提雅刚刚说的那些她就完不成了。

顾南衍就像是她肚子里的蛔虫一样，立马接道："提雅说的，我都会帮你去找，肯定不会耽误。你现在最需要的就是好好休息，听话。"

沈叶看着他，有些不知所措地低下头，"嗯"了一声。随即她看到了顾南衍脏兮兮的鞋子，有些震惊地抬头。

为了给提雅置办东西，沈叶这些天跑东跑西才知道从太子府来这儿有条捷径，可惜那段路泥泞不堪，沈叶是图方便才走了那么一次，之后便再也不想走了。

她又想起好像每一次顾南衍来看自己，鞋子都如今天一样。

原来是这样。

"沈叶，"顾南衍开口，"如果受了委屈，就发泄出来。不用怕，我会为你兜底。"

他亮得仿佛星河般的眼睛，让沈叶的一颗心再次悸动。

对视的目光太过热烈，沈叶和顾南衍都忘了转移视线。

或许是沈叶听错了，顾南衍好像呢喃了一句——"我喜欢月亮，可是月亮不知道。"

沈叶当然没勇气问，只是将这份悸动存在心里。顾南衍走后，她便一直辗转反侧，抓心挠肝，甚至将顾南衍告诉她的今天不用进宫的话忘了个干净。

坐在马车上，沈叶跟顾袁解释了好久自己去宴会的原因。等他不再发问，她的神经才终于松懈下来，开始专心想着要是提雅在宴会上发难，自己该怎么办。

她在宫门处和顾袁分开，便打算去皇帝在宫中为自己准备的地方，好赖都是以后工作的单位，可以看看，却不料在路上遇见了夏枝枝。夏枝枝应该是等着开席无聊了，才过来赏花。沈叶想着多一事不如少一事，便直接走开了。

夏枝枝竟然叫住她："沈叶。"

今天宫里事务繁多，来来往往的宫女不少，沈叶觉得自己也是人人都认识了的熟脸，夏枝枝应该不至于当众找她发难，她抱着这样的想法朝夏枝枝行了一个礼。

夏枝枝还是一如既往，趾高气扬地看着沈叶，但这回的眼神里还加了轻蔑、鄙夷，甚至是怒气："沈……不对，现在是沈大人了。沈大人可真是好手段啊，攀附太子殿下，拉拢茶王殿下，现在又在陛下面前出风头，当真是风光无限。"

夏枝枝冷笑一声："可惜，任凭你再怎么努力，都比不过别人，别人的起点远比你高得多。"她靠在沈叶的耳边，一字一句，"太子妃这个位置，只能我来坐。"

夏枝枝说这话，是因为她去求了夏远，也得了夏远的同意，可以找个合适的机会，同皇帝要个恩赐。

可等来等去，到底什么时候才是好时机？

她不愿意等太久，于是一大早就跟着父亲进了宫。她满心欢喜地以为这是个好办法，而且这办法是最疼她的父亲想出来的，却不

料……她现在光是想起来都觉得害怕。

皇帝听到她的请求，原本笑嘻嘻的脸在那一刻突然变得无比严肃，连带着声音都变得严厉了："夏枝枝，不要仗着你父亲宠你，就跑来这里胡诌一通。

"你说你心悦太子，可我记得你和太子只不过见了几面，从未私下有联系，何来心悦？告诉朕，你们私下是不是见过面？他跟你父亲是不是见过面？

"你好大的胆子！"

砚台摔在地上发出的巨大响声让夏枝枝胆战心惊，不敢说话。这大殿上只有她一人，肃杀的气氛让她感觉像是有把刀架在了她的脖子上。

边上的太监跟皇帝耳语了几句，皇帝的神情才缓和一点，但语气还是如先前一般严厉："夏枝枝，朕问你，太子私底下可否见过你的父亲？"

"没……没有，没有……"夏枝枝颤抖着回答。

见皇帝眉头皱得更深，夏枝枝忙着解释："确实没有，臣女是在宴会上见过太子殿下……后来也只是偶遇过几回……真的只是这样见过。"

夏枝枝也不知道自己等了多久，只知道手心攥紧的手帕已经被汗水浸湿，才听到声音。

"夏枝枝，你今天提的事情就此作罢，你一个女儿家，要知道何为矜持！"

夏枝枝把这一切的原因归结于沈叶，心中的怨恨和害怕让她叫住沈叶，原本是想让沈叶不痛快，可她估计错了。

沈叶面带疑虑："是夏侯让你去的？皇帝同意把你赐婚给顾南衍？"

"自然。"

听到这声回答，沈叶不禁摇摇头。她的内心同时也冒出许多问题，夏枝枝有可能不知道皇帝和太子间的关系，夏侯却不可能不知道。

爱女心切？这实在是说不通。

夏枝枝误认为沈叶被成功唬住，眼底流露出藏不住的快意，不禁嘲讽："不过，要是沈大人当真离不开太子殿下，好好求我，我也是可以开个恩，收你当个丫鬟。"

沈叶满脑子都想着夏侯的言行，半个字都没听进去。她觉得夏枝枝太聒噪，索性一句话没说，行了个表面功夫的礼以后，便飞快离开了。

按照原计划，沈叶是要去观星殿，等到时间再去找顾南衍说一说有关夏侯的事情，可这条路走得真是一波三折。

有过一面之缘的兰贵妃竟然在等她。

看到沈叶过来以后，兰贵妃露出了笑容，主动迎了上去。

沈叶本是要给兰贵妃行礼，却被她拦住，开门见山地将她今日的目的说出来："沈大人，我既是为顾衮来，也是为顾南衍。

"我从我儿的口中听过你很多次，他说你是个很好的人。今日我看到了，沈大人确实是个很好的人，忠于朋友，比我好得多。

"我要谢谢你，谢谢你让他们两兄弟能够和好，能够摒除嫌隙。"

兰贵妃与顾南衍的母亲曾经亲如姐妹，可她却在皇后过世的几年后入了宫。当时许多读者都说兰贵妃这是背叛朋友，说她曾经被打入冷宫是活该。

但现在看，似乎不是这样，她应该是为了照拂朋友唯一的儿子，这才不得已……

沈叶正想安慰几句，兰贵妃却突然变了脸，无比严肃："我不善于宫中的钩心斗角，过于蠢笨，这才没能照顾、保护好她唯一的儿子，还差点让自己的孩子顾衮跟他作对，还好有沈大人。"她认真地看着沈叶，"今日，我便是要来告诉你一些事情。虽说我这些年在宫中是个摆设，可我知道有人在故意挑起他们父子三人的矛盾，这些年一直都是……但我不知道这人到底是谁。"

兰贵妃的话一下点醒了沈叶。

就拿皇帝知道她的事情来说，虽说她行事确实高调，但是顾南衍肯定会处处遮掩，皇帝又怎么会将她的存在知道得清清楚楚？

顾南衍遭受刺杀这些事都是有人在暗中操作。

可那人竟然把这盘棋下得如此之大，连皇帝都在他的算计之中，说明他不仅心思缜密，还十分了解皇帝的性格，甚至他还能安排宫中的人。

那夏侯现在做的事情呢？可能也是幕后之人为了挑起皇帝对顾南衍的猜忌。

夏侯又为什么要配合这一切？难道他也是如同蒋大人一般，有什么把柄在那人手中？

那么，提雅公主的事情又在不在那人的算计之中？

沈叶从前只觉得帮助顾南衍登上帝位就是她能离开的任务，但现在，她发觉自己来的意义根本不在于权力，而是拯救他。

有一双手在暗处操纵安排着一切，就算顾南衍登上帝位，恐怕也是难逃一劫。

沈叶想通这一切，不禁打了一个寒战。

这一切比她想象的要复杂得多。

04

宴请提雅公主的宴会上，沈叶虽然有席位，可按照官阶是排到最后面的，淹没在人群中的那种。

她上次的位置是因为顾南衍的安排，这次自然是按照规矩来。

不过这样也好，沈叶不担心自己成为别人的焦点，还能躲在人群中暗中观察，等到结束再找顾南衍说今天的事情。

可惜她忘记了，顾袤是个会跟顾南衍一字不落地说她行踪的人。

宴会进行到中间，提雅向皇帝展示裘祖的舞蹈，众人一个劲儿地喝彩。

一个侍女凑到沈叶边上，对她轻声耳语："沈大人，太子殿下说这宴会还得好一会儿，您大概会等累，就先去观星殿休息，等到宴会结束他自然会来找您。"说完，侍女递来一个包袱。

沈叶点头谢过后，打开了怀中的包袱，里面有几瓶药，跟上午顾南衍跑来驿站给她的一样。

其余便是一些精致的茶点，还有一张字条。

"今日宫中的饭菜都是按照裘祖的口味做的，重油，会有些腻口，我按照你的口味准备了一些茶点，可以解腻。"

怀中的包袱有温度，还有淡淡的墨香，沈叶抱着它，最后还是摇了摇头："告诉太子殿下，我不累，也多亏他的药，我的伤已经好了大半，我就在这里等着他。"

其实沈叶想的就是在这里陪着顾南衍。

侍女面露难色："可是待在这里会无聊的。"

"不会。"沈叶看了一眼怀里的包袱，觉得看着顾南衍不会无聊。

侍女见劝也劝不动，便回去回话。

过了一会儿，沈叶就看见顾南衍的目光往她这边投来。眼神相对的时候，他指了指怀中，沈叶心领神会，拿起一块茶点放入口中。

她品着不算甜的茶点，心里却流出了蜜。

宴会结束后，顾南衍和顾袁被皇帝召过去单独谈话，沈叶就在外面等着。

顾袁出来的时候已经累得不成样子了，整个人耷拉着，见到沈叶就跑过来想要得到来自师父的安慰。

沈叶很是同情地拍了拍顾袁的肩，叹了口气："要振作起来，我们明天还得带提雅去体验大骁的风土人情。"

——这是刚刚宴会结束时，提雅的突发奇想。

顾袁哭丧着脸，看向一旁的顾南衍："我看她就是早有预谋，太子哥哥，你可真要救救我。"

这个提雅公主也不知道怎么了，在他面前张牙舞爪，刁蛮起来没个礼数，在顾南衍面前却乖得不成样子。

比如今天接待她觐见，应该找个地方让她坐着等，结果顾南衍

说地方还在打扫，硬是让她站在外面。顾袁当然知道顾南衍是在给沈叶出气，可心里终究是担忧的，万一她回去跟那个库哈一说，在皇帝面前一闹，那可是真不好收场。结果，那提雅愣是一个字没说，在外面乖乖等着。

顾袁怀疑她是不是被顾南衍板着的脸吓唬住了，不敢无理取闹。

要真是这样，顾南衍可就是大救星、及时雨，顾袁想着想着就想去拥抱这个大救星。可是，顾南衍闪开了，还往沈叶那边靠了不少。

顾袁不仅扑了个空，还差点摔跤。

顾南衍解释："坐久了活动一下筋骨。放心，明天的事情既然这么重要，我自然会跟着一同去，帮你。"说完这话他看了眼沈叶。

顿了半晌，他又补了一句："帮，你们。"

"啧啧啧。"顾袁算是看明白了，"怪不得，平时恨不得把晚上的时间都用来批奏折的人，今天竟然说要早点休息，还不是怕有人等得急。好一个区别对待。得了，我索性是个多余的，就不在这里自讨没趣了。"

说完，他冷哼一声，麻溜地跑得没了人影，又留下顾南衍和沈叶两个人大眼瞪小眼。

他俩互相看了一会儿，顾南衍可能是觉得不说话太尴尬了，才出声："我平时其实挺喜欢休息的。"

但他没想到，说完之后气氛更加尴尬。

沈叶笑了起来："原来表面上勤勤恳恳的太子殿下，私底下竟然喜欢摸鱼，倒是和我很像。"

"鱼？你喜欢鱼？"

沈叶见顾南衍愣愣地看着自己，越发觉得他可爱，逗人一样地回答："对，我喜欢鱼。"

随后，沈叶就瞧见顾南衍点了点头。

月色洒在宫道上，迎着风，留下些许寒意。

顾南衍看了一眼沈叶，把手上提前准备好的披风递给她。

沈叶用最真挚的语气说："今天兰贵妃来找过我，告诉我这些年一直有人在挑拨皇帝同你和顾袁的关系。我知道你可能不相信，毕竟大家都说兰贵妃背叛了你的母亲，可若是……她是有难言之隐的，你……"

沈叶的话停在这里，但她的试探已然得到了顾南衍的答案。

"兰贵妃的事情，我知道，我知道她一直都暗中看顾我，不然这些年我也不会对顾袁诸多忍让。不跟兰贵妃亲近是因为她的性格不适合待在宫中，我若是与她亲近，那些麻烦她应付不来，父皇也不会把对母后的感情放在她身上。"

顾南衍叹了口气，接着说道："我本以为这样，父皇对我的猜忌就会结束，可没想到这些年反倒还加重了。我还觉得是我做得不够好，原来是有人在这当中做手脚。"说到这里，顾南衍突然笑了一下，"不过，这对我来说，其实是个好消息。"

顾南衍眼中的释怀让沈叶看着就心疼。

"你很好，这一切都是因为那个幕后黑手。放心，我一定会帮你把人揪出来，毕竟我可是破坏过他周密计划的人，还为你拉拢了顾袁。"沈叶拍拍胸脯，证明自己的可靠，也活跃了原本沉默的气氛。

顾南衍笑起来，还"嗯"了声。

这时沈叶才后知后觉地想起夏枝枝的事情，本想接着说下去，顾南衍却先出声："我知道了。"

"是陛下跟你说的？"

顾南衍摇了摇头，有些无奈，又有些不好意思地看着沈叶："你忘记了，我把边溪留给你了。在你身上发生的事情，他都会告诉我。但我绝对不是要监视你的意思，只是想保护你。"

沈叶自然明白他的用意，也不纠结这些东西。

只是她不明白，既然顾南衍早知道她要说什么，那为什么还要浪费时间来听。

他这一天应该比顾袁还要累才对，为什么还抽空来听这些话？

沈叶思来想去，就找到一个答案——顾南衍是想要跟她说话。

可惜沈叶没有勇气问出来，只敢慢慢吞吞地回答："我不介意，这些我都知道。"

她低头看着地上相交的影子，故意放慢步子走，让他们能够待在一起再久一点，浑然不知暗处有一双眼睛正在盯着他们这边。

"公主，您在看什么？"这是库哈的声音。本来宴会结束后他们就应该出宫的，可也不知道怎么回事，自家公主在这边站了好久，还看见了太子、茶王跟沈大人说话。

"我在看他们的关系到底是怎么样的，在想明天要怎么找麻烦呀。"

这一下倒是让库哈不甚清楚，他本来觉得宴会上的公主才像原来的样子，还暗暗庆幸公主终于找回了自己。

但现在，眼前的公主好像又变了。

雪狐的被单、艳而不妖的经幡，以及提雅要的点心，一刻不迟地出现在房间里，提雅露出满意的笑容。

沈叶正准备松口气，提雅就跟催命似的提起："昨夜的宴会上，陛下说让我多多感受大骁风采，我可是激动得一晚没睡好，心中很好奇沈大人会作何安排。现下看到沈大人将我交托的事情办得这么好，我心中便更加期待，不知道沈大人能不能先透露一下？"

说着说着，提雅就拉起沈叶的手，看样子是撒娇。

沈叶想到提雅昨天表现出来的脾气。

安排……

要是她不说，这公主可不得想尽办法逼迫？

原本她是想带着提雅去逛逛开济寺，这时候樱花开得正好，平平常常地带她走一遭就行。可她念着昨天兰贵妃所说，她若是这么规规矩矩，提雅必定要挑刺，借机发难到皇帝那儿告一状，岂不是坏了大事？

更何况，顾南衍也要来，沈叶觉得事情到这里已经给他带来了太多麻烦，她一定要把这件事办得漂漂亮亮，让他好好看看。

她昨天可是辗转反侧了一夜，这才想到了一个不错的办法。

沈叶正想着要如何跟提雅说，提雅倒是自己给了沈叶一个开头。她环顾一圈，发现顾袁不在："昨天那个小白脸……哦，不对，是茶王，他去哪里了？昨天陛下一直跟我夸他，说他有多厉害，本公主倒想看看他到底有多厉害。"

顾袁一大早就被沈叶派去安排提雅出门的事宜，沈叶便回答："正好，茶王殿下去为公主今天的行程做准备了，请公主换上大骁的衣服，这几日我们要游都城，带着公主体验真正的本土风情。"

沈叶此话一出，提雅眼睛都亮了起来。她二话没说，拿起侍女手上端着的衣服就进了里间。

比起提雅的兴奋，库哈冷静不少。

在都城四处乱转就意味着不能带太多人，安全问题就得不到保障。

可沈叶看起来完全不担心这个，她看见库哈疑惑的眼神，耐心地解释："因为裘祖的来访，最近都城涌进来不少富商，都是想看看别国风采，好寻找商机。咱们就可以扮作来都城的富商，提雅公主自然是富家小姐，我便是小姐的贴身侍女，就是委屈将军要扮演一下侍卫。当然，这一路上，茶王殿下也安排了暗卫。"

库哈听到这话，认同地点头。

随后，里面传来响动，提雅公主换好衣服出来，迫不及待地就准备出发。

她也听到了沈叶刚才讲的话，便笑着对库哈和沈叶说："小姐，侍卫，侍女……那我们出发吧。"

05

沈叶规划的第一站是大骁最繁华的尚商街，居住在这里的人都是极会做生意的小贩。她一直都觉得这就是现代的广场加小吃街，对提雅来说，应该就是比较新鲜的东西。

这心中话音还没落，提雅就跑到了一个捏泥人的摊子前，探头

探脑地询问摊主。

沈叶长舒了一口气。

反倒是边上的顾袁有些不满，小声嘟囔着："凭什么师父你是侍女，那个库哈是侍卫，我却是那个提雅的马夫？你看看我这个样子，贵气飘飘，能是个马夫？"

他越说越委屈，沈叶不禁想起刚刚在马车上，她给顾袁安排的角色是小姐居住在都城的表哥，可是提雅一口回绝，尤其是在看到顾南衍的侍卫边溪后，猜到顾南衍要来，她就要顾袁当这个马夫，而顾南衍才是远房表哥。

沈叶这边在安慰顾袁，身旁突然多了一道人影，正是顾南衍。

他把怀里准备好的东西递给沈叶："早上还有些事情处理，所以来晚了，想着你……们早上应该没吃东西，所以就准备了一些，先凑合一下。"

一股暖流涌上沈叶心头。

刹那间，两人交错的眼神中，异样的情愫正在涌动。

"啧啧啧，太子，哦不，表哥少爷，怕不是惦记我……们吧？"

顾袁在一旁打趣，惹得沈叶和顾南衍脸上微微泛出红晕，两人赶忙移开了交错的眼神。

沈叶嘴里还说着客气的话："多谢少爷，我们也不饿。"

谁知下一秒，提雅对泥人没了兴趣，跑回三人所在的地方。她闻到包袱里传来的清甜香，再加上听沈叶说饿，有些好奇里面是什么东西，便从沈叶手上拿走了包袱。

沈叶也不知道会有人来抢这个，下意识扯住。

包袱被扯开，里面精致的茶点散落了一地，突如其来的变故让在场所有人的笑容都凝固在脸上。

提雅知道是自己不对，但还是态度强硬，一副跟自己没关系的样子："是她自己没拿好，而且我就是拿来看看，又不是抢，她还夺，这不就是觉得我在抢？"

话说到最后，她反倒还觉得沈叶不大气。

顾衷更是气上心头，出声怼提雅："抢？这东西有什么稀奇的？我师父才不会好奇，都见过百八十回了。那你为什么好奇，是不是因为……"

他最后一句话被顾南衍出声止住："顾衷。"

声音不轻不重，却自带一股威严，让人心里不自觉提起一口气。

顾南衍扫了一眼提雅，语气坚定："你是我们家的客人，她不会跟你抢东西，东西掉了，应当是你不小心没有拿稳。"

顾南衍的眼神太过凌厉，让库哈都提起注意，站在提雅身边保护她。

沈叶可不想因为一个小小的包袱引发这么多人之间的矛盾，正准备打圆场的时候，提雅却跟变了一个人一样，眼神瞬间乖巧起来，而且她也不反驳顾南衍说的话："既然是表哥说的，那肯定就是对的，确实是我没拿稳。"

这态度着实让沈叶有些吃惊，但她也仔细观察了，提雅公主的乖巧不是缘于好感，而是怕顾南衍。

怎么回事？这个提雅公主昨天在宴会上对皇帝都没有害怕，为什么会害怕顾南衍？

沈叶心头涌出许多问题。

而顾南衍这边，许是看见提雅已经认错，便把目光全部移回到沈叶身上。他用同提雅说话完全不一样的语气慢慢说道："没事，这些东西撒了就撒了，家里还有很多。"

沈叶点点头。

她觉得现在的气氛过于沉重，又赶忙对提雅说："小姐，前面还有卖糖人、面具、灯笼的地方，都很有趣。"

果不其然，提雅来了兴趣，赶紧跑去前面。沈叶和顾南衍等人也一起跟上去。

趁着沈叶跟顾南衍有点距离的时候，顾衷突然靠近，附在沈叶的耳边，说："这个提雅就是只服太子哥哥，昨天我们单独觐见的时候，父皇不爱听她说话，劝她住口她都不愿意，还是太子哥哥一

句话，她才没再开口。"

可能是害怕沈叶误会，顾衷又悄悄加了一句："她就是吃硬不吃软的那种。"

顾衷的解释显然是有些多余，沈叶压根没往奇怪的方向想。

一眨眼的工夫，提雅就已经买了七八个糖人、八九个面具，以及无数个这样那样的小玩具，吃的东西也是吃着碗里的看着锅里的，库哈的手都没办法拿了，自然要求助顾南衍等人。

顾南衍怎么可能去干这种事情，他还顺便说沈叶一个女孩子提不动这么重的东西。

"身为一个男人，就得主动承担起自己身上的担子。"这句话说完，顾衷就"光荣"地成了那个拎包带路的人，他还自觉得到了哥哥的认可。

繁华的大街上，他们几个人的身影穿梭其中，有说有笑。

提雅许是逛累了，冲进了一家酒楼。

老板见几人穿着贵气，本想引他们上楼上的厢房，可提雅一口回绝，找了张桌子坐下："坐楼上吃有什么意思，吃饭当然是要大家一起才热闹。"

沈叶同顾南衍对视一眼，彼此确认了一下，虽然这里鱼龙混杂，但有暗卫在，不必太过担心。

按照角色，沈叶、顾衷，还有库哈是下人，那就应该站在一边看着他们吃饭。

沈叶带着不情不愿的顾衷正准备抬脚，顾南衍抬手敲了敲右边的一个位子："既然喜欢热闹，那就不用拘泥于家里的规矩，大家都坐下来。"

也没等提雅说不好，他就点着沈叶让她坐到他旁边。

沈叶能感受到提雅的目光在她身上停留了些许时间。

老板很快就将热腾腾的饭菜端了上来。闻着香气，沈叶的肚子不争气地"咕咕"起来，她还忍不住咽了咽口水。还好这声音被邻桌交谈的声音给盖过，她用余光偷偷瞄了一眼顾南衍，发现他并没有什么异样，应该是没听到，便放心地松了口气。

眼尖的老板似乎看出几人身份不凡，点菜的时候提雅表现得最为期待，上菜的时候他就一个劲儿地往提雅那边靠，落在沈叶这边的就只有几个凉菜。

要搁在太子府，沈叶就当在家里吃饭一样，如果有够不到的东西，那就是站得不够高。

但现在，沈叶可不敢站起来。

就在她认命准备吃这几个凉菜填填肚子时，顾南衍伸手招了招店小二："给我再来一份奶汁鱼片，红梅珠香……"他一连说了好几个菜名。

店小二有些蒙了，不禁好意提醒："客官，您点的菜已经都上齐了。"

其余的几个人也都点头，告诉顾南衍不用再点。

"点吧，我想吃，反正人多。"

顾南衍这般说，店小二也就照着吩咐去传菜了。

等到菜上来了，顾南衍又在店小二放好菜以后，偷偷往沈叶那边移动了点。

这下，沈叶明白了。

顾南衍是在帮她点菜，点的还都是她喜欢的。她的表情和动作瞬间就变得不自然，一会儿想着顾南衍肯定是听到她肚子响，这也太丢脸了，一会儿又因为他在照顾自己而感到开心。

为了掩盖自己的情绪，沈叶就只能一直埋头吃饭。

提雅见顾南衍点了一大堆菜，却不动筷子，只有沈叶在吃，倒是开始注意起来。她眼睛滴溜一转，突然想到了什么，偏偏装作什么都不懂的样子，还抱怨一般地说道："表哥确实对沈大……她不一般，我不过是弄掉了几个糕点，你那语气就像是我浪费了多么金贵的东西一样。现下她想吃，你却不怕浪费这么多东西。"

沈叶听到这话，疯狂地给顾袁使眼色，希望他能够出面缓解这

191

尴尬的局面。

可顾袁正想看一场好戏，直接豁了出去，再添油加醋一把："对啊，表少爷为什么对她这么好呢？"

最终，顾南衍的目光投向沈叶，看着她碗里堆积得算不上少的食物，慢慢说道："沈侍女操劳一天，辛苦了，多吃点是应该的。再说了，在家中她就很能吃，这些点给她不算浪费。"

很能吃？

沈叶不禁看了看自己，这不是细胳膊细腿、小脸蛋吗？怎么把她说得跟能吃下一头牛一样？

再说，她那一次在家里……好吧，有些时候她确实吃得有点多。

"真的？"这句话是顾袁问的。

顾南衍点了点头，表示回应。

而沈叶埋头在吃碗里的食物，纵使她心里不愿意，但也只能哑巴吃黄连，反正她也确实饿了。

提雅自知再问下去也只是自讨没趣，也就不纠结这些事情了。

忽然，一阵乐声引起众人的注意，只见阁楼上出现一群乐妓和一位穿着华贵的男人。

那男人开口说话的同时，乐声戛然而止。

"诸位，相逢就是有缘，再过三日便是乞巧节，都说乞巧节是女子寻觅郎君的日子，我可是年年寻觅佳婿，可惜缘分始终不到，没想到今日这缘分来了，竟是让小女蒋予觅到如意郎君，把婚事定了下来。今日我来喝酒，那是越想越高兴，自是要和全城的人一起分享这么大的喜事。

"自今日起，我在城外蒋家别院设宴，一直到乞巧节过，欢迎各位共饮。

"若能帮谁成就一桩姻缘，还是我的福事一桩。"

蒋予，沈叶觉得这个名字还挺熟悉的，好像在哪里听过。

边上的顾南衍出声："皇商蒋家，是都城的第一大富商，他的女儿蒋予也是难得的才女，几年前就已经到了出嫁年纪，却一直没能找到心仪之人。没想到如今遇到了今朝探花郎，才子佳人也算是一段佳话。"

沈叶边听边点头，不过很快她也意识到不对劲，顾南衍不像是八卦的人，怎么知道得这么清楚？她一时嘴快也就问了出来："少爷平时不是不喜欢听这些事情吗？"

顾南衍怕也是一时嘴快，马上答了出来："你不是挺想知道的吗？"

这句话又开始惹得沈叶想入非非。

一声重重的拍桌声响起，提雅开口："都说你们大骁人婚礼仪式繁杂，要什么三书六聘，不像我们裘祖只需要向父母、天地证明即可。我一直好奇，没遇上就算了，既然遇见了我肯定要去看看。"提雅喜形于色，还越说越兴奋，"说不定我也能碰到一个自己喜欢的人。"

库哈被吓得连忙说："公主不可，在裘祖可是……"他突然停顿了一下，"要有我王的见证，您才能缔结良缘，肯定不是这么随便的。"

在一旁的沈叶将两人的表情全都收入眼中，库哈的惊讶是没什么奇怪，甚至连停顿都不奇怪，但提雅在听到库哈的话时，眼中明显有厌恶、抗拒，甚至是为难和悲伤的情绪，这就显得很奇怪了。

若是因为要裘祖王的见证，提雅必定不会是这个神情。

这其中一定是有猫腻。

如果说先前是一个大谜团，那现在发生的一切又像是一层一层的雾。

沈叶不知道自己面前的路到底是宽阔大路，还是万丈悬崖，不知道自己下一秒是平安无事，还是粉身碎骨。

但她必须要硬着头皮走下去！

"小姐，蒋老爷也不是这几天就办婚礼，只是说为了庆祝请大家喝酒。我们接下来还有不少地方要去，肯定比这个别院精彩。"

顾袁只是明白其中的不妥当，劝说提雅，"后面的肯定会比这个好看，不会让你失望。"

可这劝说却换来了提雅的不高兴。

许是因为顾南衍在场，她没有之前那股跋扈劲，但话语里还是表达出自己非去不可的意思："虽说没有婚礼，但肯定有不少人，那么热闹的场面也值得我去看一看。而且你们说带我体验风土人情，不应该是我想看什么就看什么吗？"

顾袁哑口无言，沈叶倒想站出来，她觉得这蒋家别院是一定要去的。

既然看出提雅有鬼，而这个鬼很有可能就是她一直在查的那个人，那就要趁这个机会把鬼抓出来。

可她若是现在就这样做，太明显了，怕会引起提雅的怀疑。

僵持之时，顾南衍倒是出来成为那个一锤定音的人："想去？可以。"他同时还给了沈叶一个眼神，虽然只是一瞬，但沈叶还是明白了他想说的是什么。他是故意的，他也想到了利用提雅引出背后人的办法。

一行人吃完走出酒楼，顾南衍凑到沈叶身边，轻声说："提雅公主对我的态度，以及她对别人的态度太过奇怪，这当中必有鬼，我们大可以顺着她，看看她到底要干什么。"

沈叶不知道打哪儿来的自信，觉得她跟顾南衍配合起来就是天下无敌，于是朝顾南衍微微一笑，点头认同。

夕阳西下，天边出现火红的晚霞，一群大雁在天空盘旋，不少人驻足观看。

顾袁率先发现，招呼大家看。

沈叶被吸引住，看得目不转睛。她突然想，若是时间能永远停在这一刻该有多好，就这么看着彼此笑，不去想幕后黑手，也不用去想那些钩心斗角的东西。

他们要是能够一直看着这美好的景色，该有多好。

顾南衍欣赏过晚霞，便转头看着沈叶，目光温柔而专注。

06

乞巧节当天一大清早，提雅就对外宣称今天自己生病，不见人。着实是因为从酒楼回来后的这几天见的人太多，什么喜欢裘祖民风的王爷、宫里的妃子，她每天见完回来都筋疲力尽。

她转头就来敲沈叶的房门，可怜兮兮地说："沈大人，蒋家宴会今天是最后一天了，带我去。"

虽说还是有命令的意思，可那气焰确实消了不少。

果然，还得是顾南衍。

这些安排不只是让沈叶好好休息了一番，还压了压提雅的脾气。

沈叶一边在心里认可顾南衍，一边跟提雅说："公主不用担心，今日是乞巧节，人人都忙过节，想必那别院也没有太多人，我们可以去参加，但是请公主一定要跟好我们，不能乱跑。"

提雅乖乖点头。

为了安全，他们这次出门还是沿用了上次的身份。

沈叶跟顾南衍说好了在蒋家别院见，但最后出门的时候，他还是来了驿站。他今天穿的是极为低调的灰色，可惜这人长得张扬，怎么也无法低调，反倒衬得他俊秀清逸。

沈叶匆匆瞥了一眼就赶忙低下头，怕人发现她此刻的不对劲，但还是控制不住地偷偷瞄了几眼。

如此一来，她又怎么藏得住？

上车的时候，提雅突然靠了过来，压低声音："你干吗不敢看太子殿下？你是不是也被他凶了？不对，他对你格外不一样，温柔得很，怎么会凶你？"

没等沈叶回答，提雅就被顾衮请走了。

顾衮不停催促着快点出门，不然就赶不上灯会了。

沈叶也是刚才收到的消息，蒋家在今天的宴会中加入了一场灯会，会展示他们从各地搜罗来的精美灯笼。原本沈叶也是很期待的，可现在马车飞驰颠簸，她脑子里想的全是提雅刚刚说的话。

她想着这些天和顾南衍相处的点滴，寻找那些蛛丝马迹来证明某些东西。

至于是证明哪些东西，沈叶自己也不知道。

或许是因为灯会，抑或是因为这是蒋家宴会的最后一天，人出乎意料的多。沈叶下马车的时候，差点被人撞倒。

幸好顾南衍眼疾手快地扶了一把："怎么还像个孩子一样，站都站不稳？你还是跟紧我。"

沈叶有些不服气地反驳："什么小孩，我今天可是有保护公主的重任。再说了，刚刚是有人撞我，我又不是傻子，你身后肯定安全。"

逆光中，沈叶瞧见顾南衍笑了一下。

"好，我知道了。"他嘴角有掩饰不住的宠溺，而后又嘱咐了一句，"提雅有库哈，还有边溪在暗中看着，不用你操心，万一有什么事情，你别出头，往我身后躲就好了。"

顾南衍的眼神可没让沈叶有说不的机会，于是沈叶点了点头，迈出步子，乖乖跟在顾南衍身后。

炫目的灯笼让人应接不暇，提雅显得格外兴奋，要不是顾衰一个劲儿地拦着，沈叶觉得她能马上冲进去，然后消失在他们的视线里。

这边有顾衰在，不用担心。

都城里的高门贵女都不大会参加这种宴会，因此沈叶也不担心他们被人认出来，可还有一点……

她还没想完，事情就已经发生了。

顾南衍往那儿一站，就吸引了不少女子的目光，矜持一些的还只敢一动不动地盯着他，大胆的就已经凑了过来。

一会儿时间，他们便被人围得水泄不通，还把她跟顾南衍冲散了。

"这位公子你可愿意与我们共饮？"

"公子，共饮多没意思，我们一起共舞可好？"

"喝酒、跳舞多没意思，还是听我弹琴吧？"

你一句我一句吵得人头疼。

看着顾南衍渐渐发青的脸色，沈叶真怕他下一句就是"边溪，把这些人都给我赶走"。

顾衷和提雅是顾不上了，一个泥菩萨过江自身难保，一个只顾着看好戏。

沈叶也不知道哪里来的力气，越过重重人群，大喊道："公子，公子，我喝酒、跳舞、弹琴都会，你选我，我十项全能。"

所有人的目光都转移到了她身上，众人就看见刚刚还一脸冷漠的顾南衍突然笑了。他用手点了点沈叶的额头，意味不明地问："真的？什么都会？"

沈叶一愣，顾南衍怎么了？难道她想要救场的意图不明显？

在众目睽睽之下，沈叶也不好说悄悄话，只好硬着头皮上："对啊，我什么都会。"

见顾南衍答应，沈叶火速拉着他离开。虽然还是有很多目光往他们这边看，但总比被人围住好。

"就让提雅公主他们在那边，安全吗？"坐在一旁，沈叶看着提雅的动向，有些不放心问顾南衍。

可顾南衍竟然一手撑着下巴，眼神很是无辜，说："喝酒、跳舞、弹琴，你想先表演哪一个？"

什么？

沈叶一个也不想，给了顾南衍一个白眼。她刚想呛声，提雅就过来了："什么喝酒？我会喝。"二话不说，提雅拿起桌上的酒杯一饮而尽，喝完后还自豪地展示，"你看，我都喝完了。"一副娇憨的模样。

提雅说着又喝了几杯下去，笑得连眼睛都眯成了一条线："喝酒我肯定是第一。"

忽然，她往天边看去。

众人随着提雅指着的方向望过去，许多小光点出现，像是天灯，但等它飘近，人们才发现天灯上有图案。

忽远忽近，模模糊糊，加上昏黄的灯光，上面的图案就像是活了一样。

所有人的目光都被吸引了过去。

主人家有声音响起："此灯名为赐福灯，诸位对它许愿，日后一定会遇到自己的心上人。这可是我家主人特地去开济寺祈过福的，许愿时千万要诚心。"

不少人开始闭眼祈福，就连提雅和库哈都闭上了眼。

沈叶一个"万年单身狗"当然也想努力一把，正准备闭眼，边上的顾南衍拉住她："不用，这才是你的。"

顷刻，一大片更大的光点朝她而来。

随着灯笼越来越近，沈叶发现它们上面都有一个"叶"字。

"上次你说过，想要一盏属于自己的天灯，带来一点好运。"顾南衍靠近她，低声询问，"我想，这一片天灯应该也能给你带来一些好运吧！"

沈叶一阵鼻酸，她那时候说的话是为了缓解气氛，其实有一盏她就会很开心，但顾南衍给她准备了这么多。沈叶脑海里闪过很多很多的画面，有顾南衍帮她准备早点、为她准备满山的樱花，还有顾南衍在大殿上坚定地护住她的样子……

心跳一点点加快。

她看向顾南衍，却发现他也在看着自己。

顾南衍笑着问："有没有感觉到好运来了？"

原本闭眼的人们已经睁开眼睛，那些写满"叶"字的灯笼飘远了，大家只觉得天上的明灯好像多了些。

时间恰好，仿佛都是被人安排好了一样。

写满她名字的灯笼，只有她看到的灯笼，真真正正地只属于她一个人。

他们四目相对的时刻，沈叶想，如果时间能一直停在这一刻就好了。

她知道自己要证明的某些东西是什么了——她听见了此刻自己仿若擂鼓的心跳，感受到了自己无比澎湃的感情。她完全移不开目光，

198

她知道，她喜欢上了顾南衍。

无可避免，无可救药。

"顾……"

沈叶还没能把顾南衍的名字说完，一支穿云箭急速飞来，刚好擦过她的耳畔。咫尺的距离，一场赤裸裸的挑衅。

惊魂未定的时刻，各处屋檐上冒出好几个黑影，他们和黑夜融在一起，犹如催命罗刹，唯一能看见的，是他们手中闪着寒光的利刃。

黑衣人冲下来，喜悦的气氛瞬间被完全打破，人人顾着逃跑，场面乱成一团。

面对这样的场面，沈叶没有慌神，顾南衍之前就告诉过她，提雅在明知道局势不明朗的情况下执意来此，这个行为非常不对。他料想到这里会有事情发生，只是不太拿得准提雅在这件事情中扮演了什么角色，于是便将计就计，设下埋伏。

但两人看见提雅惊讶的状态，便知道她只是一颗棋子，并不是下棋人。

情况复杂了许多。

顾南衍察觉到沈叶的担心，又嘱咐了她一句："提雅那儿有边溪在，你躲到我的身后，紧紧跟着我。"

他的声音听起来一点也不慌张，如此看来，这一切还在他的掌握之中。沈叶像吃了一颗定心丸一样，双手抓紧顾南衍，躲在他背后。

重重人群之中，黑衣人还是准确地找到了顾南衍和沈叶。

刹那间，便有好几个人朝他们杀过来。

顾南衍身边并没有趁手的兵器，赤手空拳面对这些训练有素、杀伐果断的黑衣人实属困难。

眼看着人就要到跟前，顾南衍抱起沈叶，纵身一跃跳上房顶。与此同时，边溪的声音在不远处响起："主子，剑。"

那把剑在空中翻了个身，稳稳当当地落在顾南衍手里。

沈叶完全相信顾南衍的武力值，特别是他拿到剑以后。

她再看了一眼提雅那边，有边溪和库哈将军，加之提雅本身也

会些武功，需要完全保护的，也只有顾衷一人，而且黑衣人对他们的攻势不重。倒是自己这边……越来越多的人往这边来。

看这架势，黑衣人根本就不是冲着提雅来的，而是……

沈叶思考之间，顾南衍面对越来越多的黑衣人，再加上要保护沈叶，略有些吃力。

好几次，那刀就差点要落到他身上，看得沈叶胆战心惊。

在顾南衍没注意的时候，侧面来的一把刀朝着他就要砍下，沈叶猛地撒手冲出去。

刹那间，顾南衍感受到沈叶的动作，立马做出反应，回头扯了她一把，刀在沈叶的手臂上留下一个鲜红的口子。

他一剑刺穿那黑衣人的身体。

沈叶感觉到顾南衍的眼神变了。

下一秒，他冷冰冰的声音响起："收网。"

07

又一群穿着黑衣服的人从各处进来，沈叶从他们鞋子上的图案知道这些都是太子府的人。

刀光剑影之中，黑衣人节节败退，冲劲也不似之前。而且别院里的人群已经散去，他们不能趁乱逃走，倒有种让太子府的人瓮中捉鳖的味道。

局势被控制住，顾南衍把目光转向沈叶受伤的手臂。

"来的时候我就已经告诉你，无论发生什么，都要躲在我的身后。"他的语气不是责备也不是怪罪，反而像是撒娇，就好像在说"你为什么不听我的话啊"。

沈叶一时晕头转向，只想快点转移这个话题，忙说："我没什么事情。快去看看提雅，她要是出了事就糟糕了。"

人群似鸟兽散开的时候碰倒了不少灯笼，燃烧的声音噼里啪啦，沈叶不知道自己是不是幻听了，她竟然听见顾南衍说了一句："我真是永远拿你没办法。"

如果真的是这句话……

沈叶心里有种压抑不了的开心。

边溪带着顾袁、提雅和库哈将军找了一个清静的地方，沈叶跟着顾南衍收拾残局，等忙完就过去找他们。

和从前一样，那些刺客身上有神云军的令牌，使用的箭矢也都有神云军的标志，甚至跟顾南衍对上的那几招，用的也是神云军的招式。

剩下的突破口就只有提雅了。

但是谁也没想到，这顿收拾就是快一个时辰。

顾袁看到沈叶来了，忍不住抱怨了一句："提雅和那个将军都在里面等你去问话，你们要是再不来，我们都要变成人干了。"

沈叶只能露出尴尬的笑容。

本来他们让暗卫将活着的刺客送回太子府就可以过来了，但顾南衍忽然抓住沈叶，指着她手臂上的伤："请个大夫来，她的伤需要马上处理。"

沈叶觉得没什么事："这伤没……"

她才说了三个字就被顾南衍堵住了嘴："伤无大小，万一这伤只是看着不严重，但其实会影响五脏六腑，抑或邪风入侵，那可就不是小事了。"

愣是耽误了时辰。

顾南衍回了顾袁一句："你师父受伤了。"他又顺手挡住冲进来察看的顾袁，"但我已经及时处理了，没大事了。"

那有点傲娇的语气……沈叶感觉他不是在解释，而是在求表扬——瞧我干得多好。

她到底是没敢把高兴表现出来，收了收情绪，推门进去。

"提雅公主，事情到了今天这步，我想你该跟我们说真话了。"

经历过一番厮杀，提雅的脸上有不少血污，神色更像是惊魂未定。

库哈将军身上有不少伤，虽说已经简单处理，但看起来还是尤

其狼狈。听到沈叶说的话，他瞪大了眼睛，一脸疑惑的样子："公主？您做了什么？"

"库哈，闭嘴！"提雅有些气急败坏。

沈叶看这情况，库哈竟然是不知情，那证明裘祖王大概也不知道这件事情。先前有消息传来，裘祖王是拗不过女儿的要求，才允诺了提雅公主前来，沈叶更加觉得大有蹊跷，必须要弄清楚。

她见提雅有所防备的样子，便想着把自己说服的筹码加大些。毕竟，一个再好的说辞都比不上一点好处诱惑大。

何况，她这也不是一点两点的好处。

开口前，沈叶瞧了一眼顾南衍。就是这一瞬，顾南衍便将她的心思猜了个七八分，轻轻点头，示意她放心大胆地说。

"公主，事情既然已经到了这份上，我便明人不说暗话了。你做到这一步，想必联系你的人定是给了什么丰厚的条件。让我猜猜，是钱、土地、马匹、兵器，还是……这次裘祖的通商主导权？"

提雅细微的表情变化全落在沈叶眼中，听到"主导权"的时候，她的眼睛明显亮了。

掌握通商主导权就意味着把控全局，完全是得利一方。

要按照以前的国力，这主导权自然是落在战乱较少、兵力尚算充沛的裘祖，可自从大骁平定战乱后，国力昌盛，这主导权便有了说法。

若是有人用这个作为诱惑条件，也难怪提雅会为之冒险。

沈叶接着说道："提雅公主，两国通商是一件多大的事情？除了需要两国国主共同努力，还需要成千上万的官员为之奔波，你为什么会相信一个不知道从哪里冒出来的人许诺的这个主导权呢？"

"而且，我看库哈将军也不知道这事，那证明裘祖王应该也是不知的。今天那些黑衣人来势汹汹，对付的可不是公主，而是太子殿下啊。"说到这里，沈叶故意将声音提高了些，"提雅公主不妨猜猜，那人到底是想帮助裘祖得到这个主导权，还是想除掉太子，再将这罪过推给裘祖？"

她看见提雅越皱越紧的眉头，心下一定。

"提雅公主，你不如跟我们合作，将那人如何联系你、如何取得你信任的事情说出来。

"我们虽然不会让出主导权，但可以适度给裘祖一些让利。比如你们一直想要的桑蚕技术，我们可以派人去教导。

"若是提雅公主不答应，我大可以将今天的事情一字不落地上报，尤其说明是公主执意前来，导致大骁太子深陷困境。若我们以此为由，在通商上要求裘祖让利给我们也是可以的。"

这番话引起了提雅的怒气："你们……你们欺人太甚！"

沈叶脸上出现一抹无奈的笑容："对于我和太子殿下来说，无论选择什么，都是有利的。可是公主就不一样了，刚刚我也分析了你们现在的处境。确实，我可以告诉大骁皇帝，争取现在的利益，但我们想的都是长远，起码是想要让子民们安安稳稳地过下去。"

顿了顿，她笃定地说："有着共同目标的我们，才应该是盟友。"

许是之前的上当让提雅多了防备心，她考虑了许久才开口："你真的能答应给我桑蚕技术？不会骗我？"

"自然。"

就像沈叶说的一样，若是她上报，虽然能让大骁在短时间内获得利益，但是从长远角度来看，裘祖一直吃亏，这买卖一定不会长久，搞不好双方还成了敌人。这就跟顾南衍当初想要促成两国友好交往、互惠互利的想法背道而驰了。

沈叶相信提雅是聪明人，不会选择不合作。

不出所料，经过漫长的思索，提雅终于点了头："沈大人，我想大骁皇帝对你的评价还不够准确，你不只是一位能观测天相的奇人，还是一位善于探测人心的奇人。你若是能为我裘祖……"她看了眼顾南衍，"罢了，你不会是裘祖的人。

"我和那人从未见过面，只通过一个小婢女联系。起初他只是在我宫殿里留下了一封信，他似乎对我很了解，但那时大骁决定跟裘祖通商的消息连个影子都没有，我是绝不可能信的，直到……那

人竟然给我了一份大骁会在通商时提出的文书。

"就是那么恰好，大骁要跟裘祖通商的密书来了。我知道父王宠我，便借着看父王的时间，将那文书浏览了一遍，桩桩件件竟然全都对上了，我没法不信。"提雅长叹了口气，"我按照他的第一个要求，求着父皇让我来到大骁，之后便是天天找沈大人麻烦，最后便是将你们引到这里来。

"我不是没想过会发生意外，但我想最多也就是来刺杀我。若是我死了，于情于理都是大骁保护不周，裘祖不就更有底气拿到通商权了吗？那我也算死得其所。但没想到他们竟然是想要利用我……我差点就成了整个裘祖的罪人，真是好笑！

"沈大人，太子殿下，你们真的会答应刚才说的那些吗？"提雅再一次确认。

"当然。"

"当然。"

两道声音不约而同地响起。

沈叶不由得将目光转向顾南衍。而原本若有所思地看着提雅的顾南衍，竟然也突然转向看沈叶。

眼神碰撞的那一刻，沈叶心头一热。

忽然，库哈阳刚的声音打破了这悄悄蔓延开来的暧昧："是属下无能，辜负了王上的信任，不仅没有保护好公主殿下，还让奸人迷惑公主。回到裘祖之后，我会向王上请求处罚。"

原本在一边冷了半天，没插上一句话的顾袁也找到了能插话的点，甚至没忍住自夸了一句："确实该罚，说话都没抓住好时机。"

他说完，还不忘朝顾南衍和沈叶眨眨眼。

五大三粗的库哈哪里能明白什么，露出无辜的眼神，问："茶王殿下，我的话可是有什么地方不妥？"他挠挠头，确实是什么都不知道。

或许是先前的紧张将这一刻的轻松衬托得更甚，惹得顾袁发笑，提雅也露出了微笑，甚至顾南衍脸上都出现了点点红晕，嘴边好似挂着浅笑。

看到这一幕的沈叶忽然有些恍神。

也就是在这一瞬，她脑海中响起了一道声音。

只是那声音一晃而过，她还没能做出反应。

她愣了好一会儿，这才记起这道声音很熟悉，她听过的，是在她最初来到这个世界时听到的。

但说的是什么，沈叶却听得不是那么真切。

众人在一起笑开，沈叶的笑容里却夹杂着几分抹不开的哀愁。

|第七章
漫画世界与幕后黑手|

01

提雅回去找那个婢女，却发现她已经不见踪影，唯一留下的只有那些来往的书信。

书信大可以找人代笔，所以沈叶不打算从字迹上去做研究，她反而想查一查这纸的来源。这是都城独有的名纸，且只在都城售卖，不说一张纸值千金，至少也能顶一户普通人家半年的开销。

而且书信还有一个比较明显的疑点，就是他们在裘祖通信的纸张上没有香味，而提雅来到大骁之后写的书信上竟然有一种特殊的香味。

沈叶循着香味去查了，却没有得到任何结果。

她只能猜想大概是提雅所在的环境发生了变化，抑或幕后黑手其实是两个人。

　　不过也不能说是毫无线索，沈叶起码知道了这个人是朝中人。她之前怀疑过会不会是神云军里出了叛徒，但是神云军自战乱结束后就被调离了都城，戍守边关，并没有人在这里，更不会有机会买到都城的名纸。就算有人偷偷潜了回来，也不可能有机会接触到朝中的机密文件。

　　沈叶认真审问过那些黑衣刺客，他们不是说顾南衍该死，就是说自己什么都不知道，完全问不出任何答案。

　　这些让沈叶忙得昏天黑地，很是劳心。

　　有一次，她在桌案前看那些书信，太累了便没撑住，睡着了。等她醒来时却发现自己躺在床上，鞋还整齐地摆放在床边。

　　一问，没有人来过。

　　沈叶只能认为是自己已经累到了梦游的程度。

　　可她有不能停下来的理由。

　　顾袁见自己没办法劝说沈叶放下，就只能帮着管提雅的事情。他不仅安排了提雅的衣食住行，还帮着应付皇帝的日常问询，可谓是滴水不漏。

　　在不知不觉中，顾袁也改变了，变成了能独当一面的大人。

　　湛蓝的天空染上了一丝金边，和煦的阳光照得人犯懒。本该是极为适合出去走走的天气，沈叶却仍和平常一样埋在书信里观察。她的早饭午饭只是随便对付了几口，脸上的疲态已经到了掩饰不住的地步。

　　她实在有些累了，便想要伸个懒腰活动一下身体。

　　可刚伸出手，她就觉得眼前一黑，人向后倒去。下一秒，她落进一个暖暖的、带着香气的怀抱，独特的墨香让她昏沉的脑袋变得清醒。

　　沈叶挣扎着睁开双眼，映入眼帘的便是顾南衍的脸庞，传入耳

朵里的也是他低沉又好听的声音："这次查不出就算了，以后还会有机会的，听话。"

原本她应该马上就离开这个怀抱，可是现在她已经有了别的想法，就格外依赖这个怀抱，甚至有种就这样，不愿再醒来的感觉。

可世上哪有永远不醒的梦？

沈叶很清楚她为什么要铤而走险非得配合提雅，如今又为何一定要追查下去，皆是因为那个日子要到了。

漫画只画到了裘祖公主回家那天，在为她祈福平安的典礼上，顾南衍作为仪式的主理人，一步步登上众人瞩目的高台，登上葬送他性命的高台。

这件事情就发生在一个月之后。

沈叶原本以为这一次能抓住幕后之人，却没想到还是扑了空，所以她很担心，但她又不能将这份担心分享出去，只能拼命去查，让自己没有空闲时间，不去想那个画面。

现在，那个场景又一次在她的脑海中上演。

盛大的宴会，排列整齐的人群，一步步向高台走去的顾南衍，以及一道壮观的闪电硬生生划破了那一时刻的宁静，台下的所有人惊慌失措、神色恐怖。

那一道惊雷过后，顾南衍直挺挺地倒在庄严肃穆的高台上，华丽的袍子在那一刻失去了所有颜色。

这些画面刺痛着沈叶的神经，她脸上露出一丝狰狞。

顾南衍看到沈叶的神色变化，轻轻拉过她的手。在提雅说婢女找不到之后，他就感觉到了沈叶的不对劲。她失望的情绪太浓了，原本顾南衍以为她是期望太大了，可在这一刻，他有种沈叶在孤注一掷的感觉。

于是，他把桌子上的东西全都堆到另一边。

"沈叶，我答应你追查这个东西，是因为比起在外面，你待在太子府里，我能更好地保护你的安全，而不是要你赔上自己的性命。"他刚刚是有些责备又有些生气的语气，但下一句话他又是在叮嘱、在请求，更多的是温情和心疼，"所以，你记住，在事情面前，永远都是人更重要，永远都是这样。"

永远都是人更重要……

沈叶在心里不断重复这句话。

这会儿进来的边溪也说了一句："沈侍卫，你都不知道主子每天晚上都来看你，还是悄悄的，有次……"

"边溪！"顾南衍止住了边溪的话。

不过，说到这里，沈叶也明白了，原来那天晚上不是自己梦游，而是顾南衍来过。

她心底涌出的一股暖流倒是冲散了不少紧张的情绪。

或许是看沈叶表情缓和不少，顾南衍又说："那你能告诉我，你现在这么执着的原因吗？"

沈叶不敢对上顾南衍的眼神。

她怎么可能忍心告诉他，他所在的世界都是假的，甚至他的存在都是假的。

"还能，还能……是什么原因……不就是担心太子殿下，不就是……想邀功吗？"

沈叶吞吞吐吐的话加上躲避的眼神，一听就知道这是谎言。

"沈叶，你能不能……"

顾南衍的话被一阵急促的脚步声打断。

顾衷跑得气喘吁吁，上气不接下气地冲进来。

他什么也没管，脸上全是慌乱："太子哥哥，师父，大事不好了，裘祖那边传来消息，说裘祖王思女心切，请求父皇派人将提雅送回去，而库哈将军继续留在这里将通商的事情商议完成，父皇刚刚召提雅进宫说了这件事情。这下我们该怎么办？"

顾衷的这个"怎么办"问的是沈叶，他们原本还商量着用提雅设个局，引幕后黑手出来。

可沈叶听到这个消息，嘴唇发抖，脸色瞬间煞白："怎么办？我该怎么办？"

知道顾袁一时不太懂自己的意思，沈叶便试探地问："那，是不是没有什么欢送仪式，是不是不会那么张扬？"

这样的侥幸心理，在下一刻全部被破坏。

"父皇已经吩咐我，为了表示我们的诚意，要为公主举行一个欢送宴会，还有祈福仪式。欢送宴会由我来安排，祈福仪式由太子殿下和师父一起完成。"

沈叶险些没有稳住，顾南衍抓住她的手臂，因此也能清楚地感受到她此刻的颤抖。

她是因为害怕什么才颤抖？

沈叶嘴里还不断重复着："怎么会？怎么会？怎么会提前这么早？"

"沈叶，沈叶。"顾南衍喊了好几声，沈叶都没有反应。

他知道，一定是发生了什么，他必须要搞清楚原因。

顾南衍吩咐边溪把顾袁劝了出去。

02

房间里只有他们，顾南衍再一次靠近沈叶，发现她的眼睛红了。

沈叶死死抓住顾南衍，一些话从她的嘴里一个字一个字地往外冒："顾南衍，我们还有预知对不对？你能不能不要问我为什么，我们能不能预知一次？就这一次，我发誓这是最后一次。你说这些对我可能有影响，我敢保证真的不会，它真的不会，但是这一次对我来说真的很重要。"

她说到最后竟然带上了哭腔。

顾南衍知道预知需要他们越来越亲密后，就已经不想再使用这些东西了。他深知得到什么就要付出什么的道理，万一预知存在什么隐藏条件，会对沈叶有不好的影响怎么办？

因此，他拒绝了很多次沈叶想要再一次得到预知的要求。

顾南衍看着沈叶："沈叶，你看着我，你怎么能绝对保证？沈叶，你告诉我到底发生了什么，到底出了什么事情，好不好？我说过，无论怎么样，人最重要。如果你没听明白这句话，那我再说一次。不管发生什么，我都要你好，而且是只要你好。"

顾南衍的那份镇定确实影响了沈叶，但她更加知道这件事不能说出去。

她摇了摇头，依旧说着："我现在最希望的，就是得到预知。"

沈叶的苦苦哀求让顾南衍既担心又害怕，他担心是因为沈叶现在的样子，害怕是因为他有种快要失去沈叶的感觉。再一次开口时，他的语气就变成了请求："沈叶，以前我因为各种各样的原因不肯信任别人，甚至还偏执地认为这世界上没有人值得信任。可后来我发现，只要我踏出那一步，就可以获得别人的真心。沈叶，你不是恰好出现的人，而是教会我这个道理的人。

"沈叶，我比你想象的还信任你，我不怕风险，也愿意去承担这一切，所以你不用怕。你也说过的，你相信我，我不傻，我知道有些事情你在骗我，但你说的有些话，肯定也不是假话对不对？那你能不能告诉我，到底发生了什么？我们可以一起面对的。

"沈叶，我其实……刚刚想说的是，你能不能别再骗我了？"

顾南衍低到尘埃里的样子让沈叶心疼，他的话也像是钥匙一样，打开了沈叶紧闭的心门。

她抬头看顾南衍的瞬间，有滴泪水从她眼角滑落。

顾南衍看到了，用手轻轻帮她擦掉，像是安慰，又像是给予她说下去的信心："真的，你什么都可以跟我说的。"

片刻后，沈叶带着哭腔的声音在房间里响起。

"其实我压根不是这个世界的人！我来自另一个世界……在我们那个世界有本漫画，就像这边的书一样，记载了一个故事……那本漫画它……上面的故事就是这个世界发生的一切，就是那里面的角色和这里的人都是相同的名字、相同的经历……我的意思是……上面记载的事情也没有全都发生……我就是因为不让有些事情发生才来的……"

沈叶自己都觉得她所说的话毫无逻辑、毫无条理。

　　她停顿了很久才再一次开口："我的意思是，在我的世界里有一本漫画，里面的故事写的就是你现在经历的事情，而我看了这本书，意外来到了这里，所以……"

　　在最后说到结论的时候，沈叶停住了。

　　顾南衍却将这一切接着说了下去："你是想说，我是你世界里的一本书中的一个人物，大骁也不存在，我们都不存在，这里的一切都是假的，而你来自另外一个世界，你的世界才是真实存在的。"

　　顾南衍的聪明足以让他从沈叶那些支离破碎的话中，将真相全都拼凑完整。

　　他的语气听上去有些不可置信。

　　沈叶很艰难、很艰难地点了点头。

　　房间里安静了很长的时间，沈叶无比自责，她想了很多话，很多安慰顾南衍的话，可她没办法说出口。

　　顾南衍说过，不要再骗他。

　　他脸上满是落寞的表情，就像是一把利刃刺进了沈叶的心里。

　　过了好久，顾南衍的声音响起："那你说过，你是因为我才来到这个世界的。这个是真的？你没有骗我？"

　　沈叶没有任何犹豫，回答："是的，这个我从来没有骗过你，我就是为了你才来到这里的。所以，预知能力应该就是我能够带给你的帮助。你看我到现在为止都生龙活虎的，就证明这个真的不会对我有什么伤害。"

　　顾南衍嘴唇动了几下，呢喃："那也挺好的。"

　　顾南衍再一次开口："难怪你能知道洪水是什么时候，原来这一切都是安排好的。那这一次呢？是不是我又会出什么事情？"

　　事到如今，沈叶再隐瞒也没有什么意义了。

　　她将真相全部说了出来："是，这个漫画并没有完结，最后的结尾是……你在主持祈福仪式的时候遭受了天雷。可是，顾南衍，我来了，这些都是能改变的，真的能改变，我就是为了帮助你登上皇位才来的。之前我们不是也阻止了洪水，提前找到了那些官员吗？"

沈叶急急忙忙地向顾南衍解释，拼命在内心祈祷顾南衍认可自己所说的一切。

可是这一切换来了顾南衍脸上更为沉重的表情。

沈叶的心悬起来，她害怕顾南衍太过讶异，害怕他无法接受这一切。

"顾南衍，你不要去想这些东西都是假的，而且这一切真的能改变，我存在的意义不就是为了改变吗？而且在我这里，你从来都不是什么虚拟的纸片人，你真真实实存在于这里，就在这里。"

顾南衍盯着沈叶，落寞的神色变得严肃："所以，你还会回到你的世界，对不对？你会离开这里，所以之前你说的很多话都是在骗我。"

沈叶听得到他的质问中掺杂着更多的是失望和哀伤。

她清楚了，也许比起这个世界的真假、被天雷所害，顾南衍更加在乎的是她，在意她还会不会回到原来的世界，在乎她是不是在骗他。

长时间的沉默。

顾南衍靠得很近，沈叶看着他，脑子里有个想法油然而生。

她突然起身，在顾南衍的额头上亲了一下，跟只啄木鸟似的啄了一下。

顾南衍瞪大了眼睛，呆呆地愣在原地。

沈叶趁着这个时候问："怎么样？你有没有看到什么？"

顾南衍顿了会儿，又气又无奈。他本来还沉浸在沈叶骗他的生气中，这一下真的是……

"沈叶，你怎么就这么倔呢？况且这个方法我上次已经……"顾南衍立刻停住了自己的话。

本来还有点悲伤郁闷的气氛，突然变得奇妙起来。

沈叶看顾南衍的反应，确实不像是说假话，可他们从来没有试过这样啊，顾南衍怎么会说上次？

顾南衍自知解释不清楚，就想着逃避问题。

可沈叶直勾勾地看着他，追问："上次？顾南衍你是不是有什么事情瞒着我？"

面对这样的逼问，顾南衍意外选择了一个符合他霸道风格的做事方式——他铆着一股劲，朝沈叶靠了过去："想要预知，我给你，但是是以这种方式。"

最终还是害怕沈叶被这突如其来的吻吓到，他蜻蜓点水般在沈叶的唇上点了一下。

轻轻一点，顾南衍心里却已经地动山摇了，甚至还让他因为害羞想要赶紧站起来时打了一个趔趄。

也就是在这种心神全乱的时刻，他脑海里突然闪现几个画面。

祭祀，祈福，夏枝枝。

不对，是只有夏枝枝一个人，她手里还拿着什么东西，然后她换掉了顾南衍当天在祈福大典上要穿的衣服！

如此的画面，不难让人联想到是夏枝枝做了些什么，才导致了天雷的降临。顾南衍可不信天雷能那么不偏不倚地正好落在他的位置上。

因为那个吻而处于震惊状态的沈叶回过神，看到顾南衍的表情，立刻猜到预知出现了！

她赶忙问："你看到了什么？"

她如此着急的样子、如此急切的语气，也让顾南衍更加确定了内心的想法——他必须打消沈叶铤而走险的心思。

从这几次跟幕后黑手的交手来看，这个人对他的逼迫是越来越紧，敌意非常大，甚至连他身边的人都容不下，好几次想要置沈叶于死地。

这人还利用皇帝，利用裘祖，利用提雅。

顾南衍觉得这里面的水太深了，他必须快刀斩乱麻。

而沈叶现在的情绪……

顾南衍实在是想象不到，如果沈叶不能得到预知会做出什么傻事。可如果她得到预知，又会有怎样的打算？

他轻拍沈叶的肩，让她镇定下来："沈叶，看着我。"

沈叶听话地看着他。

"我不在乎这个世界是不是假的，我是不是假的，这些东西我都不在乎，我只想要赢。在预知里，我看到了天雷的事情跟夏枝枝有关系，所以我们一起处理。之前我们一起挺过了那么多，这次，我们也会一样平安度过的，你必须相信我。"

说到最后，顾南衍冷笑了一下："所以，沈叶，你不要再做什么无用的事情，也不要再骗我了，你的行为会让我觉得自己很可笑。"

沈叶望着顾南衍泛红的双眼，眼角有几滴滚烫的泪水滑过。

她想过，坦白这一切，顾南衍会生气，她愿意承受这一切。可有些话她还想要说，之前没能回答顾南衍的那个问题，她已经有了答案——她不想回去了，很早就已经不想回去了，她愿意留在这个世界。

沈叶张了张口，顾南衍却忽然起身，背过身去，走到门口，要离开的样子。

"你今天先好好休息，什么都不要想了。夏枝枝的事情，我们明天再同顾袁一道商量办法。"

沈叶想说的话还没开口，于是她起身追上去，拉住了顾南衍的一个袖子。

可顾南衍走得很干脆，竟是一个回头都没有。

她不知道的是，在踏出这扇门的时候，顾南衍心底轻声地呢喃：沈叶，你能不能因为我不回去，留在这个世界？

顾南衍知道这些话不能说出来，他不能以自己的意愿捆绑沈叶的人生，可他还是觉得遗憾，便只能在心里对自己说了出来。

03

"你们那天难不成还吵架了？"顾袁收到顾南衍的信，过来商量事情，就看见沈叶和顾南衍凝重的表情。

特别是顾南衍根本就不看沈叶，与之前眼睛就跟长在沈叶身上

一样完全不同。

很明显有问题。

他自然就想到那天自己被赶走后，两人在房间里肯定说了什么大事。

沈叶不自然的神情更加验证了顾袁的想法，他便准备劝一劝，没想到沈叶的回答就来了："没有。"简直心虚到没边了的表现。

再看顾南衍，他虽然什么都没有说，可皱起的眉头能夹死一只苍蝇。

顾袁轻"啧"了一声。

"师父，不是我说，太子哥哥对你可是非常不一般，我们所有人，包括提雅都能看得出来。他要是说了什么，那肯定不是真心话。"他转头又对顾南衍说，"太子哥哥，我师父什么样的你能不知道吗？她要是说了什么冲动的话，也肯定不是真心话。"

顾袁铁了心要当和事佬，啰唆了一通。

一直没看过彼此的两人，终于对上了一次眼神。

虽然短暂，但是有用。

沈叶主动出声："太子殿下，那我先来说说我的对策。"

顾南衍点头回答："好。"

见气氛有所缓和，顾袁也不揪着，毕竟还有重要的事情要商量。直觉告诉他，这是一件天大的事。

"长话短说，夏枝枝要在祈福典礼上动手脚，若我们就这么直接去跟陛下说，他肯定不信，而且还会对太子殿下产生更多的猜忌。夏枝枝身份特殊，我们没有办法直接拿下她，所以，我想的是埋伏她。你们都有各种要忙的事情，你们出手也比较招摇，这件事就交给我。在她动手的时候我将她扣下，等仪式结束，连同证据一起交给夏侯。"

"等一等。"出声的人是顾袁，"我不太明白，为什么是夏侯？我们不直接给父皇？"

顾袁的问题正好问在了点子上。

沈叶反复思考过，夏侯在朝中虽说没有实权，但在皇帝面前还是个说得上话的人。

若是这次能借夏枝枝的事情争取到夏侯的帮助，说不定能够减少皇帝对顾南衍的猜忌。而且，如果这件事情真的捅到了皇帝那里，才是最麻烦，因为有太多需要解释的东西，他们还没有找到真相。

"因为夏侯的身份特殊，我们需要一个能在父皇面前说得上话的盟友。再者，我们需要确定夏侯是否受了幕后黑手的指使。这既是示好，也是试探。"顾南衍解释道。

顾袁明白了，点了点头。

三人互相确定了一番没什么问题后，顾袁就准备放松心情，活跃一下气氛。

他得好好拉近顾南衍和沈叶的关系，毕竟这两人之间就差一层窗户纸了："你们怎么回事？明明是师父想的法子，太子哥哥却来解释。先前也是如此，你们一个眼神就知道彼此在想什么。这个默契，要是说没点什么东西，谁信啊？"

顾袁还拉上边溪一起，再添了把火："不只是我不信，边溪也不信，是不是？"

边溪慌慌张张地回答："啊，对对……茶王说得对……"

沈叶感觉耳根有点发热，在桌子底下的手不知该往哪里放。

她的心跳一点一点加快，小鹿乱撞般。她昨晚想了一夜，为了顾南衍，她是心甘情愿留在这里的。

沈叶抬头看了眼顾南衍，和他对上视线。

她心中冒起了一股冲动，她想将自己内心澎湃汹涌的想法告诉他。

沈叶有种莫名的预感，觉得顾南衍和她是存在着同样的感情。

可惜这预感在顾南衍说出"你们不要胡说，让别人听了反而误会，我们什么特殊关系也没有"这些话的时候，戛然而止。

他话语干净利落，也没有留给沈叶任何说话的机会："这件事情就这样，我军营那边还有很多事情等着处理，边溪，备马。"

"主子，军营的事情不是前天就已经……"边溪的话被顾南衍

的一个眼神噎了回去。许是瞧着气氛不对，他赶忙溜走，去备马了。

看着顾南衍远去的背影，沈叶嘴边勾起了一抹无奈的笑容。

顾南衍还是生气了，而且已经讨厌她到连面都不想见的程度了。

沈叶在原地待了很久，顾南衍的背影早已消失，她很重地叹了口气，脸上的落寞异常明显。

目睹了一切的顾袁着急地想安慰沈叶，便噼里啪啦地说了一大堆："师父，你不要难过，太子哥哥确实有时候会有些别扭，等过了这阵就好了。

"这能有多大事，我们一起经历了这么多，肯定没问题。

"总之，他不会生你的气的。"

"是吗？"沈叶苦笑，"如果我一直都是在骗他呢？他也还是不会生气吗？"

顾袁哑口无言。

其实他不回答，沈叶也知道答案的。

离提雅回家的日子越来越近了，沈叶这些天能够清楚地感觉到顾南衍在刻意避开她。她很失落，可再失落也要打起精神来，抓夏枝枝这件事情不能有任何纰漏。

沈叶反复想过，夏枝枝要想动手脚，太早肯定是不行的，所以一定是仪式的前几天。因此沈叶这几天几乎天天都在蹲守夏枝枝，一旦夏枝枝有什么风吹草动，她就立马行动。

不过夏枝枝没等来，倒是等来了皇帝。

皇帝把顾南衍也一并叫来了。

沈叶是在大殿门口遇见顾南衍的，她抬手想要打招呼，可手抬起的瞬间，顾南衍冰冷的眼神便朝她刺了过来。

明明沈叶一个大活人站在这里，他却把她当空气一样。

沈叶在原地怔了很久，还是边上的小太监提醒她："沈星师，陛下在里面等您呢，您快些进去吧。"她这才反应过来，迈着有些沉重的步伐进入大殿。

皇帝正在对顾南衍嘘寒问暖："太子，我听说你最近不仅要忙自己的事情，还对提雅公主的事情很上心，想必是劳神费心吧？"

他看到沈叶来了，又缓缓说道："沈星师果然是太子惜爱的人才，可要好好为我大骁效力。既然提雅公主快要回去了，你也不用回太子府了，按照之前说的，留在宫中。"

沈叶对留在宫中的事情已然接受，而且她想着自己留在宫中能获取关于皇帝的更多消息，对于顾南衍来说也是一份助力。

她正想着要答应，却被顾南衍阻止了，他几乎是脱口而出："父皇，不可！沈叶这人做事还是有些急躁，恐怕会有负您的重托。儿臣的提议是您可以将她留在宫中，但是委以重任就算了。"

这番话倒是引起了皇帝的兴趣："可是发生了什么？"

沈叶听着这一来一回的对话，有种不好的预感，而且她还猜不透顾南衍现在到底是在干什么。

顾南衍纠结思考了一番，开口道："父皇，这件事也怪儿臣看人不准。沈星师前几日私自带着提雅公主外出，遭人刺杀，险些让公主遇害。我原本是想看在她曾是我太子府的人的份上，私下告知父皇，为她求个情，可是今日父皇又说要委以重任于她，为了大骁，我不可以留情分。"

沈叶表情震惊，她真的想不通，顾南衍为了惩罚她，竟然可以做到这个份上。

他是不是疯了？

大殿里一片寂静，气氛凝重得能压死人。

沈叶很想看看顾南衍到底是什么表情，可他一直侧着身子，从未有过一刻让沈叶瞧见，他也从未有过一刻去瞧沈叶。

一阵凉意朝着沈叶袭来，她只有拼命攥紧手，才能不让自己脸上的表情太过难看。

"竟然有这种事情发生？沈星师确实有失职的地方，可朕看提雅公主倒是没受什么伤，也未曾提过这事，是不是太子你搞错了？"座上的皇帝出声。

　　顾南衍回答冰冷："并非。我想也许是沈星师同提雅公主说了些什么，教唆提雅公主，这才让公主没有说出来。如此一来，此人更是不能用，简直就是满口谎言。"

　　这一下精准刺到沈叶的痛处，沈叶只觉得眼前一黑。

　　亏得是皇帝察觉沈叶不太对劲，赶在她摔倒之前喊人去扶她。她发白的脸色，能告诉别人她现在很不好。

　　皇帝脸上的表情变化倒是很丰富。

　　若说这是一出苦肉计，佯装两人关系不和，是顾南衍不想让沈叶入宫的下策，那这个办法也太愚蠢了。他完全可以揪着沈叶的这个把柄不放，以此来治沈叶的罪。

　　皇帝试探道："如此看来，确有此事，沈星师确实是失职，那按照大骁律法来说……来人！将沈星师押入大牢。"

　　侍卫来押沈叶的时候，皇帝盯着顾南衍一动不动，就想着看他会有什么反应。

　　时间一点一点过去，不只是皇帝，沈叶也看着顾南衍，想要知道这到底是不是他想要的结果。

　　顾南衍没有动过一下。

　　沈叶绝望了，她心里坦然接受，准备跟着侍卫离开。

　　"等等。"皇帝突然叫停侍卫，"算了，毕竟沈星师治洪有功，身负异能，不能当作一般人对待。还好这次未酿成什么大错，功过相抵，就先留她在观星殿做个洒扫宫女。"

　　如此峰回路转的结果，每一步都在人的意料之外。

　　叫停侍卫的那一秒，皇帝还在想顾南衍到底是为什么要这么做。

　　可不管为了什么，他都看到了对自己有利的一面——沈叶进宫了，主动权就还是掌握在自己手上。若是两人真的不和，沈叶看起来也不像是肯吃瘪的主，来日若是报复顾南衍，对自己来说，也不是坏事一桩。

　　"父皇宽厚，沈侍卫你还不赶紧谢恩。"

　　沈叶从顾南衍的话语中听到了不满和厌烦，她终于真正地意识到顾南衍是在为难她。

沈叶缓缓跪在地上，朝着皇帝跪拜："臣，谢陛下的宽恕。"死气沉沉的语气，让人感觉不出半分谢意。

皇帝自觉再留这两人也没多大意思，便说道："裘祖通商这事情最近确实是闹得我有些乏力，既然没什么事情了，你们退下吧。"

"儿臣告退。"

"臣告退。"

04

从大殿里出来后，顾南衍一路快走。沈叶有些赶不上，大喊了好几声："太子殿下！太子殿下！"

脚步匆匆的顾南衍这才停了下来。

"你还有什么事情？"他盛满凉意的眼神和话语如同一把利剑刺进沈叶的心里。

沈叶也不知道自己为什么要叫住顾南衍，可能是她还想再努力一下，也可能是刚刚大殿里的一切还不够让她彻底失望。

"顾南衍，"沈叶没有叫太子殿下，而是叫顾南衍，"我之前确实骗过你，不管那些是不是我不得已而为之，我都错了。我为之前的事情道歉，郑重地跟你道歉，所以你能不能不要生气？我其实为了你，我可以……"

"够了。"顾南衍冷冷打断了她的话，"可以什么？沈叶你是不是还想说你有多么喜欢我？你觉得我被你骗过一次，还会相信你第二次吗？真是可笑，你的那些招数不必再用在我身上了，我觉得很碍眼。"

沈叶强压着眼泪，嘴里说着："我不信，你之前明明是豁出去保护我的。"

顾南衍照样是一声冷笑："沈叶，你的利用价值已经到头了，我做的那些只不过是想要利用你。现在我已经知道了夏枝枝要对我做什么，你对我来说没什么用，是一颗弃子了。"

沈叶扯住顾南衍的袖子，摇了摇头，还是不相信的样子："那你为什么要到现在才做这一切？为什么不让我用预知？为什么不在出现预知的时候就做这些？我不信。"

顾南衍甩开沈叶牵着自己衣袖的手："为什么？因为我还等着你想办法。而且你以为我是真的在乎你吗？我只不过是在乎自己的名声罢了，我不想与你这样的人有半点瓜葛。

"好了！自此以后，你不是我太子府的人，你也不必再用要帮我的这套说辞。我堂堂大骁太子，没有你，我一样能成功，反倒是有了你，还多了些麻烦。"

沈叶不知道，顾南衍昨日收到太医秘密传递的消息，说皇帝身体状况不好，而后他在赶往宫城的途中又遭遇了一场刺杀。

幕后黑手越逼越紧，越逼越近。

他觉得自己必须要采取一些手段保护身边的人，而他身边的第一个人就是沈叶。

此刻，沈叶泪眼蒙眬地看着顾南衍，顾南衍的目光却没有再朝她望过去一眼。

"你以后就在这宫中自生自灭吧，与我再无牵连。"说完这句话，他绕开沈叶，径直走了。

顾南衍决绝的语气让沈叶心里一颤。

她在原地站了很久，想了很久，直到路过的宫女叫了她一声，她才突然清醒过来，顾南衍的这些话……

沈叶清楚地意识到了一点，他所做的这一切，只是为了跟自己撇清关系。

按照顾南衍的性格，若是真的决绝地放弃，才不会放这么多狠话。

他只是为了让她彻底死心。

也许在顾南衍看来，只有与她撇清了关系她才是安全的。

好，好得很！还真是把她当傻子了。你顾南衍是大骁太子，她沈叶还是投行霸王花呢，看谁斗得过谁。

晚上，沈叶独自一人来到了典礼司蹲守夏枝枝。

沈叶一个人也不怕，虽然表面上看只有她一个人，但她知道边溪肯定在，指不定就在哪里猫着。

也不知道自己趴在暗处等了多久，沈叶感觉整个身子都麻了的时候，突然有了动静。

一阵急促的脚步声传来。

沈叶立刻屏住了呼吸。没多久，有人出现在她的视线里——夏枝枝来了。

沈叶的神情变得凝重，此次祈福大典，顾南衍的衣服是由宫中的绣娘定制的，让顾南衍看过后，就会被一直放在宫中的典礼司。

典礼司平时的守卫并不森严，很好混进来。

在微弱的月光下，沈叶看见夏枝枝从包袱里掏出了一件衣服，只有一点光就把它照得熠熠生辉。

沈叶知道那道天雷为什么会准确地劈到顾南衍了。

银是最好导电的，将银丝绣入衣服中，当天空降下雷电，祈福台又正好是个空旷的地方，穿着这衣服且身材高挑的顾南衍就成了个完美的导电装置。

顾南衍原本的衣服是由银色丝线织造，两件相比，不到晚上根本看不出差别。

可沈叶真的想不通，夏枝枝为什么会害顾南衍，为什么她会亲自来？

这中间到底发生了什么？

沈叶在夏枝枝准备换衣服的那一刻冲了出去，边溪也带着人冲了出去。

本就做贼心虚的夏枝枝看到自己周围跑出来七八个人，吓得直接摔倒在地上："是谁？你们是谁？"

月光照亮了沈叶的轮廓，夏枝枝脸上的慌张变为害怕和惊恐。

沈叶对着边溪道："记住眼前重要的事情是什么，别的什么都不要在乎。"她成功止住了边溪的话。

接下来，就是夏枝枝。

沈叶就这么居高临下地看着夏枝枝，夏枝枝本来想躲，可沈叶一把抓住了她的肩膀，逼迫她看着自己、直视自己。

沈叶一字一句地问："为什么？为什么要害顾南衍？告诉我为什么？"

她故意压低了声线。

"沈叶，你休要、休要……诬蔑我……我从来没有想过要害太子殿下。"夏枝枝回答得吞吞吐吐。

沈叶跟她靠得更近："那你现在是在干什么？"

靠近的那一瞬，沈叶闻到了一股熟悉的味道，是幕后黑手信上的味道。

果然，这件事情和那个人有关系。

再次询问夏枝枝，沈叶的语气变得急迫了许多："夏枝枝，你最好是将谁指使你的说出来，否则，我一定不会放过你。"

夏枝枝没有说话。

沈叶发出一声冷笑："不说也没关系，我倒是很想看看你面对太子府那些严酷的刑罚时会怎么样。到时候你还能不开口吗？自恃高贵的都城才女在那样阴暗肮脏的地方还要怎么高贵？"

不出沈叶所料，激将法果然引起夏枝枝的反抗。

她面容狰狞："沈叶，你敢囚禁我？你以为你是谁？你不过就是一个想要攀龙附凤的奴才，想尽办法勾引太子殿下，倒是有些狐媚功夫，不只是迷惑住了太子殿下，还能迷惑住陛下。"

05

"陛下？"

"沈叶，你不要装了，若不是你在陛下面前说了什么，他为什么会在我要求他将我赐婚给太子殿下的时候大骂我一顿，还警告我以后都不要提？都是你！明明父亲都已经答应了我，现在却只能选择拒绝我，都是你！"夏枝枝渐渐笑得有些癫狂，"你休想在我身上加什么罪名，我做的这一切都只是想要你死。沈叶，你必须死！"

沈叶能看到她在说起陛下时身体的颤抖，想来当时的皇帝应该是相当严厉可怕。

夏枝枝再次开口，带着点破罐子破摔的意味："我在衣服上做手脚，到时候让太子殿下在大家面前出错，毁了祈福仪式，陛下必然会追究责任，先是绣娘，后来就是你。如果陛下要追究太子殿下的连带责任，我就叫我父亲去求情，将所有的罪责都推给你。沈叶，你别想活。"

沈叶震怒地看着夏枝枝。

她从地上捡起夏枝枝准备换掉的衣服："你就是一个疯子！夏枝枝你自己看看，这衣服是什么？这衣服是用银线做的，是导电的，祈福那天会有雷电，会劈死顾南衍，你知不知道？而且你就那么自信不会连累到顾南衍吗？"

可夏枝枝完全不听沈叶的，一把打开她的手。

"你不配叫他的名字！沈叶，你少骗我，这就只是一件到时候会脱线的衣服，是我自己安排的怎么会出错？而且就算太子殿下被陛下责怪，我也会动用全部的力量救他，这样一个小小的牺牲算得上什么？"

夏枝枝的样子确实不像说谎，但如果按照她说的，没有幕后主使，这一切……沈叶觉得背脊发麻。

"夏枝枝，你身上的香味是从哪里来的？

"说，到底是从哪里来的。

"到底是哪里的！"

沈叶突如其来的几句话，让夏枝枝有些摸不着头脑。可是在沈叶不断的逼问下，再加上边溪用手中的武器恐吓，夏枝枝还是开了口："这是我家里的婢女新调配的香。沈叶，我警告你们，休想对我怎么样，若是我出了什么事情，我父亲肯定不会放过你们。"

通过她发颤的尾音可以得知她现在有多么害怕，但她还是强撑着恶狠狠地说："沈叶，你这辈子都没有资格跟我抢顾南衍，我有

我的父亲，我不妨告诉你，这一切都有我父亲在背后做支撑，我也不怕你去陛下面前说。你觉得我父亲和你，陛下会信谁？你永远都不配跟我争！"

夏枝枝说完，沈叶脸上的表情变得更复杂，一个想法在她脑海中冒出。

他们千算万算，都没有算中这个人竟然会是夏远将军。

夏侯明明知道顾南衍和皇帝的关系，又怎么会答应夏枝枝的要求，又怎么会让夏枝枝同皇帝说出那样的话？

只有一种可能，他是故意要夏枝枝这样做。

再加上那个香味……那是夏枝枝的婢女调配的，夏侯自然也会沾上。

而幕后主使也有。

那个幕后主使，也许就是夏侯。

沈叶有了这个结论，又怎么还会跟夏枝枝在这里纠缠："边溪，你务必将夏枝枝带回太子府的大牢好生看管。"

她交代好这个，便匆匆忙忙地跑了出去，打算去找顾南衍，却在宫道上看到宫女和太监四处乱窜，乱作一团，时不时还能听到侍卫因为跑动，身上铠甲碰撞发出的声音。

沈叶随手抓住一个宫女准备问问情况。

只是还没等她问，宫女就大惊失色道："皇上突发疾病，晕死了过去，你还在这里站着干什么？赶紧回自己的宫里去，这皇宫要变天了！"

沈叶赶到皇帝所在的寝宫时，宫殿外围已经被士兵围得水泄不通，不准任何人靠近。好在那些人都是太子府的人，都认识沈叶，见着她来，便立马让出了一条道。

沈叶没有第一时间冲进殿，而是对着为首的将领说："你现在马上带一队人将夏侯府围起来，死死围住，不许放一个人出来。这不是我的命令，是太子殿下的。"

将领面露难色，但沈叶在太子那里的重要性和她急切的语气还是让他领了命："遵命！"

沈叶看到将领带着人离开后，便一路狂奔到达寝殿。

顾南衍和顾袁神色凝重地站在床边，底下则是跪了一群太医。太医们瑟瑟发抖，而床上的皇帝笔直地躺着，犹如一具尸体。

沈叶倒吸一口凉气。

众人的目光落到沈叶身上。

顾南衍看向她的眼神非常复杂，边上的顾袁也识趣地遣散跪着的太医们，留下他们三个人来讨论这件事情。

沈叶还没说一句话，顾南衍就接二连三地说了好几句："你怎么会来？你已经不是太子府的人了，这里的事情不要你管。这里也不需要你，赶紧离开。"

总之，张口闭口就是要她走。

沈叶哪能不知道他的心思？他是不想让她再卷入这场纷争中，怕她遇到什么危险。

可是事情都到了这份上，沈叶还能独善其身吗？

"顾南衍！"她从来没在顾南衍面前像今天这般硬气过，不仅直呼他的名字，还毫不怯弱地迎上他的目光，甚至比他的眼神更加具有侵略性，"你到底在想什么东西？以为我不管，我就能从这些事情中被摘干净，就能安全吗？你是把算计你的人当傻子还是什么大好人？我破坏了他这么多计划，他不把我大卸八块就算是好的了，你还指望他放过我，可能吗？"

沈叶开启了自问自答模式："根本不可能。所以最好的办法就是我们联手干掉他，而你现在想要把我撇出去是什么意思？想看到我被人大卸八块？"

这咄咄逼人的架势，虽然不理性，但是很好用。

顾南衍没有半点反驳的话语。他沉默了很久，还对自己之前的行为进行了深刻的反思。

他是担心则乱，现在终于醒悟，思考明白了，态度立马软了下来，

耷拉着脑袋："沈叶，对不起。"

眼瞅着时机合适，顾衷就出马了："师父，你别气了，太子哥哥也都是为你好。既然误会已经说开了，我们就还是同一个目标里的盟友，所以，现在我们还是赶紧想想目前的局势要怎么稳定住吧。"

沈叶本就是假装生气，有了这么一个台阶自然是要下去。

"所以，到底是发生了什么让陛下成了这个样子？"她得把这一切的前因后果弄清楚。

顾南衍把记忆带回到当时的情景，他按照惯例给顾云衡上报城外军营的消息，以及提雅回衮祖的诸多事宜安排。

顾云衡那时的脸色有些苍白，神色似乎不自然，他看了那些奏折没一会儿就站了起来，脚步有些虚浮，身体摇摇晃晃，接着他面色狰狞，捂着胸口，往后一倒便晕了过去。

前后不过一刻钟，顾南衍连个反应的机会都没有。

听到这里，沈叶的面容已经相当凝重了。如此突发的昏厥，只有一种可能——皇帝中毒了。

"刚刚太医来诊断过，父皇并没有中毒迹象。"顾南衍的猜想跟沈叶一样，但又被现实否决了，但顾南衍并不信，所以才有了沈叶进来时太医们跪在地上的情形。

顾南衍又把人全部召进来，皇帝最为信任的公公也跟着跪在地上，左一个"奴才该死"，右一个"奴才该死"。

沈叶赶紧过来阻止他的动作。他是跟着皇帝时间最长的人，有端倪也只能问他了："舒公公，陛下今日和平时有什么不一样吗？或者这段时间，大殿里有添什么新东西吗？"

"奴才，奴才……"舒公公想到了什么，急切道，"对！前不久，夏侯给了陛下一方香炉，陛下很是喜欢，每天都要点上。自从点上香炉，陛下整个人都感觉轻快了许多，身体也是越来越好，但……这不可能是毒啊！"

沈叶赶紧叫他把这个东西拿来，交给太医。

太医拿着东西闻了闻，神色大变："这里面有心丝草！

"这种草来自外域，燃烧人的精气神，在短时间里能够让人看起来气色越来越好，身体越来越好，可是透支了精气神，对身体就会造成不可扭转的伤害。这草极为难得，用得好是救命的药，用不好那就是催人命的剧毒。"

沈叶心中的可能变为了确认。

她想过，如果有一天揭开了幕后黑手的神秘面纱，场面该有多激动。但到了真实情况，一切都是那么平淡无奇。

沈叶用了最简洁的话来揭开这一切："幕后黑手就是夏远。"

"什么？"众人震惊地看着沈叶。

舒公公也惊讶极了："怎么会？夏侯府可是满门忠臣。"

"我刚刚在典礼司抓到了夏枝枝，在她的身上，我闻到了当初我在那些信上闻到的味道。夏枝枝去典礼司调换太子祈福时会穿的衣服，上面全是银丝，可她自己却不知道，还说一切有她父亲兜底，想必这也是夏远的安排。当初夏远还利用夏枝枝去跟陛下提给你们赐婚的事情，来加深陛下对你的猜忌……"沈叶的目光转到殿内跪着的人身上，"还有很多很多事情，一时半会儿我真的说不清，但请你们信我。"

夏远为平定大骁战乱，戎马半生，回来后归还兵权，光明磊落，其祖上又是大骁的开国功臣，三代忠烈。这个消息确实让人难以相信。

加上沈叶没有任何证据，这样的话听起来更显得荒谬至极。

"我信。"顾南衍却突然开口。

荒谬与否，他相信沈叶。

顾南衍信，顾袁当然也信，他只是对夏远这样做的理由百思不得其解。夏远深受皇帝的信任，可以说是一人之下万人之上的地位，这些年他对兵权、财富的事情也绝口不提。

顾袁想不通，便发出了这样的疑问："怎么会就是他？"

沈叶摇了摇头，顾南衍也摇了摇头。

看来，这个问题的答案得由夏远亲自来揭开了。

见顾南衍抬眸，沈叶忙说："刚刚在门口，我已经叫人去围住

夏侯府了，夏枝枝我也叫边溪带回了太子府。想来，夏枝枝还在，夏远就不会走。别担心，我们还有机会。"

顾南衍一直皱起的眉头在这一刻终于有所纾解，他充满肃杀之气的脸上也终于有了一丝暖意："是，我们还有机会。"

沈叶也是料到顾南衍接下来要说什么，直接跳过他，自己总结："知道我是个这么给力的盟友，就不要再推开我了。"

"好，不会了。"

06

顾南衍封锁皇帝晕死的消息，留下内侍在寝殿里照顾皇帝，同时拜托顾袁去找兰贵妃稳住宫中女眷，顺带查一查嫔妃中有没有人跟夏远勾结。

至于顾南衍自己，他跟沈叶要去会一会这个夏侯。

可是两人才到宫门口，先前得了沈叶吩咐的将领就神色匆匆地回来复命："禀告太子殿下，沈大人，我们赶到的时候，夏侯已经不见了，看府中的形势，应该是傍晚时就动身了。"

一时，气氛压抑到极致。

沈叶算了算，那个时间点正好是夏枝枝准备进宫调换衣服的时间，她之所以第一时间叫人去围住夏府，也就是认为夏枝枝还在这里，夏远肯定不会走。

但是为什么夏远会走？

难不成他疼爱夏枝枝的样子也是装出来的？

不可能，夏远极其爱他的妻子，夏枝枝是他们唯一的女儿，他又怎么会装出来？

但心中有另一个声音又在告诉沈叶，夏远明知道夏枝枝提赐婚会激怒皇帝，还是让夏枝枝去了，又在这个时候决然抛弃夏枝枝……很明显，夏枝枝是一枚弃子。

难道爱妻子的形象也是夏远装出来的？

更让沈叶不解的是，调包这件事情为什么要夏枝枝亲自来？是在拖延时间吗？那拖延时间的原因是什么？为了逃跑？

可是如果没有夏枝枝的事情，沈叶不会发现夏远，这样一来岂不是多此一举吗？

这一切的问题就如同一张巨大的网，将沈叶跟顾南衍团团围住。

沈叶有种喘不过气的感觉，如同溺水之人一般。

现在这根解救他们的绳子到底在哪里？

"夏枝枝！"

"夏枝枝！"

沈叶和顾南衍异口同声。

在现在的局势下，夏枝枝是唯一一个有有效消息的人。

沈叶也知道顾南衍不能把心思全部放在夏远这一件事情上，提雅公主还要回去，既然不能让人看出端倪，那这个仪式就不能断，整个大骁现在只能倚靠顾南衍。

而沈叶能做的，就是给顾南衍信心，做他结实的后盾。

"从夏枝枝嘴里套话的事情我来，宫中的事情也有我和顾袁，你不用担心。"沈叶不知道这个时候自己该怎么做才能安慰顾南衍。

或许是顾南衍看出来了沈叶的手足无措，嘴角勾起浅浅的弧度："就这样，就这样就够了。"

沈叶有些没听懂。

顾南衍却解释道："不懂，之后我慢慢跟你说。"

沈叶心中微叹，也不问了，反正日后多的是时间，等解决完这些事情，她跟顾南衍有大把的时间去说。

他们是来日方长。

分开的时候，沈叶只是跟顾南衍对视了一眼。

这一眼，她便能确定自己可以，顾南衍也可以。他们不是什么溺水的人，而是劈开荆棘，最终会携手登顶的人。

"我告诉你们，你们敢私自囚禁我，就算是太子殿下的人，我父亲也绝对不会放过你们。

"赶快放了我！

"沈叶！沈叶在哪里？快叫她来见我！她凭什么这样对我！你们凭什么关我！"

沈叶一路飞驰，刚走进大牢就听见夏枝枝的喊声。

她如此歇斯底里的样子，沈叶不觉得可怕，反倒是觉得她可怜。

"凭什么？凭你现在的所作所为！夏枝枝你扪心自问，你真的是一个合格的将军之女吗？"

沈叶反问的话总算是让夏枝枝停住了咆哮。

趁着她安静的时刻，沈叶清退了周围的人。

夏枝枝反应过来，继续对沈叶出言不逊："呵，沈叶，你少拿这些事情来压我，你以为我会怕你吗？我是夏枝枝，夏侯的独女。"

沈叶冷哼一声："夏枝枝，你真的以为自己是夏侯的独女就很了不起吗？你到底搞没搞清楚，你心心念念的父亲真的是个好父亲吗？"

这话果真激起了夏枝枝的怒气，她用比刚才还凶的语气朝着沈叶大吼："沈叶你住口，你别想诋毁我父亲！我父亲是这个世界上最好的人！"

沈叶靠近夏枝枝，直视她的眼睛。

"好人？训练私兵，企图谋害太子，这算好人？通敌卖国，这算好人？甚至是牺牲亲生女儿为自己谋划，这算好人？"沈叶脸上露出嘲讽的笑容。

"我知道你不信，可是你想想，这些年太子跟皇帝的关系如此紧张，他为什么还要放任你去跟皇帝提赐婚的事情？如果我猜得没错，这个赐婚的由头都是他提出来的吧？还有，这次你来换顾南衍的衣服，是不是也受到了他的授意？那件所谓能让顾南衍出丑的衣服应该也是他给的吧？夏枝枝，我不信你感觉不出来半点奇怪。"

那件掺杂了银丝的衣服一定比一般的衣服要重许多，沈叶不信夏枝枝感觉不到，但她还是来了，夏远一定用了不少花言巧语欺骗她。

沈叶当然不会想着用这些说辞就让夏枝枝相信，于是拿出了证

232

据，将带着香气的信纸放在夏枝枝面前："这是我找到的有人要害顾南衍的证据。你自己闻，这上面是不是有着你身上的香气？这个香味应该是独一份的。"

夏枝枝有些颤抖地接过书信。

她一点一点地摩挲着，一点点地看，仔仔细细的。

沈叶看得出来她在找，在找那个她不相信的理由。

末了，沈叶在夏枝枝眼中看到了绝望，可她嘴里还说着："你少拿这种东西来唬我，我不信，我永远都不会信。"甚至动手将信撕得粉碎。

但沈叶知道，她信了，而且她还确认了。

沈叶用极冷淡的语气说："在你拼命为夏远掩饰的时候，他已经抛弃你了，你现在就是一枚弃子。如果你不信，我现在就可以带着你去夏侯府，看看那里是不是人去楼空。"

沈叶把牢门打开，夏枝枝像发了疯似的跑出去。

门口的人早就得了沈叶的吩咐，一把拉住夏枝枝，将她架到马车中。

马车急速飞向夏侯府。

街道上没有一个人，马蹄声在沈叶耳边响起，她不自觉地抓紧了自己的手。

拘着夏枝枝的人在抵达夏侯府时放了她，她冲了出去，两扇红色的门打开，"吱呀"声听起来格外沉闷。

眼前的一切跟夏枝枝出门前是一样的，可是为什么就没人了呢？

夏枝枝不愿意相信地冲到书房，映入眼帘的是空空如也的房子。

到处都没有夏远的身影。

或许是这一路的跑动累了，又或许是她无法接受这个结果，夏枝枝瘫坐在了地上。

她现在真正意识到沈叶说的那些都是真的。

其实她早就相信了。

　　她虽然娇蛮无礼，但也不是愚昧无知的人，沈叶说的她早就察觉到了。那份书信上独有的香气，沈叶怎么造假？

　　可是现在她要怎么面对，宠爱了她十多年的父亲竟然是利用她的人。

　　夏枝枝面色如灰，可她还是嘴硬着："沈叶，你别骗我了，你一定是害怕我父亲追究责任，一定是这样！"

　　看见夏枝枝的样子，沈叶知道自己可以进行第二步了。

　　夏枝枝一直觉得沈叶低她一等，那今天沈叶就要告诉她，在这个世界，她是被安排好命运的人，沈叶才是唯一带来改变的那个人。

　　"夏枝枝，其实你说的一点错也没有，你跟顾南衍确实是天作之合，毕竟剧本就是这么写的，而且你不会知道夏远对你做的一切，会一直活在一个有父亲疼爱你的生活里，可是你自己硬生生将这一切破坏了。"

　　夏枝枝抬起头看沈叶："你说什么？剧本？这是什么东西？"

　　跟顾南衍说的时候完全不同，沈叶单刀直入、条理清晰，就是想让夏枝枝明白一个道理——没人能是天生的主角，唯有靠自己才能走到最后。

　　这也是沈叶来了这么久，和顾南衍经历了这么多风雨之后悟到的道理。

　　"我现在告诉你，这个世界压根就不是一个真实的世界，它只是一本书，你是这本书里的女主角，与身为男主角的顾南衍是天生一对。而我不过是一个看客，误入到这本书中。

　　"夏枝枝，你知道吗？我来这里原本是要撮合你们的，之前顾南衍送给你的书信其实是我设计送给你的，为的就是能让你们产生感情。可你呢，夏枝枝你做了些什么？你的嫉妒心和目中无人，最终害了你自己！

　　"没人能是一辈子的主角。"

　　夏枝枝看向沈叶的眼神已经开始涣散。

　　"就算你不信我的话，那你有没有想过，你现在做的一切会有什么样的后果，会给这个国家、这些民众带来什么样的后果？退一万步说，那件衣服能让顾南衍出丑，在那样的场合上，裘祖就能借此说我们大骁对他们不够尊重，责怪我们，争取更多的权益。皇帝若不愿答应，那通商之事必定延迟。你能等，我们能等，可在边境那些食不果腹的百姓他们等得起吗？

"如果顾南衍出了什么事，大骁太子之位悬空，谁还有这个实力补上去？你也看到了，皇帝这些年疑心病如此重，完全没有将心思放在治理国家上，到时候朝堂混乱，觊觎大骁的那些国家趁机侵犯边境，烧杀抢掠，又是一场腥风血雨。

"夏枝枝，你自己看看你到底在干什么！你不配当都城才女，更加不配当侯爷之女。你不是问我凭什么吗？就凭我从来不靠这些虚名，只靠自己。"

此刻的夏枝枝已经完全崩溃，不敢去跟沈叶对视，只能不断重复着："不是，全都是假的，都是假的！我不信！不信！你骗我，你骗我！"

沈叶无所谓夏枝枝信不信，她只要击溃夏枝枝的心理防线，让夏枝枝说出点什么事情来就可以了。

可从夏枝枝的反应来看，她确实被蒙在鼓里。沈叶相信，她是装不出来的，现在就只能寄希望于她能有什么有用信息了。

"我骗没骗你，你应该很清楚了，不必我再多说些什么……"

沈叶的话还没说完，夏枝枝像是突然想起来什么，猛地从地上站起来："不对，你说的肯定不是真的，那张信纸是我父亲特意跟我要的，他又怎么可能用这么有标志性的东西写信呢？不会的，一定是有人想要陷害他，肯定是，肯定是别人利用他！"

这一番话让沈叶背脊发凉。

如果是这样，夏远就是故意要他们发现他，同时也印证了她此前的猜想——夏枝枝是吸引视线、转移注意力的一颗棋子，夏远想要的就只是离开都城。

夏远知道，提雅公主遇险之后，顾南衍派了不少人在都城暗中

235

盯梢，发生了夏枝枝的事情，顾南衍就需要人盯住宫中的动向，这样的话，都城中盯梢的人自然就会变少，更能方便他悄无声息地离开。

不对！沈叶猜得更大胆一些，说不定皇帝的昏迷也是这样，一切都是夏远想要吸引他们的视线，这样他才能离开。

但夏远离开都城，是想要干什么？

沈叶脑子里有个想法一闪而过，只是这个想法让她立刻愁容满面，如果夏远真的要做这件事情，那对现在的大骁来说，就是致命一击。

不行，得快些把这件事情告诉顾南衍。

沈叶也管不了她这三脚猫功夫的骑马技术，只知道骑马比坐马车快多了，就要了一匹马朝着皇宫飞奔而去。

沈叶一路上颠得骨头都要散架了，有几次还险些从马上摔下来，最后终于有惊无险地飞奔到皇帝寝殿。

她一进殿中就摔了一个大跟头，顾南衍都没赶上扶住她。

沈叶飞速调整气息，让自己在最快的时间里将信息传达完毕："夏枝枝从头到尾都是夏远的一颗棋子，他就是为了吸引我们的视线好从都城离开。我猜他做这一切就是为了集结他的私兵造反！"

修建水利工程的银子是一笔巨款，再加上每年还有维护费，夏远从中捞的钱绝对不少。而且沈叶刚才在夏府观察了一下，按照夏远平定战乱，以及这些年来皇帝给的赏赐来说，他的府中未免太清贫了些。

从前可以说是低调，但现在想想，还有一种可能——这些钱被他用去养私兵了。

夏远平定战乱就是跟神云军一起，想来，此前三番四次刺杀顾南衍的刺客也是经他一手训练出来的，可见他的私兵素质极高。再加上他本就是一个将领奇才，大骁现在能够带兵的将军中，能与他平分秋色的大概只有顾南衍的外公。

可老人家年事已高，根本就不适合再带兵，若是真刀真枪的，结果还真是难说。

顾南衍的神色凝重。

他思考这件事情之余，也没忘记沈叶此刻是坐在冰冷的地板上的。他握住沈叶的手将她拉起来，沈叶手掌的冰冷让他的神色又凝重了几分："再怎么急，你也要照顾好自己。我现在没办法照顾你，你就要自己好好照顾自己，别让我分心，好吗？"

这句话像是抱怨，像是撒娇，更多的像是叮嘱。

沈叶感受到他掌心的温热，点点头："我会好好照顾自己的。"

听到了这句回答，顾南衍阴云密布的脸上终于出现了一个笑容。

07

不过一会儿，顾袁带着提雅来到皇帝寝宫。

沈叶正想问顾袁为什么会把提雅带到这里，顾袁却先一步开口："提雅告诉我裘祖那边有信，夏远以大骁皇帝危在旦夕，受了太子顾南衍的迫害为由，在西边鼓动了几个小国家联合起来，要替天行道。他们这些日子一直都在屯兵，不日就会进攻，裘祖王的来信便是找提雅确认这件事。"

提雅接着说："父王在信中问我大骁皇帝的情况，这是我的回信。太子殿下，沈大人，你们看看。"

顾南衍接过那信件，信的大概内容是大骁一切正常，她自己不日也将回去，让裘祖王不要听信谣言。

"提雅公主这是？"沈叶问出声。

提雅回给她一个微笑："算是报恩，也算是承诺。我们裘祖人有恩必报，你们在那场刺杀中保护了我，虽说刺客不是冲我来的，但是他们估计也没想让我活着回家，你们算是救我性命的恩人。再说了，我们是盟友，若你们倒了，答应我的那些条款，我到时候找谁兑现？现在看来，夏远就是给我传信的人，我可不敢指望他这个乱臣贼子。"

提雅看了看顾袁，又看了看沈叶，最后还看了看顾南衍，语气

轻松："关键时刻还得本公主出马才行。祈福大典就在明天，你们可以找个人假扮皇帝，就说找大师算过，皇帝今天适合蒙着一层纱，到时候我再装作不懂事非要去看皇帝，在众人面前演一出戏，这样四起的谣言也能止住一些。有我这个非亲非故的第三人说话，还是有点可信度的。"

显然提雅也将这话跟顾袁说过了，不然顾袁不会带着提雅来到这里。

沈叶跟顾南衍相视一眼，提雅是那个值得信任的人吗？

答案——是的。

不管真实答案是不是，起码沈叶和顾南衍觉得的。他们没有别的路可走了，夏远既然把这种谋反的罪名放在顾南衍头上，那就是已经不给他们后路了。

唯有置之死地而后生，才能破局。

现下面对西边大军对边境的威胁，他们只能寄希望于破除谣言以后，大骁的臣子们能够不受夏远的蛊惑，西边的那些国家也能够不跟随夏远。

他们几人虽然将细节都商量好了，但真到了第二天的祈福大典，沈叶还是有些慌张。

"哐当"一声，一个杯子从沈叶手中滑落，掉在地上发出清脆的响声。

在一边装扮的提雅招招手，几个侍女过来把地上的碎片收拾干净，继而退出房间。

提雅坐到沈叶的边上："沈大人，我还没见过你这么紧张的样子。怎么？怕你的心上人出什么岔子？"

这句"心上人"倒是把沈叶弄害羞了："什么心上人？提雅公主你不要乱说。"

可沈叶不知道的是，提雅之前天天跟顾袁待在一块，几个人之间的事情她早就听得耳朵都起了茧子，那点小九九岂能瞒得过她？

提雅没住口，反而挑明地说道："你的心上人，除了大骁太子顾南衍，还能有谁？我看着也不能有谁了吧？"

被戳中心事的沈叶一下就满脸通红，她躲避提雅查探的目光，也不肯开口。

"你说说你们，明明对对方都有感觉，怎么就是不说呢？真是看得让人着急。"

沈叶这下可算是有了反应，她不止一次在别人嘴里听过"她和顾南衍是心心相印"的形容，其实她自己也有感觉，但这种事情只要没有明说，就是不确定，让人迷惘，捉摸不透。

提雅见沈叶来了兴趣，就接着说："我还是那句话，太子殿下对你格外不一样。别说是什么属下，那我还是你们大骁的贵客呢。那天遇刺之后，太子殿下不还照样把我们丢在一边？父王常跟我说，恨意人人都能藏住，唯独这个爱情，不从嘴里说出来，那就会从眼神里流露出来，藏不住。

"我们可不像你们一样追求什么含蓄，喜欢就要说出来，说出来才有机会，不说那就永远没机会。"

提雅的话就像一颗种子，埋入沈叶心里。

她一直在心里默念着：只有说出来，才有机会。

她们还要参加祈福大典，不能耽误时间，因此提雅也没有再说些什么，准备了一会儿就要去现场了。

沈叶现在是一个宫女的身份，不出席这样的场合很正常，她乔装打扮成提雅的侍女来到祈福大典现场，也没有人能发现。

顾袁等在门口跟她们会合。

一见面，顾袁就简单介绍现下的情况："西边传来消息，果然来了几个大臣嚷嚷着要见父皇一面，态度十分强硬，都说要问责太子哥哥，说太子哥哥有鬼。"他顿了一下，看向沈叶，"太子哥哥不让我跟师父你说这些，可我就是觉得他委屈。现在我母妃也正在准备，等会儿会一起蒙面出来。"

"师父，你说他们会不会信我们说的？"顾袁头一次皱起这么

239

深的眉头。

　　沈叶也被这个问题难住了，她很想安慰顾袁说没事，可她知道自己一说话，那种担心就会自然地流露出来。

　　没人说话的时候，提雅站了出来，眼神坚定："你们放心，等会儿就看我怎么演吧。"

　　三人默契地看向彼此。

　　能否渡过眼前的难关，就看等会儿的一切了。

　　沈叶跟着提雅公主入场，感受到一股肃穆的气氛。她趁着没人注意，飞快扫了一眼。台下站着文武百官，顾南衍着华服站在第二级台阶上，而台阶之上有两个空着的座位，应该就是"皇帝"和兰贵妃坐的。

　　沈叶不断在心里祈祷着千万别刮风，到时候把屏纱掀开就不得了了，但她转头一想，顾南衍怎么会让这种事情发生。

　　正当她不断胡思乱想时，百官中有一人站了出来。

　　"太子殿下，皇上这几日没有早朝，西边又有谣言传出来，我们担心皇上的安危，想要入宫面圣，你三番五次拦下我们是什么意思？刚刚我们想要面圣，你就用皇上偶感风寒，不宜在外面多待，要等到仪式开始之后才出现的理由堵我们。那现在仪式开始了，就连裘祖公主都来了，你告诉老臣，皇上呢！我大骁皇帝何在！"

　　有了第一个，后面就有不少大臣开始附和。

　　一道声音阻止了这喧哗的场面："姚大人要见朕，朕不是好好地在这里吗？"

　　"陛下怎么罩着屏纱，我等看不见陛下的容颜，实在是担心，还请陛下怜悯我们这些殚精竭虑的大臣，撤掉屏纱吧。"另一个大臣说。

　　假皇帝语态自如："前几日朕偶感风寒，这屏纱既是为了朕的健康着想，也是有高人算了一卦，说今日朕必须要蒙面。郭爱卿不必担心朕，朕好得很。"

　　不得不说，这个皇帝还真像，从声音和身形都挑不出任何毛病。

许是见软的没有用，就换了硬的来，先前第一个说话的姚大人开口："怎么会有这么巧的事情？索性也闹到这地步了，我这条命也不想要了。这就是一个傀儡！顾南衍谋害大骁皇帝，谋害夏侯，就是个乱臣贼子！"

谩骂的话一句接着一句，从四面八方涌来。

沈叶就站在台下，那些话像是刀子，落在顾南衍身上，也落在了她身上。

顾南衍依然站得笔直，未曾动摇一下。沈叶越看越心疼，便忍不住扯了扯提雅的袖子，提醒她该说话了。

提雅用极小的声音打趣道："哟，这就开始心疼了？感情确实不浅嘛。"

而后她便快速进入状态："不瞒诸位，西边的谣言我也听闻了，太子殿下的所作所为确实诡异，我裘祖不远千里赶来与你们大骁商讨通商贸易，我现在要走了，皇上您还蒙着个面，是在欺负我裘祖地小没人吗？"

提雅的话让整个场地都安静了下来。

"又或者，你这大骁太子确实做了乱臣贼子干的事情，找了一个假人来骗我们？作为邻居，我倒是不介意助人为乐、见义勇为一下。"提雅露出狡猾的笑容。

沈叶站在一旁，差点被她吓一跳。虽说这是按照计划进行的，可提雅的演技实在太好了。

接下来就该顾南衍出场了："提雅公主，父王确实病了，也确实是得到了大师的建议，所以才蒙面，并非是不尊重你，反而是希望公主能一帆风顺，一路平安。"

他装得也挺像那么回事。

提雅发出一声冷笑："是吗？我怎么觉得这就是谎话呢？刚才面对这么多大臣的疑问，皇上您竟然一言不发，为何？我看谣言个是谣言，皇帝也不是皇帝吧？"

顾南衍沉着应对："父皇偶感风寒，本就身体不佳，不愿意多

说话也是正常。"

随后，"皇帝"咳嗽了两声，身体有往一边倒的迹象。

边上的兰贵妃赶紧扶住他，出来应和："皇上这几日精神极度不佳，劳心劳力，今日也是强打起精神，还请诸位别再揪着不放，那些话不过是些谣言罢了。"

"裘祖公主，这毕竟是两国邦交之事，还请慎重说话。"

不知道是兰贵妃的话起了作用还是什么，那些大臣的态度不似之前那么强硬，反而来劝提雅："提雅公主，您也见着了，我大骁皇帝确实是身体抱恙，如此情况都能来您的祈福大典，这哪有不尊重裘祖一说？"

提雅一声冷笑："各位大人，刚刚质疑得最凶的人是你们，我只不过是帮你们说话而已，现在你们怎么反而劝起我来了？"

她看了眼台下的官员，嘲讽道："不过我还是比较赞同姚大人的想法的。"她嚣张跋扈的名声早就传遍都城，也不怕说错话得罪人，"这太子殿下说什么，皇帝就做什么，你们难道不觉得奇怪吗？大骁的官员竟是这么蠢笨的吗？

"除非你们让我亲自看看。"

这就是他们的高招所在，直接闹上一回未免太明显了，这些老奸巨猾的人未必能相信，但要是他们自己先把疑点提出来，走别人的路，让别人无路可走，或许还能争得一些可能。

提雅继续不依不饶："既然皇帝担心风寒影响，那我就去屏纱里面看，反正这个屏纱这么大，也站得下人。"

很快便有人主动上钩："放肆！我大骁皇帝，堂堂天子，岂能这样！"

提雅也毫不畏惧，正面迎上去："可我就是要看！裘祖可不能不明不白地跟你们大骁合作，你们有本事就把我关起来，别欺负我裘祖没人！"

远远站着的库哈将军摆出了架势。

沈叶在边上偷偷拉了拉提雅的衣角，示意她别太针锋相对，等会儿真闹出什么场面也不好收场。

得到提醒，提雅也收起自己戏瘾大发的心思，将事情引回正轨："我看姚大人嘴上说这是对皇帝的不敬，内心也想一探究竟吧？陛下，我会把帘子放下来，反正我跟你们大骁的朝堂扯不上关系，有冒犯之处，我裘祖自会弥补。"

只见台上的帘子里，兰贵妃对着"皇帝"耳语了几句。

台上有声音回应："既然提雅公主不依不饶，朕也就只能表示自己的诚意。大师确实有嘱咐不能撤掉帘子，公主你可上来进帘子里瞧。如此，希望裘祖能给朕一个想要的交代。"

许多人都闭上了嘴，包括之前回应得最凶的姚大人。

确实，现下的场面若再说要揭面，其心可就不知道是什么了。

姚大人这一脸不甘心的样子，足以看出他必是跟夏远私交不浅。

沈叶抬眼看顾南衍，顾南衍回应的眼神让沈叶安心了不少。

提雅已经要去帘子后面一探究竟了，光影交错之间，有的人心中激情澎湃，有的人暗自焦灼，有的人却是心惊肉跳。

只见提雅行了个礼后，大声说道："请陛下恕罪，是提雅冒犯了，通商文书上的条件定会叫您满意的。"

这一句话就如同定海神针般，定住了大部分臣子的心。

不知是哪位大臣大喊："天佑我大骁，裘祖大骁长青万年！"

随后许多声音一同附和："皇上英明！天佑大骁！"

这样的场面，就算谁心中有所不满也只能跟随大众，不能再挑事了。

沈叶长舒了一口气。

仪式按照既定的程序进行，沈叶望着顾南衍仪态端庄地上台主持仪式，一切明明都是真实的，可她有种不真实感。或许是因为漫画到此处为止，后面发生的一切都是未知数，沈叶只能靠自己了。

只能靠自己了。

你行吗？沈叶在心中暗暗问自己。

我行，为了顾南衍，不行也必须行。

这一刻，沈叶变得更加坚定。

殊不知她所有的表情变化都被提雅看在眼里。

仪式结束，提雅站在城门外，离开的时候她对沈叶说道："你打算什么时候表明心意？可惜我是看不到了，日后你跟太子殿下成婚的时候，记得请我来喝喜酒，我还挺喜欢你们大骁的！"

沈叶害羞起来，胡乱应付着："提雅公主，你不要乱说了。"

再一看，顾南衍也是羞红了脸。

不过他脸红之余还有点不高兴，他有点不明白，沈叶这是在拒绝的意思吗？是不喜欢他？

提雅可是把这两个人的小心思看得透彻，她越发觉得有趣了，不想走了。

她正打算表达自己的不舍，边上的顾袁冒出来了："那你别想了，肯定不告诉你，谁叫你先走了。"这话莫名像是在耍小性子，就像是舍不得她离开一样。

可提雅完全没有品到这层意思，反而是让顾袁激起了她的胜负欲，非得要跟他争个高低。

"你个小白脸，以后最好别来裘祖。"

"谁想去裘祖！"

"你以为我愿意来大骁。"

沈叶和顾南衍看着这场面，无奈地摇摇头。

他们上去劝阻，却不料这两人跟孩子一样，闹起来没完没了。

四个人忽然互相看了眼，都露出了微笑。

提雅感叹："在大骁的日子里，有你们在，其实都很美好。"

"公主，我们是时候动身了。"库哈过来提醒提雅，他们还得赶快回去，将大骁送的这些会织造的人带回去，还要安排后续的事情。

提雅点点头，用眼神跟顾南衍和沈叶道别。

等看向顾袁的时候，她突然愣了一下，最后还是上了马车。

浩浩荡荡的车队走了一会儿，提雅突然掀开马车的帘子，像是有什么话要说。她看着顾袁，忽然没头没脑地来了一句："我还会再来大骁的。”

顾衮郑重地点了点头。

沈叶跟顾南衍对视一眼，两人心里跟明镜一样——这两人有猫腻……

| 第八章
我终于找到了你 |

01

趁着平息风波，顾南衍处置了以姚大人为首跟夏远有所牵扯的一众大臣。

顾衷便和兰贵妃一起稳住宫中后妃，照顾尚在昏迷中的皇帝。可皇帝不仅没有丝毫要苏醒的迹象，还每况愈下，让人担心。

而沈叶则是盯着夏枝枝，希望能从她嘴里套出一些有用的消息，但是她除了重复"沈叶该死"之类的话，什么也说不出来。

几人的配合倒是让大骁混乱的朝堂慢慢稳定下来。

不过，顾南衍和沈叶知道，这一切只是看似平静，实则背后波涛汹涌。他们有种预感，大事即将发生。

果不其然，在提雅离开的第七天，一声号角刺破天际，也刺破了这表面的平静。

彼时，他们三人正在大殿中商量若是皇帝醒不过来，接下来该如何处理的事情。

沈叶不太明白这个号角声的意思，可她见到了顾南衍极其严肃的神色，破天荒的第一回，甚至连顾衰都瞬间收住了表情，沉着一张脸。

匆匆而来的边溪快速同顾南衍说道："边境守卫军传来消息，逆贼夏远突然入侵边境，来势汹汹，兵力超过五万，边境的胶州城、万州城、莲城已失守，下一个便是银州城。

"还有就是……夏远派人在提雅公主回去的路上设伏，将公主挟持了，这是夏远送来的信。"

顾南衍接过信，看到上面挑衅的内容不只是要他让位，还要他亲自去求夏远，不然夏远不但拿下银州城，还要将提雅公主杀了，让裘祖跟大骁永远不能通商。

此刻，顾南衍的脸色已经不能只用"难看"来形容。自打战乱平定后，这个代表边境失守的号角就再也没响起过，银州是边境的最后一道防线，越过这条防线便可长驱直入大骁中部，而且他们还扣住了提雅。

裘祖跟大骁才交好，提雅不可以出事。

"不对啊，外面已经没有皇帝出事的风声了，夏远怎么集结的兵力？"沈叶颇为不解。

说完这些话的时候，她的脑中灵光闪过——夏枝枝、皇帝的病重，这一切都是夏远的诡计！

沈叶明白了。

那日的刺杀失败让夏远明白，不管伪装得多好，他早晚会暴露，所以决定孤注一掷。他应该是拿着贪污的钱财在偏远的各地养了不少兵力，拖延时间只是为了能让他们在边境集结。

其实他不在意皇帝的死活，也不管顾南衍他们能不能破除谣言，

他们一直都是夏远算计中的棋子！

至于提雅……夏远难道不怕他杀了提雅后惹来裘祖王的不满吗？还是他其实想用提雅来威胁裘祖王帮助他？

夏远的心思太深了，沈叶甚至不敢相信，他运筹帷幄这么多年，只是想要一个帝王之位吗？

想到这里，她不禁后背发麻。

顾南衍也明白了过来，所以才会是那般难看的脸色。

胸中的气不打一处来，顾南衍再开口时，语气格外阴沉："集结皇城中的禁军赶赴银州支援，银州不可以失守，再传书给外祖，请神云军支援。"

说完，顾南衍便要走。看这个架势，他是要跟禁军一起赶赴银州。

大骁本来就没有几个大将可用，这次只能顾南衍亲自去，尽量拖延时间，等到神云军的支援，这场战事才能有转圜的机会，银州才有一线生机，大骁才有一线生机。

沈叶知道，也支持顾南衍，所以她也动身，想要一起去。

但他们匆匆的脚步被顾袁的声音止住："太子哥哥，银州需要你，皇城更加需要你。如果你现在走了，朝中的大局谁都不能控制。"

顾袁冷静地分析，说到了最关键的地方。

在场的人都是面露难色。

顾袁深吸了一口气："所以，我去银州城。"他也早知道沈叶和顾南衍会反对，先一步止住他们要说话的动作，"你们先听我说完。我和太子哥哥一样是皇室子弟，一样能给将士们信心。再说了，我虽然没有你们那么玲珑的心，但也就只是差了一点点吧？拖住夏远，够用了。太子哥哥要保护大家，也要保护师父，你们也都是我要保护的人，我不正经了这么久，好不容易正经一回，就不要拦我了。我已经长大了，这都多亏了师父的悉心栽培，我可以独当一面了，所以，让我去银州城吧。"

"让他去吧。"殿外传来一个女声。

兰贵妃慢慢走进来。她听到这号角声便赶了过来，在门口听到了他们的话。

兰贵妃用欣慰的眼光看着顾袁，双手扶上他的肩膀，抚摸他的眉眼："娘的袁儿终于长大了，不再是那个只会闹脾气，躲在被子里哭的人了，袁儿现在是个真正的男儿。"

沈叶看见兰贵妃渐渐变红的双眼，看见顾袁带着笑却已经湿润的眼角，她的鼻头控制不住地酸了，视线模糊起来，可是她强忍着不让眼泪落下来。

忽然，沈叶感觉有人拉了拉她的衣角。

顾南衍不知道什么时候走到她身边，他用极轻的声音对她说："千万别怪自己，顾袁能够长大，这是很好的一件事情，你没有错，如果有错，那也是我的，是我没有保护好你们。"

顾南衍真的很好。

沈叶感觉眼角滑过几滴眼泪。

她想起提雅在典礼开始之前对她说的一些话——

"我其实看得出来，太子殿下和你有很多顾虑，但人就活这么一回，不该随心所欲一些吗？"

"你真的不怕有些事情不说，就永远没机会说了吗？"

当时沈叶一言不发，其实她是犹豫着。她能在顾南衍身上感受到不一样的感情，可人心是个很复杂的东西，也许她觉得的不一样，只是顾南衍认知里的平常。

那几个字不真正地清清楚楚地说出来，总是模糊，没有边界。

现在沈叶明白了，所有的不确定、不清楚都是她为没有勇气找的借口，把喜欢说出口，不是索取，而是表明心意。

顾袁的声音再次响起，这一次他比任何时候都要严肃："恳请太子殿下让我出征银州城，我会坚守银州，直到最后一刻。"

偌大的大殿中，他的声音坚定有力。

顾南衍慢慢点头，一字一句地说："银州，拜托你了。无论如何，一定，一定要回家，这里有家人等你。"

"娘，在这里等你回来。"

"师父，也在这里等你回来。"

泪眼模糊中，顾袁露出了一个微笑："嗯，我一定，一定，会回来。"

02

顾袁带着仅有的五千皇城禁军支援银州城，并想办法援救被夏远扣住的提雅公主。

送顾袁出征那天，兰贵妃给了他很多祈福的香囊、符纸，甚至还在他的战袍上绣满了代表吉祥的图腾。

"这些你不管去哪里都要带上，记得没有？千万带上。"她强忍着眼泪，脸上堆着不自然的笑容，"这一次肯定会平安无事。"

顾南衍将边溪派去跟着顾袁，竭尽所能地去保护顾袁。他拍着顾袁的肩，说："一定要平安。"

沈叶也只能不停地说一些平安的话："一路顺风，万事平安……"

顾袁点了点头，语气轻松："放心，你们都安排得这么周到了，我肯定没事。等着我到时候从银州带好吃的、好玩的给你们。"

顾袁说完，就该离开了。

但他走了几步又转头折回来，拉着沈叶走远了一点，一副要说悄悄话的样子。

沈叶凑过去，结果顾袁语重心长地说："师父，我就这一个心愿。等我回来，一定要看到你跟太子哥哥成事！你必须答应我，快告诉太子哥哥你心悦他。别说你不喜欢，你们这一来一回的，只要不是瞎子，都看得出来。"

沈叶已经下定决心了，自然不会再说违心话，也不会逃避："我喜欢顾南衍，很喜欢。你放心，等你回来，我肯定把他追到手了！"

听到沈叶这话，顾袁就像是吃到糖的小孩，脸上笑开了花，连走路的姿势都格外轻松。

沈叶知道，他这是看出了自己的害怕，故作轻松，想要她放心。

可是这一程有多凶险，他们都太清楚了。

无力感，这是沈叶来到这里后第一次感觉到。

她站在都城的城墙上，看着顾袁领着一群人马慢慢离开。

她没有一刻停歇地在心中祈求老天，一定要让顾袁平安回来。她也不知道自己站了多久，只知道顾袁的人马早就看不见了，她的手脚也被冻得僵硬。

耳边传来一阵脚步声，随后便有一件披风披在她身上。

"我刚处理完朝中的事情，他们说你在这里站了很久不肯说话，也不肯回去。我们回去吧，顾袁已经走远了。"

沈叶也不知道怎么了，就像是抱着什么侥幸心理一样，突然伸手抱住顾南衍的腰，还踮起脚去触碰顾南衍的嘴唇。

那种独特的感觉，让沈叶很想哭。

顾南衍像是知道沈叶这个动作是为了什么，这次他没有推开沈叶，反而是反手抱住沈叶，加深了这个原本是轻轻一碰的吻。

他的配合也让沈叶明白了，她的猜测都是真的。

两人不知纠缠了多久，直到快要窒息时他们才分开。

沈叶大口大口地喘气，顾南衍也是，弯腰大口呼吸着，粗重的呼吸声让沈叶一下子笑了起来。

"你笑什么？"顾南衍红着一张脸。

沈叶笑着回道："笑……原来太子殿下的技术不太够哦！"

"沈叶！"顾南衍咬牙切齿，找补道，"我又不是浪荡的人，对这种事情不擅长……本就是正常的。"

"没事，我擅长。"沈叶说完，又朝顾南衍靠过去。她抱住顾南衍，很用力。

感觉到顾南衍的回应，沈叶又对他说："后日，你早些回家好不好？我要跟你说件事情。"

后日是顾南衍的生日，沈叶打算在那天表明自己的心意。

耳边传来顾南衍应答的声音："好。"

"沈姑娘，你到底要做什么啊？要是太子殿下回来，看到你这

般模样肯定会责怪我们的。"一群侍女站在厨房门口，为首的一个侍女神情紧张，特别是她听到紧闭的大门里有一阵噼里啪啦的声音的时候。

着实怕沈叶出什么事，侍女便带着人将门撞开。

沈叶正端着一盘黑乎乎的东西，脸上沾着锅灰，脏兮兮的。

她露出一个尴尬的笑容。她之前不做饭，灶台这些东西她也没有使用过，生疏是难免的事情。

沈叶原本想着今天是顾南衍的生日，打算送他一点不一样的东西。那些名贵的礼物他平时肯定是收到手软，而且沈叶如果买，也是用他的钱买。于是，她想破脑袋，准备做个生日蛋糕给顾南衍。

沈叶之前看过不少教程，虽然没有那些电器设备，但只要控制好火候，她觉得没问题。

可理想和现实确实是有差距的。

做出来的这个成果，稍微有点……看不出到底是什么东西。

见时间还早，沈叶撸了撸袖子打算继续，边上的侍女赶忙阻止："沈姑娘，太子殿下早有交代，让我们好好照顾你，你想吃什么都可以跟我们说。"

自打沈叶从驿站搬回来后，每天同顾南衍进进出出，府里的人也全都明白了，毕竟有眼睛的都能看出来，顾南衍对沈叶是特例，所以她们对沈叶的称呼都变成了"沈姑娘"。

沈叶肯定不会放弃，随便指了几个人，用请求的语气慢慢道："你们能不能帮我一下？我想自己做个东西，今天是个特殊的日子。"

此话一出，侍女们就明白了。

合着她这是为了顾南衍做饭！

大家露出不一样的笑容，被沈叶随机选中的那几位也浅浅一笑："全听沈姑娘吩咐。"

在几个侍女的帮助下，沈叶总算将"蛋糕"做了出来。

沈叶看了看外头的天色，顾南衍此刻应该还在宫中跟大臣们商量事情，没那么快到家。

沈叶也得想想这表白的话该怎么说，从前对着顾南衍，那些肉麻的话她可是张口就会。这会儿要当真说，她才觉得自己什么话都说不出来，就连直白地说个"喜欢你"，她只要想起来就脸红心跳。

　　于是，沈叶就对着空气开始演练起来，奔放版、含蓄版、撒娇版……

　　"虽然我不是属于这里的人，但我可以变成这里的人，你不知道……顾南衍，你知不知道，其实姐喜欢你的……哥哥，人家……"

　　沈叶试了个遍，没有一个让她满意的。

　　她正想着要怎么办，一阵脚步声打断了她所有的思绪，然后敲门声响起。

　　"我现在可以进来了吗？"是顾南衍的声音。

　　怎么会这么快？

　　沈叶有些惊慌失措，但还是在出门迎接之前匆匆照了照镜子，确保她现在的状态不错。

　　打开门的一瞬间，沈叶和眼中带光的顾南衍对视上。

　　顾南衍今天没有再穿平时的玄色衣裳，而是换了一身水蓝色的，若隐若现的线条在衣服上构成了一幅山水画，衬得他格外好看。

　　最巧的是，沈叶今夜穿的也是水蓝色的衣裳。

　　沈叶预想了很多，努力想要自己在看到顾南衍的时候平静下来，可她还是在顾南衍笑意盈盈地对着她说"你今天很好看"时，心跳彻底乱了节奏。

　　她慌到迎顾南衍进门的时候差点儿变成同手同脚。

　　到了房间里，沈叶杂乱的心跳声就跟打鼓一样，她心虚地觉得顾南衍肯定能听到，就不肯跟顾南衍对视，思考着自己要不倒杯茶掩饰一下。

　　结果起身的时候，她一不小心踩到了自己的裙边。还好顾南衍眼疾手快扶住了，不然她指定摔个四脚朝天。

　　"怎么了？干什么坏事了，还不敢看我？"顾南衍打趣道。

　　其实，顾南衍是想要沈叶放松些。

　　沈叶立马反驳："哪有，我这一天可都是在府里待着，时间全都用来给你做蛋糕了。"

　　她无比自然的争辩却又把自己给出卖了。

　　"蛋糕？"见沈叶躲避自己，也不回答，顾南衍又问了一遍，"什么是蛋糕？"

　　沈叶原本想的是，自己说完一些话后，再格外深情地告诉顾南衍自己为他做了蛋糕，把整个气氛变得唯美又感人。

　　结果，这气氛差得不是一星半点儿。

　　沈叶叹了口气，算了，既然事情已经到了这一步，再不济她也得上啊。

　　沈叶咬了咬牙："蛋糕在我们那里是专门给过生日的人准备的。今天是你的生日，可眼下这么多事情，你肯定不会过，那就我给你过。如果送你其他东西，花的也都是你的钱，只有这个我亲手做的东西，才完全代表我自己。"

　　沈叶跑过去将自己做的蛋糕打开。这个蛋糕跟旁边造型优美、色香味俱全的菜完全不是一个画风，甚至还因为沈叶的不熟练，被烤煳了。

　　沈叶也有点不好意思："我也是第一次做这个，虽然叫了几个人帮我，但我也只是叫她们教我，没有叫她们帮我做。

　　"这真的是我能做到最好的了。"

　　沈叶没有说假话，她一直在厨房里站着，腿已经僵硬，所以刚刚才会不小心踩到自己裙摆摔倒。

　　"很好，真的很好，这是我收到过的最好的礼物。"顾南衍答得特别快。

　　他害怕自己慢一秒，就会让沈叶觉得她的这个礼物不好。

　　听到他的肯定，沈叶眼睛都亮了，赶紧把蛋糕上的蜡烛点燃："在我们那边，过生日除了要吃蛋糕，还要对着蜡烛许愿，然后吹灭蜡烛，这样愿望就能实现了。你快点闭上眼睛许愿，三个哦，可以许三个。"

顾南衍闭上眼睛。

只是他闭上眼睛的瞬间，想到的并不是什么愿望，他脑海里浮现的是沈叶的脸庞——沈叶就是他的愿望。

顾南衍缓缓睁开眼睛，想要吹灭蜡烛，沈叶就靠了过来。

顾南衍想，当你想见到一个人的时候，这个人恰好出现在你面前，原来是这种感觉。

他的第一个愿望已经实现了，那第二个、第三个……

沈叶拦住了顾南衍吹蜡烛的动作，深吸一口气："你许了什么愿？"

"我，不告诉你，告诉你就不灵了。"顾南衍开始调皮起来。

他这般开玩笑的语气，倒是让沈叶缓解了不少紧张。再次开口时，她松快了许多："罢了，你不肯告诉我你的愿望，那我就把我的愿望告诉你好了。说来也是好笑，之前这些话我说了很多次，但是这一次和之前都不一样，所以我就有点说不出来了。顾南衍，我想留在这里，我不想走了，真的，这就是我的愿望。

"至于原因……"

忽然，门外火光飘忽。

03

"太子殿下，大事不好了！夏远已经带着一拨精兵来到了都城外，准备进攻都城。"这一声打断了沈叶想要说的话。

"什么！"顾南衍赶忙打开门。

原先禀报的侍卫再次开口："前方探子送来的消息，夏远率人马而来，不日便能抵达都城。"

顾南衍脸色铁青，他想不明白，夏远是疯了吗？

不对！他是想乘虚而入！

顾衰前脚带着禁军离开，他后脚就能到达都城，明摆着是想要打他们一个措手不及。

只是按照路程推算，顾袁应该还没有到银州城，夏远算得这么准吗？难道都城中还有夏远的内应？他们已经将姚大人一干人都处置了，还有谁？

顾南衍的脸色变得更加难看。

沈叶也知道这件事情的严重性，便对顾南衍说："你先去处理要紧的事情，我再去找夏枝枝一趟，看她能不能提供点线索，找出这个内奸。"

顾南衍对着沈叶一笑，匆忙起身。可他走了没几步，又返回来。

他看着沈叶，动作飞快地吹掉蛋糕上的蜡烛："蜡烛灭了，这样我们的愿望都会实现。等我回来。"

沈叶望着顾南衍，露出笑容："生日快乐，我会等你回来的。"

此刻，在殿中商量的大臣都是顾南衍的心腹，也是知道皇帝昏迷不醒的人。前方已经有了确切消息，夏远这次带了一万人马回来。

根本不是他们能够匹敌的。

就在顾南衍感到头疼的时候，有人提议："情形凶险，不如太子殿下先找个地方躲避。"

"不行，我走了，都城里的百姓怎么办？我必须守住这里。"顾南衍反对。

这时，好几个大臣跪地。

"太子殿下，我来！我管他夏远有多少人，我会守在都城，我死了我大儿子便顶上，大儿子没了，还有其他的儿子，我定会守到最后一刻。"

"我府中还有家兵，我也能守在都城，直到最后一刻！"

"对，臣也愿意坚守都城直至最后一刻。"

原本低沉的气氛，在这几句话的衬托下变得激情昂扬起来。

顾南衍神情庄重："好！身为大骁的太子，我也当义不容辞坚守至最后一刻。但各位大人，有一件事情，眼下我们不得不办。"

众人也明白，互相对视一眼，郑重地点了点头。

皇帝昏迷这件事情终究是个大患，保不齐夏远会用这个来击溃将士们御敌的信心。如此一来，他们还不如揭开这个事情，让顾南衍继位，朝中也能有一个人稳住局面。

顾南衍这些年在百姓和将士们心中的威信并不比皇帝低，原先因为这些，让皇帝一直猜忌他，今天却是为他获得信任提供了便捷。

既然夏远不日便要抵达，顾南衍的继位就不能再拖了："时间急迫，继位大典明天就召开，一切从简。此路艰辛，就拜托各位大人了。"

顾南衍的诚恳也换来了大臣们坚定的信任："臣等愿意跟随太子殿下，守住大骁，直至最后一刻！"

处理好事情已经半夜，大殿里的人已经走光了，四周变得静悄悄的。

顾南衍看着摇曳的烛光，忽然就想到了沈叶。他自言自语："愿望，好像也不怎么灵呢。"

闭上眼睛时，顾南衍一共许了三个愿望。

第一个，睁开眼睛沈叶在身边。

第二个，沈叶能够平安。

第三个，沈叶能够留在他的身边。

看来老天是觉得他太贪心了，只给了他实现两个愿望的机会。

顾南衍心道，除了要举办继位大典稳定军心，还必须要送走沈叶。

夏远完全不怕裘祖，绑架提雅的目的就是想要让顾南衍相信他是真的打算从银州打过来，如此精心算计，他摆明了是想要顾南衍的命，颠覆大骁。沈叶……夏远绝对不会放过的。

顾南衍对这一仗根本没有把握，所以他只能把沈叶送回去。这样不管输或赢，沈叶都能平安无事。

此刻，顾南衍竟然觉得有些庆幸，庆幸自己所处的世界不是真实的，庆幸自己还有办法保证沈叶平安无事，而不至于无能为力。

他露出一个无奈的笑容。

将桌案上的东西收拾好，顾南衍起身走到门口，动静惊醒了门

外快要睡过去的小太监。看见顾南衍，他说："太子殿下，这么晚了您还要回太子府？不如留在宫中歇息吧？"

顾南衍摆摆手，示意自己要回去。

他不回去，怎么去见沈叶最后一面？他不回去，又怎么骗沈叶去继位大典呢？

顾南衍心里突然变得酸涩，他一个人走入无边的黑暗，而黑暗遮住了他猩红的双眼。

回到太子府，顾南衍径直来到沈叶这里。

门口的两个灯笼高高挂起，院子里灯火通明，照亮他来时的路。

沈叶在等他。

顾南衍轻叩门。

隔了好一会儿才有人来开门。

侍女睡眼惺忪，还是顾南衍先说话："沈姑娘在哪里？"

她反应过来，赶忙说："沈姑娘在房中，她一直等着太子殿下。"

顾南衍长驱直入，不过他还是听到了侍女在身后跟小太监说的话："沈姑娘和太子殿下真是心有灵犀，我还以为这么晚了太子殿下不会来了，沈姑娘却说肯定会来，结果还真来了，两人不愧是天生一对。"

这些话让顾南衍推里间房门的动作顿了一下，脸上不由得浮现出一抹苦笑。

他将自己的情绪隐藏好，才推开门去见沈叶。

桌上的饭菜和自己之前来的时候没有两样，但还冒着热气。

"我想着你应该没吃饭，所以就一直留着。夏枝枝那边没有有用的消息，看来她确实只是夏远的一颗棋子，什么都不知道。"沈叶如此解释。

顾南衍轻轻点头："我这边你不用担心，我还有后招，我留了一队人马，在离都城不远的涌都。涌都离这里不过两日的路程，援军一定能够赶到。"

他轻松的语气，让沈叶信了。

沈叶舒了一口气，心中的大石头也落了地："还好你想到了后招，不愧是太子殿下。"

沈叶刚说完，她饿了一天的肚子也叫起来。

她的脸一下变红，恨不得找个地缝钻进去。

顾南衍只觉得她偷偷摸摸尴尬的样子特别可爱，脸上的笑意进一步扩大。他夹了一次又一次菜，将沈叶面前的小碗堆成小山，然后再将沈叶做的蛋糕整个放在自己面前。

"今天，你负责把这些菜吃完，我就把这个蛋糕吃完。毕竟这些菜里，我最喜欢的就是这个。"

两人吃得格外高兴。

不过，吃饭归吃饭，沈叶还没忘记自己表白的头等大事。于是，她放下筷子，说："顾南衍……"

她刚开口，顾南衍就夹了一筷肉放到她嘴边，这架势是要喂她吃。

事情发生得太突然，沈叶愣住了，反应过来后赶忙接下那块肉，耳根一下红了起来。

顾南衍靠近她，喃喃道："我知道你要说什么，这种事应该让我来做。明天我会派人来接你，你再等我最后一次好吗？"

"好。"沈叶应答。

不管是多久，她都会等的。

沈叶选了一早上的衣服，最后还是选了那件水蓝色的。坐在镜子前，她却犯了难，该梳个什么样的头发？

看出了沈叶的纠结，旁边的侍女偷笑，过来拿起梳子，说："沈姑娘，交给我，我保证您今天是整个都城最好看的人。"

沈叶羞涩一笑，看样子是在看镜中的自己，其实思绪早就神游了，满脑子想着顾南衍等会儿要跟她说些什么。

侍女给沈叶梳了个都城里最时兴的发髻，还给她额间点了一朵水蓝色的花钿，衬得她格外清雅。

　　恰好，顾南衍的人也来了。

　　"沈姑娘，太子殿下叫我来接您。"说完话的同时，那人拿出一块布，"劳烦沈姑娘戴上这个。"

　　沈叶接过布条，脸上的笑意已经憋不住了。她没想到顾南衍还这么有浪漫情怀，搞起了惊喜这一套。

　　边上的侍女也帮腔："沈姑娘，快些戴上吧，太子殿下肯定等急了。"

　　沈叶一阵害羞。

　　她感觉有些不对劲，可是具体又说不出来哪里不对，许是这段时间发生的事情让她过于紧张了吧！她没多想，便赶紧把布条戴在眼睛上。

　　等沈叶戴完以后，原本笑着的一干人立马变了脸色，用复杂的眼神瞧着满脸幸福的沈叶。

　　今天是顾南衍的继位大典，可顾南衍下了死命令，不让任何人告诉沈叶，还让人把沈叶骗到现场，等仪式开始之后再让她出来。

　　谁也不知道顾南衍要做什么，只能照着他的命令骗沈叶。

　　沈叶刚出发，顾南衍就收到了消息。他看着镜子里的自己，愁容满面。

　　曾经，顾南衍想过很多，想过自己穿上这一身龙袍会是什么样的心情，是兴奋、开心，还是难过？

　　这一刻，这些情绪他都有。

　　顾南衍终于明白了当年母后在上战场前对他说的那句话——"人都要选择自己的命运，娘选择了自己的命运，日后你也会选择。"

　　今日，他做出了选择，跟这个国家共进退。

　　"太子殿下，时辰到了。"边上的太监提醒顾南衍。

　　顾南衍点了点头，将最后一件外衣穿在身上。

　　踏出门的这一刻，他的命运也注定了。

　　顾南衍来到大殿中。

　　大部分臣子已经在昨天收到了消息，知道了事情的来龙去脉，也知道了大骁目前面临的危机，人人都是一副愁容。

"各位大人，这次都城不过千人的兵力，却要抵挡夏远的精兵悍将。"同沈叶说的那些话都是假的，顾南衍压根没有后招，他甚至还没有找到谁是夏远留下来的内应。

顾南衍承认，有那么一刻他是没有信念，也没有信心的。

可当他听到下面的一群人，有意气风发的少年郎，也有年迈的老臣异口同声道："启禀太子殿下，臣可以！"

"臣可以坚守到最后一刻，臣可以跟大骁同生共死！"

这给了顾南衍无上的信念。

他看了一眼身后的宝座，即便前方一片黑暗，他也要靠自己的能力拼一条路出来！

因为时间实在太急，顾南衍的登基大典一切从简。以前的皇帝登基是与民同庆，今日不过就是一个台子，一群大臣罢了。

唯一能够让顾南衍觉得宽心一些的，是沈叶没有起疑。

他叫人将沈叶接来了这里，此刻她应该在房间里等着。

顾南衍对身边的人吩咐道："仪式行至最后，便可以放沈姑娘出来了。"

04

庄严肃穆的音乐响彻整个皇城，这是登基之乐，城中的百姓听到这个音乐，不约而同地看向皇宫的方向。

他们心中浮现出无数问题。

这是太子殿下要继位？

怎么会这么突然？

为何毫无消息传来？

沈叶也有相同的反应，可是她此刻却被人绑着，门外躺着一些人的尸体，空气中弥漫着一股血腥味。

"你们是谁？"

沈叶挣扎着弄出不少响声，可眼前蒙面的人一点也不害怕，他

轻笑一声："喊吧，最好你此刻就把顾南衍喊过来，这样就不用我辛苦一趟，跑到那儿杀他了。"

这鄙夷的笑声让沈叶格外愤怒，但最让她愤怒的不是这句话，而是她通过声音认出了这个人是夏远。

夏远知道自己出声以后就瞒不住沈叶了，索性把面具取了下来。

"想知道我为什么会在这里，想知道我为什么要做这一切？别着急，等会儿我会慢慢告诉你。不过在这之前，我得先带着你去见见皇帝和太子，毕竟我的这场大戏里，他们可是主角。"

夏远眼底的恨意到了顶峰，仿佛下一刻他就要将皇帝和顾南衍生吞活剥一样。

沈叶知道自己挣扎没有任何用，说不定还会给夏远一种报复的快感，还不如保留力气等会儿随机应变，所以她只是狠狠地瞪了一眼夏远。

看到沈叶的反应，夏远眼里有片刻的赞许。

"比起我那个没用的女儿，你倒是聪明许多，只可惜用错了地方。"说完这句，夏远也不打算让沈叶说话了，叫人封了沈叶的嘴，随后便带着沈叶去找顾南衍。

沈叶意识到了一个问题，从夏远说起夏枝枝的语气来看，这根本不像是父亲对女儿的态度。

或许……夏枝枝根本就不是夏远的亲生女儿。

夏远带着沈叶找到顾南衍的时候，继位大典正好举行到最关键的地方——顾南衍刚巧要将皇冠戴在头上。

一把飞来的剑不偏不倚地插在了皇冠上。

其实那把剑是朝着顾南衍飞过去的，他察觉到便灵巧地避开了。

顾南衍朝飞剑发出的地方看去，看到了夏远，也看到了被绑住的沈叶。

顷刻间，顾南衍的眼神如同一柄利剑刺向夏远。

"瞧瞧，你跟你的父亲真是一个样子，你们都有一样的眼神，容不得别人伤害自己身边的人，可是你们为何随意伤害别人在意的人？"夏远的语气里充满了讥讽。

一个大臣实在是看不下去，上前准备声讨夏远，可人还没靠近，一支飞来的利箭就刺穿了他的胸膛。

此情此景惹得夏远一阵大笑："这里的人，现在都变成了我的人，你们最好听话一点，别出声，不然我可不能保证什么。"

台上的顾南衍脸色变得极其难看。

他知道夏远有内应在宫中之后，就将所有的事情交给了太子府的人，连守卫也换成了太子府的人……难不成太子府里面还有夏远的内应？

早料到顾南衍会有这样的反应，夏远笑得更加开心了。

把这些人玩弄于股掌之中的感觉让他觉得甚是有意思。他叫人扯开堵在沈叶嘴里的布，问道："沈姑娘，顾南衍跟你说今天要来干什么？"

见沈叶不回答，他就继续说："不说也没关系，那我跟你说，今天他要举办大典，继位大典，可见他心里从来都只有那个位置，你还被他蒙在鼓里不知道吧？"

"不是！你少诬蔑他！"沈叶看了一眼顾南衍。

继位大典，她怎么没想到这件事情呢？

这个傻瓜，以为送她回去就没事了。

台上的顾南衍看到这一幕，却像是发了疯一样，拿起插着剑的皇冠戴在头上："继位大典继续，你们继续奏乐。"

这一幕十分荒唐，也十分滑稽。

看见顾南衍如此失态的样子，台下已经无人敢出声。

只有夏远张狂地笑个不停："有趣，真是有趣。我之前怎么没有发现你竟然这么想坐上这个位子。如果是这样，你求求我，我考虑让你做一个时辰的皇帝。"

看着眼前毫无变化的场景，顾南衍有些颓废地靠坐在椅子上，嘴里念着："怎么会这样？怎么会这样？"

　　这时，沈叶突然使出吃奶的力气，猛地踩了一脚押住自己的人，让那人手上卸了力气。

　　只可惜，羸弱的身体让她跑了几步就被人追了回来。

　　夏远大概猜出顾南衍刚才的荒唐行为是为了沈叶，便示意手下放开她。

　　沈叶立马冲向顾南衍："夏远的内应应该是在宫中的人，夏枝枝应该不是他的亲生女儿，这个或许就是他做这一切的原因。"

　　"你受伤了吗？为什么没有任何变化？你为何……"顾南衍在意的却是这个。

　　沈叶摆摆手："没有，没事的。"

　　顾南衍坚定地握住沈叶的手。

　　"啧啧啧，想不到他那么冷血的一个人会生出你这么一个儿子。"夏远的声音再一次响起，语气充满嘲讽，"也想不到你们的感情竟然是这样的。"

　　他原本是想要见到沈叶质问顾南衍的场景，可什么都没有发生，他不由得恼怒起来。

　　不过片刻，夏远又笑了起来："你确实很聪明，夏枝枝的确不是我的女儿，我的亲生女儿早就死了。"他的目光陡然变得狠厉，射向顾南衍，"二十年前，死在你父亲的手里。"

　　当年，夏远平定叛乱，料到皇帝会忌惮他的兵权，所以他想主动放弃，和自己的妻子安然度过余生。

　　可皇帝非但不信任他，还设法将夏夫人圈禁起来，借此威胁他放弃兵权，他二话不说就放弃了。然而，当时的夏夫人即将临盆，受了大惊吓，见到夏远后精神松懈下来便动了胎气。

　　那地方偏远，找不到接生的人，夏夫人最终没能熬到回家，在路上一尸两命。

　　夏远每天晚上都能梦见夏夫人躺在他的怀里，满身是血，扯着他的衣袖，说不想死，说她恨。

　　从那时起，夏远每一刻都在想着报仇。他将这个消息瞒下来，找人假扮了几天夏夫人，然后又找人寻来了一个女婴，谎称夏夫人因为难产而死。

其实若只是这样，夏远想着让皇帝死就好，可他没想到的是，皇帝竟然在丧事都没有结束的情况下，想要夏远将这个女婴送进宫中养着，好进一步牵制他。

若不是当初有大臣实在看不过去，为夏远说话，只怕这个女儿也会落得一样的下场。

夏远记得，那位仗义执言的大臣落了个被贬到偏远之地，永生不得回都城的后果。

多么讽刺的一件事情啊。

夏远变得听话，隐藏自己，什么也不做，什么也不听，主动不要权，也不要名……即便如此，他也是装了许久才重新取得皇帝的信任。

夏远知道皇帝忌惮神云军，便培养了大量的人模仿神云军前去刺杀顾南衍，顾南衍也会将视线关注在这个上面。

而顾南衍对神云军的事情上心，皇帝自然会感到害怕。

远调神云军便是他给皇帝出谋划策的结果。

就算如此，皇帝还是将夏远当年带过的将领几乎全都换了才完全放心，可皇帝没想到，这方便了夏远培养自己的势力。

真是可笑。

夏远再次面对眼前的这些人，只觉得场面太乱了，恐怕会影响接下来的好戏。

"这些碍眼的人就不用留在这里了，将他们都带去外面，顺从的留下，不顺从的杀了。"

很快，场上就只剩下夏远、沈叶、顾南衍三人。

不对！还从帷幕中走出两人。

皇帝看上去极其虚弱，舒公公就扶着他。

顾南衍看着舒公公，有片刻的失神。他想不到内奸竟然会是舒公公，舒公公是皇帝最为信任的人，从小就跟在皇帝身边，怎么会出卖皇帝？

沈叶也是一脸的不可置信。

05

两人来到夏远身边。

皇帝看见夏远的那一刻，突然激动起来，大抵也是察觉出了不对劲："你……你带我来这里干什么？"

夏远从舒公公的手里接过顾云衡："干什么？我不干什么，我就是想让你回忆一下。"

尚未搞清楚状况的皇帝看见顾南衍一身龙袍，还以为他跟夏远串通，谋权篡位，大喊："逆子！你竟然敢联合他们……"

他话还没说完，就从嘴里喷出一口血。

顾南衍有些绝望地闭上眼睛，沈叶再一次紧紧握住了他的手。

此情此景让夏远再一次笑起来："你果然不出我所料。我还有不少好戏等着你看呢，好不容易用心丝草吊着你的命，要是再昏过去，可就没命了。陛下，你要保重啊。"

夏远又看向顾南衍。

"顾南衍，你是不是好奇为什么我能收买他身边的太监，好奇为什么这些年来你的好父皇无时无刻不在提防你？"他讽刺地笑了一声，"因为你的父皇就是这样的人，忌妒、卑劣、多疑。你以为他有多爱你的母亲？你以为当初真的是你的母亲主动去的战场吗？我告诉你，都不是的，是他，他当初觉得神云军的势力太大，会威胁到他的帝位，一手策划了你的母亲去边关上战场的事情。你母亲也知道，可惜她太傻了，不懂得抗争。"

顾南衍看着皇帝，可是皇帝没有说半个字。

发现顾南衍的眼神一点点冷下来，沈叶再次用力抓紧了他的手，想给他一些力量。

可是夏远还不满意此刻的杀人诛心，他又继续说："其实，你的父亲在你母亲死后也是有过一些愧疚的，他说他想对你好，呵……只可惜他逃不过自己的多疑。"

"我也没做什么，只是叫人在他面前说了一些挑拨离间的话而已，那些捕风捉影的东西就让他相信了这些事情。你一定不知道，你和顾衰不对付，都是他在背后操纵的，为的就是要牵制你。而他为什么看不惯沈叶，根本不是因为沈叶来历不明，而是她修复了你跟顾衰的关系。

　　"收买个太监，我什么特别的法子都没有用。看见皇帝对妻子、儿子都这么猜忌，谁知道下一个倒下的不是他呢？"

　　听到这些，皇帝已经是一句话都说不出来了，只能颤颤巍巍地用手指着夏远。

　　顾南衍早已心如死灰，他不想再管从前的那些旧事，只希望拖住时间，保护住沈叶，保护住全城的百姓。

　　他刚才已经叫暗卫去通知援军了。

　　夏远虽说在城里有内应，但是他要潜入城中，带的人马肯定不多，只要拖住时间，或许他们就能够翻盘。

　　顾南衍和沈叶交换了一个眼神。

　　"你既然说了这么多关于我的事情，不如也说说你自己。你为什么会走到今天这一步？"顾南衍想要用这个拖住时间。

　　沈叶也附和："你不是说有好戏吗？可我看除了这场戏，没有其他的了。"

　　他们以为夏远会气急败坏，结果他气定神闲地说："想拖延时间等待援军啊？可惜，你们从一开始就走错了棋。我想，你现在应该叫人去通知你的那些暗卫了，然后准备杀了我，都城外的大军就不会进攻。可是，都城外的大军不是我的人，他们不听我号令。"

　　"什么！"

　　错愕的表情在沈叶和顾南衍的脸上同时出现。

　　"你们是不是觉得破除了谣言，那些外邦人就不会和我一起？呵，我用的又不是皇帝昏死的消息跟他们做交换。"夏远冷冰冰地看着顾南衍，"我跟他们说的是，他们帮我，我便让他们瓜分大骁的江山。我只要你们顾家人死，要这大骁灭亡。顾衰此刻应该到了

银州城，那里可是有十万大军等着他，你猜他能不能活下来？就算他撑到神云军赶来，他的都城也要没了。"

"疯子！你就是一个彻头彻尾的疯子。"

得到沈叶如此评价，夏远笑得更加开心："你们现在拖延时间毫无意义，我就是准备跟你们同归于尽的。"末了，他又问两人，"而且，我所做的一切不过是为妻儿报仇。这大骁的江山是我帮你们顾家人打下来的，现在我毁了它也是合情合理，算不得什么疯子。"

沈叶跟顾南衍什么都没有说，不过皇帝竟然挣扎着开口了："我……我没想过……"

走到今天，有谁想过呢？

谁都没有料到。

"算了，我今日累了，话就说到这里吧。等会儿，我们就在这里一起去见那些故人吧。"夏远提起了剑。

"保护好自己。"对沈叶说完，顾南衍提起剑，朝夏远走过去。

虽说顾南衍的功夫不错，但对于战场经验十足的夏远来说，还是太嫩了。

几个回合下来，顾南衍明显落于下风，眼看着长剑就要刺入顾南衍的身体，皇帝却突然挡在了他的身前……

那把长剑没入皇帝的身体。

顾南衍觉得不敢置信，夏远也没料到，愣住了，可是只有那一秒，夏远又朝着顾南衍而来。

见这样的情况，沈叶便冲了过去，她想要止住皇帝身上的血，可她怎么努力也没有用。

顾云衡用手止住沈叶的动作："别……别管我……救他……"说完，就闭上了眼睛。

沈叶不知道这一刻他在想什么，是后悔自己所做的一切，还是忏悔自己的罪孽？

但唯一能够确定的是，他在最后的时间里做了一个父亲应该做的事情。

沈叶将他睁着的眼睛合上。

与此同时，顾南衍又一次陷入下风，方寸之间，夏远已经在他身上划出了好几道伤痕。

顾南衍知道自己打不过他，只能使出全力撑住，希望再拖延一点时间。

刀光剑影间，那柄沾了血的剑再一次朝他刺过来。

这一次……长剑没入了沈叶的身体。

顾南衍呆住了，握剑的手止不住地颤抖。

怎么会这样？明明他打斗的时候已经尽力拉远了和沈叶的距离。他想，即便他死了，赶来的援军也能有机会救下沈叶。

沈叶只要活着，就一定能找到机会离开。

可为什么沈叶会过来？

顾南衍抱着沈叶，大颗大颗的眼泪落下来："你疼不疼？你坚持住，我会救你的。"

沈叶只觉得身体麻麻的，没有力气，长剑刺穿身体好像也没那么疼，她还想伸手替顾南衍擦眼泪："原来，我这个身体还是会点武功的，只是没到绝境发挥不出来。"

她听到外面传来救驾的声音，笑了笑："你看……我拖到援军来了，我还是很厉害的，对吧？"

夏远想要再刺顾南衍，可外头的援军已到，他的长剑被飞来的利箭打飞，他不得不对付那些援军。

"沈叶，你别说话，我马上……我马上带你去看太医。"顾南衍抱起沈叶，在冲天的火光中奋力飞奔。

沈叶很想睡觉，她觉得很累，可耳边呼啸着的风声仿佛在提醒她还有话没说完。

每一次都只差那么一点点，这一次千万不能再差一点点了。

沈叶轻叹，声音混着风声传入顾南衍的耳朵里。

"顾南衍，我喜欢你，我喜欢你，我喜欢你，我喜欢你，喜

欢你……"

沈叶也不知道自己说了多少个"喜欢你"，只知道她每说一句，顾南衍就会回她一句"我也喜欢你"。

"我也喜欢你，沈叶，我也喜欢你。"

迷迷糊糊之间，沈叶仿佛又听到了一个人的声音，这道声音她很熟悉，是最开始的那个声音！

这一次，她终于知道当时一闪而过的话是什么了。

"你死了，便可以回去了。"

可沈叶不想回去……

她不想回去！她想要留在这里！

06

"我不走！"沈叶大喊。

身体的剧烈疼痛朝她袭来，好像不比长剑刺入身体时的程度小。

沈叶猛地惊醒。她环顾四周，发现自己的头顶是白炽灯，身边是来来往往的"白大褂"。

"病人醒了，55床的病人醒了。"

耳边传来一些仪器的嘀嗒声。

回来了，她真的回来了。

沈叶没有去上班，朋友收到消息来找她，才发现她晕倒在家里。

她是在被送到医院的第二天醒来的，但她浑浑噩噩，不知道时间过了多久。

她醒来后，她的上司来看过她，同事也来看过她，还说着一些不痛不痒的场面话，但她一直不在状态，心里总想着顾南衍的事情。

原来，一切都是一场梦吗？

醒来的当日，沈叶就一直吵着要看那个漫画，可她翻了无数遍，漫画都没有任何奇怪的地方。

直到出院前的最后一夜，她做了一个梦，梦到了她和顾南衍全部的故事。

那本漫画的主角变成了沈叶和顾南衍，结局是因为皇帝与沈叶的挡刀给顾南衍争取了时间，夏远最终死在了援军的剑刃下。

顾衰在银州救下提雅后，提出跟她合作。因为他感觉到了前线的不对劲，便让提雅带着救兵直接去了都城，那时的顾南衍正带领都城的守军对抗外敌。

守军是由各大朝臣、各大朝臣的儿子，以及他们的府兵组成的，众人拼尽全力才守住了都城。等援军到的时候，朝中的大臣几乎牺牲了一半。

顾南衍守城的时候，每一天都会吹灭一支蜡烛，许一个愿望。

因为沈叶说过他穿水蓝色的衣裳好看，所以他没有再穿过其他颜色的衣裳。

……

每一个细节都像是刀一样刺在沈叶心中。

而后的每一天，沈叶白天按部就班地重复自己的生活，晚上会做起与顾南衍有关的梦。

她得知下周有漫画作者的签售会，便特意赶了过去。

沈叶期望在签售会上能够发生点什么，可直觉又告诉她，能发生什么呢？她难不成还能再经历一次吗？

参加签售会的人不算多，没一会儿就轮到了她。

"你好。"沈叶将书递给作者。

"请问，你想在书上写些什么呢？"

这个声音……

作者的询问声让沈叶睁大了眼睛。这就是那个在混沌中告诉自己要帮助顾南衍，带自己回来的人。

还没等沈叶回答，作者递给沈叶一本漫画纸稿，沈叶迫不及待地翻开。

"——作者荔枝，《今天变成了主角》没有续集，人生有缘，再度重逢。"

"你想要的答案都在这里面。"

刹那间，沈叶周身的时光仿佛停了下来。

"沈叶。"一个熟悉的声音在她耳边响起。

沈叶抬头，只见那人穿着一件水蓝色的衬衫。他微微一笑："我终于找到你了。"

风扇送来清凉的风，替沈叶将纸稿的下一页翻开。

画上的内容竟然和现在的一模一样。

画上的顾南衍说："我终于找到了你。"

眼前的顾南衍说："我终于找到了你。"

– 完 –

| 番外一
故事的开端 |

　　这一年，一部名为《今天变成了主角没有》的漫画在网络上获得了不少网友的关注。

　　漫画讲述了一个名叫沈叶的女孩穿越进入漫画世界，帮助男二顾南衍成为男主角的故事。故事的结尾，沈叶回到现实生活中，竟在漫画作者的签售会上，再次见到了顾南衍。

　　沈叶不知道的是，她所在的现实世界，也只是作者荔枝笔下的一个小天地。

　　那个世界里，她帮助顾南衍成了男主角，而顾南衍在这个世界里找到了她。

　　荔枝很喜欢这个故事，甚至把自己写成了他们的"红娘"。

　　许多读者都在问这个故事到底是不是真的，到底是作者故意为之、故弄玄虚，还是说这世界上真的发生了这么离奇的故事，作者是个记录者。

　　在事情越传越邪乎的时候，荔枝准备了一个不露脸的直播答疑。

　　她一上线，就有不少读者涌入直播间。

　　"大大，沈叶和顾南衍的故事到底是不是真的？"

　　"他们是前世今生吗？"

　　……

　　一个一个刷屏的问题，让坐在电脑前的荔枝有些迷茫。

　　沈叶和顾南衍到底是不是真的……

　　她的思绪飘到很久之前。

　　那是一个她又因新漫画没有灵感而发愁的晚上，她看着外面漆黑一片的天空发呆。墙上的时钟不紧不慢地敲了三下，此刻是凌晨三点。

　　或许是长时间的思考让荔枝有些疲倦，也或许是这几天她压根就没有好好休息，听着秒针走动发出的轻微声音，荔枝就这么趴在桌子上睡着了。

　　模糊中，她似乎听到有人在叫她。

　　"这是……这是……"荔枝努力睁开眼睛，发现自己在一个黑房子里。过了好久，她见到了一个叫沈叶的女孩和一个叫顾南衍的男孩。

　　沈叶和顾南衍这两个名字对她来说可是非常熟悉，这不就是困扰她这么久的新作品里的角色吗？

　　漫画里的人物仿佛在荔枝眼前活了一般。

　　荔枝就像是着魔了，盯着跳进新世界的沈叶提醒道："你要帮助他，一定要让他当上男主角，这样你才可以回家。"

　　于是，她有了更多的尝试。

　　"你死了便可以回去了。"

　　最后，她笑着说："你想要的答案全在书里。"

"叮当、叮当……"墙上的时钟敲了整整五下，荔枝也如大梦初醒一般，猛地从书桌边站起来，赶忙去看电脑里自己还未画完的漫画——还停在开头沈叶穿越那儿。

感受着胸膛里心脏不安的跳动，荔枝的目光往外飘去。

凌晨五点，天刚蒙蒙亮。

手机的振动让荔枝回过神来。

是编辑在提醒她赶紧回答读者的问题。

荔枝看了一眼手边的书，不紧不慢地道："大家好，我是《今天变成了主角没有》的作者荔枝，关于沈叶和顾南衍的故事，我有一些想说的。

"首先，很多人询问我这到底是不是真的。其实这个问题我也不知道，因为每一个作者都希望她笔下的人物是真实存在的。因此，如果要我说，我当然会说他们是真实存在的。人生本就是如梦似幻，说不定我们存在的世界也不是一个真实的世界，也许我们也是活在书中的一个角色呢。不过，不管怎么样，没有天生的主角，我们要努力做自己的主角。

"书中的故事结束了，可是顾南衍和沈叶的故事在另外一个世界还会一直继续。"

说完这句话以后，荔枝便结束了这次答疑。

之后，她翻看已经印刷成册的漫画，重温她笔下的剧情。

好久，好久……

荔枝感觉有些疲惫，眼皮不住地耷拉。迷迷糊糊之中，她感觉自己好像睡着了，又好像没有。

再睁眼时，她好像又来到了那个黑暗的小房子里。

这次，房子里还是顾南衍和沈叶，他们的手紧紧地牵在一起。

"沈叶？顾南衍？"荔枝试探性地喊出声来。

两人点头。

荔枝看着沈叶与顾南衍紧牵的双手，笑了笑："你们的故事还

在继续，一直都在继续。"

　　沈叶点点头，还看了一眼旁边的顾南衍。顾南衍给了沈叶一个宠溺的眼神。

　　随后沈叶俏皮地说："当然，我们会一直幸福下去。"

　　她笑容温暖，仿佛朝阳的第一缕光照在身上，暖洋洋的。

　　荔枝嘴边带着一个浅浅的微笑。

　　天色微亮，墙上的时钟响了六声，清晨六点。

| 番外二
愿望与你有关 |

01 顾南衍的撒娇日常

　　现代世界的顾南衍虽然没有之前那么家大业大，但也是个软件公司的老板，开发了不少热门软件，算是个富一代。

　　他的父母对他很好，算是补全了他曾经的遗憾。

　　而且沈叶发现，自己的妈妈和顾南衍的妈妈是发小。

　　这可不就是命中注定嘛！

　　沈叶是这么想的。

　　在见过父母以后，沈叶和顾南衍开启了同居生活。

　　他们住的是一套大平层，沈叶一夜暴富的目标也勉强算完成了

一半。这房子就是有个毛病，大平层的落地窗风景是好，那下点雨、刮点风、闪点雷电也是格外显眼。

就比如现在，下大雨，窗外电闪雷鸣。

沈叶倒是没觉得有多可怕，但是……沈叶瞧了一眼边上的顾南衍，他也正看着窗外。

气氛到这里了，她不装一下可惜了这样的天气。

于是沈叶看看远处的镜子，准备好演技，正准备开口，手臂一张，结果就有一个黑影冲着她压过来。

顾南衍竟然先一步冲到沈叶的怀里。

沈叶就这么被他环抱着腰，一脸茫然。

没过多久，沈叶听见怀里的顾南衍慢慢说道："外面电闪雷鸣的，我怕，你抱紧点我。"

你说这抱就抱吧，关键是顾南衍还用撒娇的语气。

沈叶也搞不清状况，只能抱了抱顾南衍。

然而，怀里的顾南衍可不满意只是这样，便又用撒娇的语气说："一直抱着我，我真的害怕。"

沈叶蒙了，这还是当初那个冷酷、一句情话憋了半天才能说出来的顾南衍吗？

隔天，沈叶坐在工位上，看着自己颤抖的双手发呆。

昨天顾南衍跟耍赖似的一直跟她要抱抱，她越想越觉得奇怪。顾南衍不像是那种爱撒娇的人，而且她也不信他是真怕。

他怎么会这么反常？

边上的朋友向沈叶投来八卦的眼神："怎么了？和你男朋友吵架了？"

顾南衍经常来接沈叶下班，公司里的同事大多都认识他了。

"没有，就是觉得他有点反常。他之前都不会和我特别明显地撒娇，但是他昨天和我撒了一晚上娇，还特别腻歪。"

没承想同事有点无奈地说："你们不是什么时候都挺腻歪吗？"

沈叶想起顾南衍每次来接她都会有抱抱，以及她出差他也都要跟随的事情。

　　好像……要抱抱也不是那么腻歪。

　　不过，话又说回来，顾南衍之前起码没那么直白地撒娇啊！

　　忽然，同事像是想到了什么，语气变得非常激动："你还记不记得，上次你跟我说看电视剧觉得会撒娇的男生特别可爱，完了你说被你男朋友看到吃醋了，他还说那有什么，一点都不可爱。"

　　"他不会是口是心非，知道你喜欢所以学吧？他真的……"

　　沈叶回顾了一下，确实是有这么一回事。

　　她的手机忽然振动。

　　沈叶打开一看，是顾南衍发的消息："今天别加班了，我早点接你回家。刚刚闪电了，万一今晚还下雨，我会害怕。"

　　还配上了哭哭的表情。

　　沈叶一乐，什么嘛，嘴上说着嫌弃，学得可是一点不少。

　　沈叶便想逗他一下："可是，今天我必须要加班，项目没完成。"

　　顾南衍几乎是秒回："那我可以来陪你吗？"

　　沈叶都能在脑海里想象出顾南衍说这句话时的神情。她虽说确实挺高兴的，但还是觉得顾南衍做自己就好了。

　　她给顾南衍回复："其实你不用跟我撒娇，成为你想成为的样子就好了。我喜欢的是你这个人，是你的全部。"

　　很久没有收到顾南衍的回信，沈叶以为他工作去了。

　　可是没想到，不久后顾南衍突然打来电话，一开口便是："我在你公司楼下，你能下来吗？要是不方便，我也可以等你有空。"

　　沈叶这会儿刚好没什么事，就立马下去赴约了。

　　顾南衍手上提着一个小蛋糕，是她前几天刷到视频随便提了一嘴的东西。

　　等到沈叶站到面前，顾南衍把小蛋糕递给她，笑着对她说："但我想把世界上所有你想要，而我力所能及的东西都给你。"

　　他是当面说的，他说的是力所能及。

这些让人听起来会觉得空洞的话，变得有了信服力。

02 惊喜之外的惊喜

最近沈叶好像特别反常，顾南衍越想越不对劲。

这已经是她不让自己去接她下班的第三天了。而且这几天沈叶在家里打电话经常戴着耳机，平时她都是外放的。

最重要的是，两人平时下班后经常黏在一起，在沙发上看电视聊天，这几天根本就没有了！

顾南衍思索了一下，自己最近也没有惹沈叶生气，她不应该是这个表现。

见沈叶再次戴着耳机进房间，顾南衍迈着不经意的步伐，轻手轻脚地贴近房门。

他依稀听见沈叶在里面说："对对，什么时候能够不让人发现……就是要悄悄的。"

让人浮想联翩的话语。

顾南衍正准备再靠近点，听得更清楚一点，冷不丁地，门被打开了。

应该是他靠得太近，不小心转动了门把手，虽然门没被打开，但还是被房间里的沈叶发现了。

她走上前拉开门，顾南衍一个趔趄，差点没稳住。

他心想，幸好，要是不小心摔在她面前，那面子可就丢大了。

顾南衍稳了稳脚步，靠在衣柜上，对着面前的沈叶脸不红心不跳地说道："我就是问问明天我们去吃什么。"

顾南衍能清楚地感知到沈叶投过来打量的眼光，于是又说："烤肉还是火锅？我刚刚看了很久。"

沈叶不确定地问："只是这样？"

顾南衍眼神坚定："只是这样。"

不过很快顾南衍就没那么确定了，因为沈叶说："这样啊，我还以为是有谁过来偷听。要是这样，我就把这几天忙活的事情都告诉他。既然不是，那就算了。"

末了，沈叶还叹了口气。

顾南衍一咬牙，拉住沈叶，表情诚恳，语气无奈："是，我在偷听，所以你能不能告诉我？"

结果他就瞧见沈叶露出得逞的笑容。

好气，原来她早知道。

委屈夹杂着不满的情绪，顾南衍心里想着这要是不腻歪会儿，他绝对不能消气！

实在不行，一个抱抱也能解决。

"其实也没什么，就是过几天你的生日，我想送给你一个惊喜。之前给你做的蛋糕有点差，我这次学过了，保证能做好。"

顾南衍刚做的决定瞬间就被破坏。话到这里，他哪还能有气？全是对沈叶满心满眼的喜欢。

他一把抱住沈叶："不用送的，你就是我最好的礼物。"

虽说顾南衍说了不用送生日礼物，但沈叶还是做了，她做了个巧克力慕斯蛋糕，知道顾南衍不太喜欢甜，才选的黑巧克力。

"瞒不住，只能是意料之中的惊喜了。"

然后沈叶便催着顾南衍许愿。

顾南衍闭上眼睛。曾经他许了三个愿望，现在三个愿望都已经实现，这已经是莫大的福气。他不贪心，只想要原来那三个愿望。

于是他照旧许了一遍。

第一个，睁开眼睛沈叶在身边。

第二个，沈叶能够平安。

第三个，沈叶能够留在他的身边。

顾南衍睁开双眼的一瞬间，被眼前的景象吓到了。

窗外有数台无人机，它们身上闪着光，这些光正好组成了一些字——

“今晚月色很美。”

顾南衍已经知道了这句话的意思。

他转过头来，看到斑斓的灯光映射在沈叶的脸上，她笑得灿烂。

“这是惊喜之外的惊喜。”沈叶说，“比不了你曾经送我天灯的那次，但我还是想竭尽全力让你也拥有一次。”

顾南衍将沈叶抱在怀里，吻了吻她的额头。

“想知道我许的是什么愿吗？”

“当然想。”

“两次都一样，都和你有关。”